她的姿本时代

舒雅 著

重庆出版集团 重庆出版社

图书在版编目（CIP）数据

她的姿本时代 / 舒雅著. -- 重庆：
重庆出版社，2022.3
ISBN 978-7-229-16627-4

Ⅰ.①她… Ⅱ.①舒… Ⅲ.①长篇小说－中国－当代 Ⅳ.①I25

中国版本图书馆CIP数据核字(2022)第028451号

她的姿本时代
舒雅 著

出　品　人：华章同人
出版监制：徐宪江　秦　琥
责任编辑：秦　琥　王昌凤
特约编辑：彭圆琦
营销编辑：史青苗　刘一锦
责任印制：杨　宁
装帧设计：Amber Design 琥珀视觉

重庆出版集团
重庆出版社 出版
（重庆市南岸区南滨路162号1幢）
投稿邮箱：bjhztr@vip.163.com
北京盛通印刷股份有限公司　印刷
重庆出版集团图书发行有限公司　发行
邮购电话：010-85869375/76转810

开本：880mm×1230mm　1/32　印张：12.5　字数：246千
2022年8月第1版　2022年8月第1次印刷
定价：49.80元

如有印装质量问题，请致电023-61520678

版权所有，侵权必究

过度关注"自我形象"使人成为梦想与激情的奴隶。

——〔法〕让·鲍德里亚

目 录

第一场　舌尖的磁场 —————— 1

第二场　幻觉的诡计 —————— 25

第三场　微型剧情A —————— 55

第四场　喧哗的黑巷 —————— 87

第五场　道魔的较量 —————— 111

第六场　微型剧情B —————— 137

第七场　时光的魔液 —————— 175

第八场　旋转的飞轮 —————— 215

第九场　溃疡的碎片 —————— 261

第十场　完美的罪行 —————— 317

第一场

舌尖的磁场

1

梅若伶乘着超光速的时光飞船,梦幻般飘浮着,透过360度环幕式舷窗,她看见生命轨迹呈现倒流的旋涡:先是老年,灰白色的面容如云般飘忽不定;而后,她看到生命中的第一张面孔,浮于清水之上,红彤彤、皱巴巴;中间,一长串影像则消匿于太空的浩渺之中……

此刻,时光飞船缓缓降落。她张开双臂,绽放微笑:"欢迎穿越时光隧道,走进美尔康青春复制舱!"

玻璃门自行打开。女人们雀跃涌入,她们为一种全新的青春术所激奋:第一天衰老肌肤若蚕茧层层脱蜕,第三天新生肌肤快乐生长，第九天嫩白若凝脂冰肌……疑惑、犹豫，可又情不自禁地想试一试。她们渴盼奇迹的发生，迫不及待地想体验肌肤重回年轻的神奇！

灯光瞬间亮起，玻璃背景墙面凸闪出一圈耀眼的镶钻字：

科技凝固时光　美丽超越梦想
美尔康抗衰老光疗会所

上午十点，梅若伶守在前台。大U形前台，蓝色钢化玻璃嵌银色箍边。四名空姐装扮的女孩一溜儿站立。她们屏息静听，等待着每一声铃响，声声铃响仿若魔法世界的仙气，一吹，枯败老树瞬间抽出新芽。

电话铃声此起彼伏，时时牵绊着梅若伶的心。她放心不下别人，即或有急事出去，隔个时辰也会打电话问："有没有大客户？"大客户，意指成交金额三万以上的客人。电话越多，意味着潜在客人越多，只要用心把潜在客人变成大客户，生意就似开了壶的水，要沸腾了！"啧啧，好得不得了，三万，五万，六万……"凡成一个大单，老远就能听到她爽朗的笑声，那富有爆破力的笑声从前胸穿透后脊梁，好一阵火辣辣。

眼一瞄，梅若伶瞅见刚从诊疗室走出的客人。她风旋而过，迅即揽住对方的腰："啧啧，谢姐，您最近皮肤粉嘟嘟、水灵灵，真是让人羡慕的Baby肌肤。"

对方被夸得喜滋滋："梅总，你的皮肤也越来越好，我看你才是Baby肌肤呢。"

"是吗？我可是'棉花耳朵，经不起吹'。您来得可巧，昨儿我们才引进一个宝贝，青春能量因子，忒神奇，在欧美都卖疯了！我自个儿吃了后身轻如燕，上十几层楼噔噔一溜儿小跑，头发也变得黑油油的。就有个不好，说了您可别见笑，"她凑近，捂住嘴，"晚上对那事特别想要，活像新婚那会儿，浑身抓痒啊！"听的人虽有点不好意思，话却如泥鳅刺溜溜滑进心里，搅得心肺一阵蠕动。"真有那么好？瞧你这张巧嘴，白菜都能卖个黄金价。那青春能量因子究竟是什么东西？"

"苏珊，快给谢姐介绍介绍青春能量因子。"梅若伶朝一圆脸女孩挤挤眼。被唤作苏珊的女孩机敏灵巧，立刻心领神会："谢姐，您边做美白牙齿，我边给您介绍青春能量因子。我们梅总对您真好，别的客人可享受不到这个待遇，单次做美白牙齿要一千呢！"梅若伶依依不舍地拉着她的手："谢姐，待会儿我过来陪您。真不晓得今儿哪来这么多客人，忙得我浑身唰唰直冒汗。"客人跟着苏珊走进美齿诊疗室，自己还纳闷，本来说好要走的，怎么又折回来了。

身一转，梅若伶走到前台。她想看看今天有多少客人打电话，又有多少愿意到店咨询。前台是关键，人却不好招。伶俐点的未必安分，安分的又未必拉得住客人。而自己一天只能抓一两个大单子，那么多小单子难道像漏沙般流掉？她岂会甘心？

前段时间，一个朋友教她一招，多认些干女儿以备后用。平时对她们好点，至少比旁人贴心。梅若伶的一双眼如雷达般四处搜寻，遇见可人点的女孩，主动介绍自己："亲爱的，欢迎你到美尔康工作。"一个生日蛋糕，一束鲜花，一款高仿名包，即刻点燃对方的热情。那些年轻女孩出道尚浅，她的财富即是她们未来的梦想。一个个干女儿揉搓着她的手："干妈，您来了，我们都想死您了！"蝴蝶般飞舞一圈，乖乖栖落在她身边。认了一大堆，有的就渐渐做了前台。工作之余，她又会多份额外关照，时不时带她们到高档餐厅吃顿"母女亲情餐"。齿颊留香之际，每个员工藏在旮旯里的事一点点浮现出来，梅若伶牙咬得恨恨，面上倒一点不显色。走时，还不忘塞一份包装得很漂亮的礼物，拆开或是名牌包，或是滚着蕾丝花边的小衣裳。说是从香港特意挑选的，但大多是从深圳A货店买的，价码标得很高，到手估计要去掉后面一个零。

眼前这个高挑女孩路晓嫣就是她的干女儿。她噘着小嘴，眨巴着大眼睛道："梅总，好几个客人嫌价格高呀。""嫌价格高，那是你们沟通的火候没到位，没有拨动她的心弦。打个比方，将一只蛤蟆扔进滚烫的水中，它肯定会烫得马上跳起来。可如果将蛤蟆放进凉水里，再一点点加热，它就会不知不觉地被煮熟，自然不会跳了。所以，咨询的技巧是火候，让客人先觉得好，而不是先觉得贵。"女孩们佩服地直点头，梅若伶声线拔高："你们学习学习，看着我，憋足气，带着激情，变着法子煽起她的冲动，话语步步捉住她的软肋，吓一下，揉一下，再让她憧憬一下。你们要充满深情地对她说，你想瞬间肌肤白嫩、皱纹消失、曲线紧致吗？你想回到做梦都想回去，却怎么也回不去的少女时代吗？若想回去，就请走进美尔康，我会给你青春、美貌，还有男人爱慕你的心！"

2

一切不过刚刚开个头。可是，梅若伶天生猎犬般的嗅觉，于光波刺刺爆响的瞬间，嗅到了金钱醉人的芬芳。她在芬芳中迷醉，快乐的神经犹如一尾活泼的鱼，在粼粼水波里上下跃动。

梅若伶是何时被这样的快乐所激荡的？

十九岁那年，她站在广东惠州仅二点五平方米的档口，跟随堂姐兜卖尼龙西裤。阳光灿烂，一排排抻直悬垂的西裤，似风中猎猎劲舞的旗幡，哗啦啦地应和着她喜悦的心情。那时的她粤语已说得很溜，还会迅捷辨明每个买主喜欢什么，在乎什么，担忧什么。她的天赋，在窄小档口局促地，却踮起脚尖，像模像样地跳起舞来。

整个夏天，梅若伶想方设法多卖一条尼龙西裤。一条西裤也就赚一两块，可当时在工厂打工的月薪不过二三十块，这利润算是相当可观了。南方的夏天，潮湿而黏热，汗水蚯蚓般在脸上蜿蜒爬行。梅若伶浑然不觉，汗一擦，袖一撸，扯起嗓子热烈地叫卖。买主摩挲着面料，拦腰砍半价。她紧紧抿住嘴，哪怕五分钱也不肯轻易松口。最后的定价往往是从牙缝里艰难蹦出，一个字一个字，汗水粘着头发，手心潮热，拼尽了意志。当缴械时，忽而一阵空虚："就这个价了，看在你有诚意！"

在随后的岁月里，她贩卖过尼龙裤、耐克球鞋、运动服和水貂皮。她的手指快活地摩挲着紫貂皮、蓝宝石貂皮、黑貂皮，无数张貂皮在阳光下熠熠生辉。突然有一天，她从服装行业转到美容行业，两者毫无关联，连她自己都微微纳罕。难道仅仅因为，那天她在黑夜将尽、白昼来临的交界缝隙，听到了胶原纤维断裂那一声令人恐惧的轻响？

咔嗒！

猝然的裂音，犹若表链断掉，齿轮松脱，生命在一小刻的静音中停止了运转。对触摸到衰老根须的人来说，当生命平行滑动时，衰老，是个省略号，细泪汩汩流淌，意味深长却又绵绵不绝；而当生命突然加速，衰老，似乎仅一夜，如洪水冲溃纸糊的青春，捏一捏，碎了。

梅若伶啪地开灯。她疑惑这声音的真实存在，或许仅仅是幻觉？侧光打过，眼角略略一挤的瞬间，细纹呈放射状向外扩散。它们何时出现的呢？二十五岁，三十岁，抑或三十五岁？

二十五岁，微笑、俏皮……面部肌肤的重复运动令你产生各种表情纹路，第一道眼角干纹悄然出现……广告词通常这样写道。二十五岁的梅若伶哪有时间留意眼角的细纹？那一年，她正在莫斯科"一只蚂蚁"市场"练摊",三时起床,准四时推着装满货物的板车出发。从住所到大市场有四公里的路,路上必经一座铁桥,铁桥边侧有两个铁槽,刚好卡住板车的两个轮子。铁槽很陡,有一次,梅若伶没能控制好,身体随车身飞速下滑,跌个四仰八叉,鼻青脸肿。那时,她的世界充斥着现实的计算、纷争、思虑,根本容不得遐思如水渗流。

三十岁,梅若伶回国探亲,在浦东机场商店看到某品牌祛皱眼霜,广告词很诱人:"橡皮擦一样轻轻擦去你的细纹。"柜台美容顾问说她眼角的细纹是假性皱纹,涂完一瓶保管见效。那段时间空运到货如羊拉金屎蛋,今天一包,后天一袋,最后干脆一包不到。她心急火燎,也没时间观察那道细纹是否消失,再说,断裂的胶原纤维怎能被轻轻"擦"掉?

三十五岁的生日派对上,闺蜜对梅若伶说,你的法令纹有点深啊。她忙问什么是法令纹,闺蜜不屑道,鼻翼两边的括弧线啊。你保养得再好,但法令纹是无法祛除的,它忠实地记录着你的年龄,松弛比皱纹更可怕!

　　每一天肌肤都以0.02mm的速度在下垂
　　每一天……衰老都在加速

衰老,这一巨大的声音,日渐澎湃。梅若伶回国后,频繁穿梭于各大美容院和瘦身中心。她躺在美容床上,焦灼的肌肤吮吸如细雨般渗透的精华。那清凉的面膜真能让肌肤焕发光彩?那一双双生了老茧的手，搓面似的在赘肉上捏来揉去，难道真能燃烧脂肪？虽说效果甚微，梅若伶的银子却哗哗直流。她在某SPA会所花两千八百八十八元买下一瓶三毫升的玫瑰精油，没想到做日化的朋友告诉她："这精油并不是真正的植物芳香精油，是油脂、水，添加化学物质调和而成。一桶五升装的劣质精油批发价也就几十元。知道目前中国最赚钱的行业是什么吗？开美容院！美容院的毛利高达90%，而零售业仅15%，餐饮业仅30%。除了毒品和军火，还有哪个行业有如此高的利润？"梅若伶不由心动，为何不开个抗衰老机构？衰老就像一匹恶狼，瞪着眼蹲踞着，随时准备吞噬鲜活的肉体。无数女人在衰老的一刻意志力全线崩溃，而梅若伶却在恶狼的怒目中发现了商机。

这个世界，只有两类人：一类人习惯做消费者，并不喜欢去创造；而另一类人却能将自己的爱好或需求，直接转化为生产力。梅若伶恰恰就是后一类人——喜欢创造并战胜一切的人！

3

广州美博会，每年春秋两届。

全国各地的化妆品及美容院的经营者纷至沓来。他们并不相识，但财富所散发出的独特气息，如刚出炉的爆米花飘溢的香气，在空气里撩人地荡漾。众人闻香循迹，纷纷转动起幸运轮盘，期待运气如约而至。

　　叫卖的喧嚣、灯光的迷离、香水的芬芳，令人如醉如痴：洋模特全身闪着金片，脚蹬滑轮嗖嗖疾驰；通体透明的水晶宫内，白雪公主正和七个小矮人嬉戏；光电闪烁的舱体外，"太空女郎"似被电击，一寸寸闪亮扭动；砰的一声，小火龙在模特腹部熊熊燃烧，那是藏传密宗的火疗减肥……

　　犹如步入桃花阵，梅若伶迷失在叫卖声中。这毕竟比不得卖了多年的水貂皮，一摸即知什么货色。五颜六色的瓶瓶罐罐都大同小异，什么DNA、干细胞，这些尚在实验室容器里的高科技成分，幻变成漂亮的标签，被神奇地贴在产品上。梅若伶不确定挑选什么，选择A还是B，或者C？在物品丰盈的时代，选择同样需要智慧和眼光。

　　第一次参加美博会，梅若伶不敢有丝毫懈怠。脚底似垫了弹簧，百米冲刺般狂奔，一圈转下来，大小纸袋十几个，沉甸甸的，勒得她两手红且疼。时至中午，梅若伶饥肠辘辘，走到餐厅，看见门口排着长长的队，转身向西走，正好瞅见咖啡吧，赶紧坐下，噼啪脱下高跟鞋，赤脚踩在鞋面上，暂时舒缓扭曲的脚趾。她点了两根烤香肠，几口吞下，眼睛还忙不迭地四下搜寻。神经好似上了膛的手枪，随时准备瞄准，她究竟要射向哪里呢？

4

"二十分钟您能做什么事？吃一顿饭？化个彩妆？或是睡个短暂的午觉？如果我告诉您，只要二十分钟，就能让您青春焕颜，年轻五到十岁，您愿意尝试吗？

"怎么样？只需一顿午餐的时间！您的同事、家人再看到您，定会惊为天人。他们喊道，天哪，你怎么变得这么年轻、漂亮？是做了整形吗？更神奇的是，他们找来找去，哪怕找到腋窝处，都找不出半点'整形'的痕迹……这是变魔术吗？No，这是事实，千真万确的事实！"

梅若伶循声前行。不远处停放着一架巨大的飞机模型，机舱前人头攒动，一名高挑女子站在飞机起落架上主持。银灰机身镌印着"青春复制舱"字样，八个舷窗内嵌液晶电视，女明星催眠般轻语："九天，只要九天，智能光波创造青春肌肤的奇迹！"

"太空女郎"手举托盘走向梅若伶："请问您想进入青春复制舱体验一下吗？如您感兴趣，麻烦赐张名片。"她一探头，一名中年女子从机舱走出，笑道："有点意思。"梅若伶心生好奇，遂将名片丢入托盘，跟随一长溜人逶迤向前。舱内有什么呢？他们和她一样，犹若探险，渴望寻到新的宝藏。

舱门徐徐打开。如穿越黑夜般的天体，脚底绵软。嵌入舱体内壁的液晶影像，萤火虫般一跳一跳。一壁是由衰老递减年轻的影像，五十、四十、三十、二十岁；另一壁则是由年轻递增衰老的影像，二十、三十、四十、五十岁……来宾徐徐走过，满地一窠一窠的碎光，踩上去，咔嚓嚓地响。忽闻一阵清冽乐声，伴有袅袅女声："我们多么渴望储存一切转瞬即逝的美。那些美似晨露，瞬间蒸腾，不留痕迹——重返年轻，成为女人永远追逐的梦想。"

灯光瞬间亮起，如擦着火，舱内亮炽一片。

"欢迎穿越时光隧道，走进汇美通青春复制舱，体验二十分钟肌肤焕颜之旅！"

5

一对一的营销体验。

舱内设有十几张美容床。床上方的舱顶嵌进小型液晶电视，电视里循环播放着美国某博士的采访录像。博士娓娓道来："智能光波是21世纪皮肤护理界最伟大的成果。它耗时三十年，凝聚全球四十二位医学精英的心血……人们渴望留住青春、延缓衰老，不再是遥不可及的梦想！"

"您亲自感受一下，绝对梦幻般的体验。"梅若伶躺在柔软的美容床上，脸上涂满凉凉的果冻状面膜，女技师给她戴上护目镜。

"疼吗？"梅若伶问。"不疼，有点痒，像被蚊子叮咬的感觉。"女技师轻声说，"您的皮肤已初步老化，做过后，将明显紧致、细嫩,轮廓有提升感。时间有限,我只给您做左边脸,二十分钟后,您用尺子测量一下,左脸将提升两公分。不过,若想持久,必须在九天内间隔做四到六次,九天是一个疗程。"

习惯了温柔的手在面庞上如丝滑过,当冰冷的探头滑行时,梅若伶略有点紧张。她闭上眼,亮光闪闪灭灭,肌肤微微刺痛。短暂的体验后,用尺子测量,做过的左脸比右脸提升了一公分,摸上去皮肤滑滑嫩嫩。她有点动心。

梅若伶走出舱门,女主持人正在采访一位体验者:"0k,请这位美女绕场一圈。诸位,瞪大你们的双眼,目测一下,她是左边脸大,还是右边脸大?""麻烦帅哥拿尺子测量,她刚做完的右脸比左脸提升多少?""两公分!""听到了吗?两公分!你们再仔细看看,她右脸的肌肤是不是莹润通透,像剥了壳的荔枝?现场采访一下,当一束光瞬间打在脸上,你有什么特别感觉?""闭上眼休息二十分钟,一睁眼看到皮肤变得水水嫩嫩,脸也小了一圈,真的好神奇哟!"

梅若伶若有所思地走开,并未留意一名年轻的高大男子紧跟其后:"我是汇美通公司的李博海。请问您体验完智能光波,感觉如何?有没有兴趣代理这个项目?"

梅若伶转过身,态度凛然:"给你五分钟,0k,十分钟,看你能不能把我说得心怦怦跳!"

6

生意和男人是两码事，梅若伶一向分得很清楚，即使眼前这张面孔如此赏心悦目。赏心悦目？她并未觉得用赏心悦目形容男人的脸有何不妥，当男人的目光试图透过裙衫，揣摩女人的胸围尺码时，女人同样可以目测出男人衬衫下有几块腹肌。他身形笔直，无一丝赘肉，虽然套着西装，但能感觉小腹平坦，或许还有漂亮的马甲线？她嘴角上扬，一丝笑容不经意地流露。但很快，她敛住笑意，紧绷的弦绝不能松脱。

"若论做生意，我只是小学生，您才是经历过大风大浪的。不过，个人一点小小拙见，仅供参考。若想赚大钱，只有两条路：一条是垄断，无论是资源还是市场，只有垄断才能赚钱；另一条是要做第一单的新鲜生意。"他仅凭一句话即打动了她。是的，第一单的新鲜生意——鲜嫩得犹若沾着露珠的花瓣、从清冽泉水里捞出的小鱼、从树上摘下的香甜果子。经商多年，梅若伶深知，每个项目的暴利从刚擦出火花到熊熊燃烧，是个很短暂的过程。当别人还没反应过来，当生意尚在萌芽状态时，就要像猎狗一样敏锐嗅到，并第一个冲上去。同样是赌，第一单若赌赢了，利润往往是第二单、第三单的好几倍。

"第一单的新鲜生意""春天的第一茬儿鲜""宁吃鲜桃一口，不要烂梨一筐"……一连串的，琴键揿下，悦耳熟悉的旋律，水流般泻出。

"嚼到春天的第一茬儿鲜"是坤哥告诉她的。1990年,梅若伶二十一岁,坤哥也不过二十八九岁,但在她眼里,俨然是个大人物。坤哥早年在北京东单夜市练摊,八十年代末到赤塔、海参崴一带做起了"国际倒爷",常年往返于北京和莫斯科之间。苏联解体的前一年,他决定组织一拨人去莫斯科经商。梅若伶的男友何光楠是外贸公司的跟单员,曾给坤哥供货,经不住他的劝诱,拉着梅若伶踏上了开往莫斯科的火车。

十八年前的小梅子笑呵呵地站在车厢过道,宽阔的额头,眼睛晶晶透亮,哼着《红莓花儿开》,冲着坤哥直乐。坤哥脱下帽子,锃亮光头被正午西伯利亚的雪光一照,似顶着一圈光晕。他眯着眼,一脸坏笑地看着她:"嗳,我说,老妹子,学着点,什么时候都要吃'春天的第一茬儿鲜',千万别吃人家嚼吧嚼吧吃剩的,那都是木渣子,呸,塞牙缝儿,大爷我不爱!"

此刻,"春天的第一茬儿鲜"正被这个叫李博海的年轻男子咀嚼着,他的嘴角噙满即将爆破的芬芳。

"蓝海战略的核心点是做差异经营。做传统美容?道窄人多,此刻再介入,为时已晚。有句话说得好,眼界决定未来。在高度竞争的社会,前瞻性项目是我们的首选,比如高科技美容将成为美业的新潮流。"李博海笑眯眯的,他天生具有令人喜悦的禀赋。

"前瞻性项目?如果太早,不白白给人当垫脚石?"梅若伶态度凛然。李博海双眉高高扬起:"前瞻性项目也分近期、中期、远期。套用风投的思路,快半步的投资项目是最理想的,快一步两步太早,同步则没钱赚没前景,而智能光波恰恰是快半步的项目。如今,高科技美容会所在港台遍地开花,名媛淑女和明星们趋之若鹜。您若再不投,这项目要成明日黄花了!"

新鲜芒刺如此撩拨神经,让她血脉偾张。她想试试,因为新鲜,引人垂涎,诱人迫不及待地想尝试。对梅若伶而言,有什么风险,会比错过机遇的风险更大呢?

7

"梅总,又有大单子了!"美容顾问的声音打断了梅若伶的回忆。她一抬眼,见一个美容顾问正从诊疗室走出,两眼溢着喜悦:"夏姐已经等您好一会儿了!"

"得,那还不快点,给我披上白大褂,瞅着专业点!"

铮铮锵锵。

一场大戏即将开场。舞台、布景、道具、灯光,一应俱全,唯缺她这个女主角,只待她一亮嗓,锣鼓笙箫齐鸣,敲它个金光乱闪!

大客户自然被引到专用咨询室。在密不透风的空间里,她静静等候,或许也在猜测,拥有如此规模生意的女老板是何许人也?她隐隐感到梅若伶的气息,热辣、灼烫,在每一个角落流溢。

夏芊芊，四十二岁，一生别无他恋，只恋自己的美貌。她的习惯性开场白常常是："你猜猜嘛，我有多大？是吗，你也这么认为，好多人都认为我只有二十几岁哦。"说这话时，她双唇一噘，有着与实际年龄不相吻合的萌态。"我的脸又紧又滑吧，你问我怎么保养得呀，真没怎样，平时多吃点冬虫夏草、燕窝，你看，不，你捏一捏，紧啵？"

梅若伶走进咨询室时，夏芊芊头一侧，瞟了梅若伶一眼，浓墨重彩的一张脸，用多了颜料，反而少了灵韵。夏芊芊嘴一抿，旋即转过头。她对别人的关注不会超过三秒，她倾尽一生，只关注、研究自己——用目光、遐思和皮尺。

夏芊芊习惯性地叹口气，并试图从梅若伶桌上的镜子里寻找自己。她喜欢到处寻找自己，在不同场合不同形状的镜子里，哪怕仅仅身影叠映在时装店的橱窗上，倏忽一闪。

这一寂默，对梅若伶却已足够。

一只眼睛流露着热情，另一只眼睛却架起了显微镜。夏芊芊的细微表情，在显微镜下释放出各种信号：她感兴趣吗？她的需求是否迫切？她有多大的消费潜力？一壁迎合一壁窥伺，审视的目光永远藏进笑窝里，即或暗流湍急，表面依然风平浪静，不现丝毫涟漪。梅若伶暗自思忖，这是个简单、自恋却又挑剔的女人。

要一点点地递进。这种大单谈判最忌性急。一旦你的观点、专业形象，如种子在对方心中生根发芽，一切问题自然迎刃而解。但如果没有播种成功，随后的沟通，便如同踩在即将融化的薄冰上，迟早会自沉河底。

赞美，找问题，试探，提出概念，给"解药"，亲身验证，进一步煽动，结束战斗；其间，会穿插暗示法、激将法、比较法、连带销售法等，梅若伶对此早已谙熟于心。她常有出乎意料的发挥，好比一个优秀的演员，在导演设定的剧情之外，画龙点睛即兴发挥，博他个满堂彩！

8

嘴，自出生起，一张一翕，吮吸乳汁，滋养生命；至咿呀学语，囫囵吐露对世界的混沌认知；长至成年，有人讷于言，将生命的感知锁闭心头，而有人却能以舌头、声线、口腔形成奇异的磁场，共振出纷繁多变的节奏，或缠绵悱恻，倾吐喁喁絮语，或昂扬亢奋，激发狂热斗志。

而梅若伶认为，嘴的极致妙用是香料，是花粉。它能让画片上的甜品散发香气，让衣裳上的蝴蝶翩翩飞舞，最终，诱引对方兜里的钱长了翅膀，鸟儿般扑棱棱飞进自个儿的兜里。

梅若伶张开了嘴，舌尖轻抵上颚，一连串的漂亮话语如开口牡蛎滚落下的珍珠："前台说来了个大美女，果真是'大白天开灯——美得晃眼'。我怎么瞅着眼熟，你跟那个明星诗璇很像呀，不过，说句大实话，你比她更漂亮，她是浓妆艳抹的一张脸，你却是素素淡淡，天然去雕饰！"

　　[迷醉状态。我沉醉于美妙的语境中，被你的意识抚弄。你的意识如纤柔的手指，漫不经心地滑过，微妙的火流，游动……]

　　她旋即话锋一转："咦，你的肌肤测试报告真有点问题。瞧瞧，两颊处红血丝忒明显，颧骨上有斑点，还有，最关键的是，肌肤弹性欠佳，已呈现中度松弛状态。结论：肌龄——40岁！"梅若伶戴上无框眼镜，表情突然凝重。

　　[脆弱之处，柔软的敏感部位。细微、尖利的声响，唤醒脆弱的痛楚。揭开我的伤疤，伤疤猝不及防地流血，需要娇唇的吻触，绽放奇瑰的花朵。]

　　夏芊芊尚浸润于赞美的暖流，闻言猛地一惊，忙拿出镜子："怎么会，怎么会？！我的肌龄有这么大吗？我用的都是顶级化妆品，花那么多钱难道没效果？再说，你说的皮肤问题，我在镜子里看没那么严重呀？"

　　[声音、表情、氛围。无可挽救？无可挽救！像蚕茧层层裹缚着我，我透不过气来，我在你的目光中迷失。]

　　"肉眼未必看得那么清楚，这可是专业肌肤测试仪作出的报告，机器从来不会撒谎。不过，你放一百二十个心，既然我能发现你的问题,就有办法解决问题!"

　　[相对光亮。经过短瞬的昏暗,光亮尤为灼灼。正如从黑色幕布钻出,一点光亮足以刺眯双眼,迷失方向……]

　　"你一定会问我,为什么用了成打的美白产品还是赶不走黑斑雀斑?早晚勤抹顶级化妆品,细纹鱼尾纹还是原地不动?Ok,先莫急——"

　　[等待每一个信号的回馈。按照我的节奏击打,不快不慢,正敲击在板眼上,发出和谐的共鸣。]

　　梅若伶变戏法般从抽屉里拿出一个水蜜桃:"我们做个小试验,给蔫了吧唧的水蜜桃洒洒水。你看,不出三分钟,它表面的水分瞬间消失。这个试验说明什么?化妆品只作用于肌肤表层,仅仅起到遮盖作用。汗一流,水一洗,营养成分就流失了。所以,光给肌肤做'表面文章',是远远不够的。"

　　[魔术的障眼法。追随魔术师的眼神、手势移动,视觉被短暂屏蔽……]

　　"科学家们研究了很久。终于,二十一世纪皮肤护理界最伟大的成果——智能光波神奇地出现了!它瞬间激活真皮层细胞的青春能量,源源不断促进胶原蛋白重生。智能光波让肌肤吸收的养分,是普通化妆品的一万倍!"

[绝对权威。在黑暗中，权威的眼睛就是你的眼睛，因为，这双眼睛或许比你更能寻找到光明。]

"其他方法？你信吗？那是'剥皮'。刚开始白里透红，可没过多久，什么斑点、皱纹、红血丝统统出来了。智能光波是给肌肤穿上衣服，增厚角质层，皮肤紧紧实实，保证三年不反弹！

"疼吗？怎么会？不开刀、不打针，小眯一会儿，一觉醒来，瞅瞅那个皮肤啊，恨不能掐出水来。还记得你二十岁时的皮肤状态吗？对，就那种感觉，瓷娃娃一样。到时，别美透了你！"梅若伶眼神飞飞，将别人的兴奋点挑到树杈的顶端，一拨弄，期冀和信任扑棱棱如鸟儿跳入怀里，给她个满当当的欢喜。

[是什么魔鼓声阵阵传来？敲击到我的心坎上——奇迹在枝头绽放，奇迹在河里流淌，奇迹在风中穿行，奇迹，栖身在星光照耀的金枝上！]

9

还要将欲望的栓子塞紧塞牢。

"你看我的皮肤怎么样？近点瞅，没事的，有斑点吗？再捏一捏，紧不紧，滑不滑？"

"亲身示范"是她的杀手锏：梅若伶拿出自己的照片，遮挡住拍摄日期:"猜猜看,哪张是最近拍的,哪张是以前拍的?"

往往,客人们会做出相反的判断,惊讶道:"真的,你今年拍得比前几年的年轻好多!"

梅若伶嘴一撇,手指戳着照片:"瞧瞧,我以前的斑是不是比现在明显?啧啧,你看,还有皱纹呢。那时仗着年轻,不懂保养,折腾成这样。"那口气,倒不像在评点以前的自己,而像嘲讽自己的情敌。

[诱惑的催生。如潮的信息涌来,于新鲜刺痛后,好似鬃毛刷刷在柔软的肌肤上,经络通畅的快感……]

手机铃声恰到好处地响起。

"对不起啊,美女,等一下……"

"苏姐,最近皮肤状态怎么样?嗯嗯,那就好!什么?人家说你像你老公的小老婆,哈哈……"梅若伶富有爆破力的笑声,热辣辣地刮到耳边,"最近,我们新引进的那个青春能量因子,哎呀呀,你不晓得,效果真是顶呱呱。苏姐,下次再跟您详聊,我这还有个客人呢——没什么,不用谢。"

梅若伶转过身:"苏姐是工商局处长介绍的,原先脸上有大片黄褐斑,皱纹也深。起先死活不肯做,说近五十的人,折腾这张脸干啥。我说五十岁也要做资深美女。她先是怕疼,后来又担心没效果,磨磨叽叽的,终于尝试了。你猜她怎么说?还怪我怎么不早点告诉她,早做不早年轻了吗?这不,人家说她像她老公的小老婆,瞧她乐得那个小样儿!"

[暗示,有时比直接的推销更易撩拨心思。暗示,小心地蜷伏着,诡异地眨着眼睛。当警戒的栅栏撤出时,暗示,这个谦逊的家伙,噌地冒出,在拐角处,叼住蠢动的神经末梢。你服输了,彻底地。

热潮层层席卷,内心深处一炉火呼啦啦直烧起来,夏芊芊腾地站起。

10

"多少钱一个疗程?"

"三万一个疗程!"

"太贵了!还能便宜点吗?如果效果好,我到处宣传,不也等于帮你介绍客人呀!"

"贵吗?我可不能'拿着凤凰当鸡卖'!算一算你三年来在化妆品、美容保养上的投资,少说也要十几万,有用吗?说得不好听,不过图个心理安慰。我能确保你年轻五到十岁,根治你的皮肤问题,还敢承诺五年不反弹。你问那卖化妆品的,他们敢吗?虽说数额大,但这是一次性投入,跟买房和租房的道理一样。一个是先期投入大,但房子最终是自己的;另一个每次投入看上去小，最后算算，付了那么多，白白帮房东付房贷！"

讨价还价是女人的通病。

梅若伶让还是不让？经商多年，除非是为了铲除对手，她在价格上一直强势。但又不可以不让。失衡的女人的心，活像一个赌气的孩子，明明饥饿得很，偏要以哭闹博得大人的妥协。所以，梅若伶总结出的办法是"1+1>2"。设备和产品组合，所有的治疗全是套餐制，真正起效果的和没起什么效果的组合在一起，套餐价格上来了，成本远没那么高，打个八折，客人还不得了便宜似的速速刷卡？

"按理这价制定出来，就没还价的理儿。不过，话又说回来，谁叫咱俩有缘？你看这样成吗，你若加个'魔幻纤体'，即可享受八折优惠。两个项目一共五万，再打八折，虽说贵了一万，但既美了脸蛋又瘦了小腰，一举两得。这可是最低价，千万别跟其他客人讲，这是你我之间的小秘密哦。"

临刷卡时，夏芊芊忽而犹豫："万一效果不好呢？"

"在美尔康做皮肤是'铜头戴了铁帽子——双保险'！你海陆空全方位打听打听，美尔康的设备是不是位列全国三甲？如果美尔康解决不了你的皮肤问题，你到日本、美国也没辙！万一效果不好？我还真没听过！如果发生万一，我全额退款，行不？我开店是要赚钱的，如果做不好，天天忙着退款，我还敢拍着胸脯打包票吗？你要签协议，行啊，签！"

[将来进行时,是诱惑的时态。将来要发生的奇迹,将来要倒流的岁月,不禁为之兴奋。当青春的容颜,渐成岩洞里斑驳的壁画,需要一束光,照亮往昔的绚烂。哪怕仅是萤火虫,不确定、跃动的亮光。]

夏芊芊即将走出美尔康,担忧、疑惑,一切都退潮了。净白的沙粒,间或有温柔的海浪轻轻地拍打。两个女人潮热的手,相互感受着,迟迟不肯松开。

最后的成交机会,蜷伏着,等待着再一次被撩拨。

梅若伶似想起什么,拍了下脑袋:"哎呀,瞧我这记性,这么个宝贝怎就忘了?关系不好我还真不爱说。"

夏芊芊性急:"什么呀,什么好东西?"

"那个青春能量因子啊!"

……

还有什么在等待着夏芊芊?她闭上眼,当凝胶黏附眼皮的片刻,思维,啪嗒,停顿。

第二场

幻觉的诡计

1
■

女人的心是什么？似云若雾，乍雨还晴。她会在一秒内改变主意，亦会于漫漫时光里无所动摇；一句无关紧要的话令她雷电交加，另一句甜言蜜语则让她笑靥如花。

女人的心，在几分钟内就经历了春、夏、秋、冬。

梅若伶认为她最懂女人的心，谁说不是呢？她比谁都清楚女人那一点小心思：女人喜欢每天收到爱慕者的一束红玫瑰，却不愿在生日那天收到象征几岁的花束；在女人的年龄运算器上只有减号，把你看到的年龄减十，就是女人最满意的年龄；女人的身高、体重往往和她理想的数值成反比……

"为什么呢？"围聚一圈的员工好奇地问。

"因为——"梅若伶清清嗓子，"每个女人都有两个自己，一个是现实的自己，另一个则是幻想的自己。现实的自己随岁月流逝日渐衰老，而幻想中的自己依然青春美丽……你们是不是常听到这样的声音：我都没意识到自己是这个年龄了！但是，你们的双眼却被现实的她所蒙蔽，只注意到她脸上的皱纹，腰间的赘肉，下垂的胸部。你们以救世主的心态，一脸悲悯状，'亲爱的，您再不做瘦身项目就会变成水桶腰'。那一刻，你已彻底失去了她的心，又怎能猎获她的钱袋？"

女孩们啧啧称叹。梅若伶暗自得意，声调拔高道："你们要激发出客人心中那个幻想的自己，当她们憧憬时，你们不动声色地'催眠'：只差一点点，您就接近完美……"

"那一点点是什么？"女孩们好奇地问。

"这一点点金贵着呢！"梅若伶双眼滴溜溜一转，"鼻梁离标准尺寸差一公分，要打多少钱的玻尿酸？祛除眼角纹要打多少剂量的肉毒素？腰围粗了几厘米要做几个疗程的光疗纤体？四十变三十，三十变二十，想成为无龄美女、冻龄美女更是系统持久的工程。所以，你们不是贩卖产品，而是帮她们实现梦想。现实的她和理想的她有一个缺口，缺口有多大，利润空间就有多大。女人愿意为这'一点点'疯狂地买单，为'幻想的自己'刷爆卡！"

2

"每个女人都有两个自己，一个是现实的自己，另一个则是幻想的自己。"因为，人人都需要幻觉的魔液，人人都渴盼奇迹的发生。正如，年少的梅若伶热烈地奔向另一个创造奇迹的自己！

梅若伶生长在名叫贺南的内陆小县城。每到春季，沙尘暴来袭时，整个县城都笼在灰蒙蒙中。到了夏季，则燥热难耐，县城仿佛被扎进布袋子，透不过一丝气儿。

八岁的梅若伶坐在家门口的石阶上，嘴里含着红豆冰棒。夏天真热，她贪婪地看着门上贴的宣传画，幻想着自己坐在画中的白色游艇里，驰骋在碧蓝无涯的大海上。她渴望走出闷罐似的小县城，走到广阔的天地，看看清透的天、碧蓝的海，还有海边那一栋栋漂亮的小洋房。

十岁的梅若伶好奇地望着省城的一幢幢红瓦洋楼。她在猜想，住在这儿的人穿什么、吃什么，也会像她一样蹲着上厕所吗？街面静得只听到树叶飘落的声音，而洋楼里偶尔传来的笑声，跌碎在路面上，让梅若伶一路追逐。生活的奇迹在哪里？在洋楼里吗？不可预知，不可揣测，她只能远远地，踮起脚尖，伸出双手，去捕捉从洋楼里飘散出的笑声。

在粗糙的水泥墙面上，梅若伶用粉笔画着一栋栋洋楼，东倒西歪。隔壁传来父母剧烈的争吵声，两岁弟弟的腿又踢在她身上。蜘蛛在房檐四角辛勤劳作，墙壁上的洋楼在梦境中，如此地色彩斑斓。

十二岁，同学的父母去了香港，同学带给梅若伶一颗软糖，说是外国糖。梅若伶小心翼翼地剥开，花花绿绿的绉纸，被折叠成漂亮的纸船。糖一点点融化，甜的，酸的，涩的，一浪一浪地涌着，味蕾开了花，旋即又枯败。

那一晚，她梦见了什么？成百上千的纸船漂浮在碧海上，她也变成纸船上小小的人儿。她听见自己的笑声，在梦的罅隙，清越生脆地响着。早晨醒来，父亲又打了母亲。母亲只会哭，一边踩着缝纫机一边哭，泪水涸在布上。明天就要期中考试，时间卡住了，不再运转。

十四岁生日那天，母亲在她那碗面条里加了两个荷包蛋。父亲见了，嘟囔一句浪费，顺手将两个荷包蛋拣到小弟碗里。她捏着拳头，再也不能忍受不公平的对待了！她猛地站起，将桌上的热水瓶狠狠掷在地上。她听到壶胆碎裂的声音，那是愉悦的声音，欢天喜地的声音。当父亲的拳头劈头打下，她却环抱住自己的喜悦，这喜悦，只能自己偷偷独享。是的，不透气的生活已被捅破一个小口，为何不捅得更大点？难道全世界都像贺南一样脏兮兮、热嘈嘈，闷得喘不过气来？

第二天，梅若伶决定离家出走，她乘坐七小时大巴到离家最近的滨海。她想看海，想听大海的波涛声，想驰骋在一望无垠的大海上。但是，到了滨海已是黄昏时分，她只看到泛着黄浆的海水，几条破旧的驳油船，黑漆漆的，搁浅在满是泥浆的堤边。

夜深了，海风冷飕飕地吹着。梅若伶反复数着兜里的硬币，一遍又一遍地数着，她该去哪儿过夜？夜色里的海黑黢黢的，海浪声一阵猛似一阵地喧哗着，似乎急迫地要吞噬这青春的肉体。她深一脚浅一脚疯狂地跑着，跑向有人声、有灯光的热闹所在。

她跑到客车站，蜷缩在冰凉生锈的铁椅上睡了一夜，早晨六点坐早班的大巴回家。后座两个女孩叽叽喳喳：一个女孩说，每天早上我妈都把栀子花插在我的辫梢上，真是俗气死了；另一个女孩说，我妈每天早上帮我准备午饭，今天是梅干菜烧肉和两个荷包蛋，生怕我吃不饱。梅若伶啃着冷硬的馒头，眼泪唰唰地流了下来。

下午，她推开家门，见父亲正将酒倒进打掉柄的酒杯里。桌腿有点短，晃晃荡荡，溅出的酒一滴两滴落下来。小弟贪玩，匍匐在桌下，张开小嘴，就着吮吸，末了，还用小手指品咂，好辣！父亲抬头瞅了她一眼，仿佛她从没离开似的。她跑回小屋，狠狠地砸墙壁，拳头上沾满白色石灰粉，却毫无痛感。

十五岁，梅若伶没有考上外地中专，只好就读本地一所普通中学。她依然无法离开家。家，成了废弃的港湾，从来不曾散发热腾腾的饭香、母亲肌肤的体香、父亲浓密发间的油香。那是一块废铁，冰冷的，真扎手——咣当一声，梅若伶扔掉手中的碗，猛地推开父亲。因醉酒踉跄的父亲，晃晃荡荡，指着梅若伶：

"你敢打老子,反了,反了!你和你妈都是贱货,没人要的贱货!"

十八岁,梅若伶高考失败。她不再听从命运惯性的安排,义无反顾离开家乡,南下到广东惠州。1987年的广东,已被划为中国沿海开放地区,财富如潮水汹涌而出,不少人莫名其妙地成了百万富翁、千万富翁。这样的神话同样让梅若伶心驰神往,她急不可耐地拨通了惠州叔叔家的电话。当梅若伶听到堂姐的召唤时,不由构想自己的未来,她和堂姐欢笑着,在细白的沙滩上,捡拾着被海浪冲上来的金色贝壳。

未来,吹着响亮的口哨,呼啸而至。梅若伶走出县城的那一刻,有一种挣脱的快乐。她没有带太多行李,因为,她认为,生活将重新开始,即勾销掉过去,毫无价值的过去。一切会丰富而灿然地展开,犹若被风吹得一波波漾开的金灿灿的油菜花。车窗外景物嗖嗖后退,眼前仿佛展现一片更为广阔的自由天地,那天地之广大令她异常亢奋。

"对这个世界,我一无所知,除了冲锋陷阵,还是冲锋陷阵!"

3

梅若伶没有在惠州捡到金色贝壳,然而,她却在北京—莫斯科的火车上,第一次品咂到了"春天的第一茬儿鲜"。那根本不是旅途，而是一次"流动大贩卖"。每到一个大站，他们就开始疯狂贩卖羽绒服、牛仔裤、皮夹克、运动鞋、大大泡泡糖……短短六天狂赚数十万。

面对蜂拥而至的俄罗斯人，梅若伶手忙脚乱，不知所措。坤哥冲她直瞪眼："别傻蹭棱子啊，瞧你这沫沫丢丢的样儿，怎么跟个怯混儿似的。记住，这是耐克、阿迪达斯、POLO，再教你两句俄文，'达蛙力士'，同志，西莫西莫，谢谢，舌头卷起来，靠，大舌头啊，卷不过来吗？算了，算了，记住，拿着计算器，在每个进货价的数字后面加个零，敲给他们看，Easy得一胡，笨蛋都赚得到钱，除非你是笨蛋他妈的祖奶奶！"梅若伶忍不住大笑。

一转身，一个俄罗斯男孩正站在她面前。他头戴六顶高加索毡帽，朝她微笑。他想买什么呢？

凝视、揣测、再凝视。当语言成为一种屏障，眼神在交易时会透露出微妙的信息：我喜欢，我想拥有，我会在所不惜。

俄罗斯男孩的眼睛碧蓝如海，眼仁似灯塔，啪嗒，啪嗒，发出信号。他在示意什么呢？他用手指自己头顶上的毡帽，又指指梅若伶手上印有NIKE商标的运动鞋，他想以物换物。坤哥眨眨眼：黑他一下！

怎么交换？一顶？两顶？还是三顶？梅若伶摩挲着黑色大卷边的毡帽，的确是上好的高加索毡帽。梅若伶的心理预期是三顶，她手上的仿耐克鞋其实是厂里的次品，估计穿个三天就要折鞋底了。不过坤哥对她说，放心大胆地报价，没人识货，等他们发现问题，咱们都已踩在莫斯科的土地上了。如果能换回三顶，绝对赚大发了。

男孩取下一顶毡帽，不确定地向空中晃晃，梅若伶摇摇头。他又取下一顶，梅若伶还是摇摇头，三顶是她给自己定的指标。他们比比画画，一遍两遍，几番较量，男孩急得满脑门热汗，似乎想放弃了。他低头慢走，突又折回，一股脑儿地脱下六顶毡帽，飞快地甩给梅若伶，迅速抢走了耐克鞋，然后——箭一般逃跑了！

"瞧，这孙子撒丫儿跑颠了！"坤哥扯着京片子拍手欢叫道。一秒钟后，醒悟过来的梅若伶忍不住大笑，她竟误读了他的眼神，多么有趣。他的六顶毡帽远比仿冒的耐克鞋子值钱，可他还自以为得了便宜，做贼似的逃跑了。

白桦林默默观看着演出，齐刷刷地低头微笑，这个国度，充满了太多未知、机遇和惊喜。

4

记忆中俄罗斯男孩的眼睛依然蓝得发绿，但一茬一茬的春季过去了，白桦树绿了又黄，黄了又绿，难道还能无限循环地尝到头鲜？

俄罗斯的生意越来越难做。政策一天三变，卢布贬值，利润下滑，还有爆炸，令人心惊胆战的爆炸。

那天，梅若伶听到了什么？她放下卷帘铁门，几乎下意识地，不确定地回望一眼。"砰！"一声巨响，火光冲天，层层热浪弥散，硫磺味刺鼻，空气烧灼般噼啪作响，钢筋支架铺天盖地砸下来，飞溅的鲜血雨点般洒落……梅若伶绝望地大叫："我的货啊！"她的货就在火光里，被海关扣押多时后刚入库的水貂皮正熊熊燃烧。

梅若伶撒开腿，拼命往火光里跑，巨大的气浪将她掀翻在地，她试图站起来，但脚下黏黏滑滑，低头一看，竟是满地的血。她手里攥的是什么？血糊糊，那是一个人的耳朵。她忙不迭地在衣裳上擦拭，干脆连外套也脱掉，踉跄着，被她老公的手拖着前行。

好日子到头了！

这是无限留恋的声音。

这一年，梅若伶结束了俄罗斯的服装贸易，转战国内。丈夫继续做外贸，她则决定开间大型美容会所。虽说卖服装和经营美容院都是做生意，但隔行如隔山，梅若伶并不敢贸然行事。她每天除了去各美容机构体验产品和手法外，还频繁穿梭于各类营销讲座。几乎每场讲座，培训师们都像明星一样，手持话筒满场乱跑："你们想赚一百万，一千万，还是一个亿？亲爱的朋友们，你们想不想？怎么，你们的喊声还不够热烈，你们的激情还不够饱满，难道你们没有必赢的信心吗？Ok，重新来一次，Are you ready？One，two，three，大家跟我一起喊——我要创造奇迹！奇迹由我创造！"众人声嘶力竭狂呼，仿佛整个世界将因自己而改变。

时日一久，梅若伶摸清了培训师们的演讲套路，渐生倦意。倒有一个特例，就是深圳普事达营销策划公司总经理毛琦飞，每堂课都讲得生动精辟，字字句句击中梅若伶的心坎："你们知道美容院贩卖什么吗？贩卖产品？No！贩卖服务？No！那究竟是在贩卖什么？贩卖欲望！欲望，欲望，欲望！刺激它，挑逗它，再来点饥饿疗法，喂它，不喂它，只要捏准消费者的那根神经，你想卖多少钱就卖多少钱！"

贩卖欲望？多么新鲜有趣的观点，梅若伶所知的贩卖是有形有色、可触摸的东西。如今，这个猴子样的营销大师却告诉她，世界已从"贩卖物品"升级到"贩卖欲望"。哪怕一瓶肥皂水，只要一个故事，一个传说，一个祖传秘方，都可以从零贩卖到无穷，赚个盆满钵满。

梅若伶继续凝神细听。"贩卖产品是以产品为主体，贩卖欲望是以人为主体，贩卖产品能赚多少钱？不过是一个具体的价格，而贩卖欲望呢，可以从零到无穷。幻想和现实的差距有多大，你们的利润空间就有多大！"

"如何让女人为幻想的自己刷爆卡？"毛琦飞身型瘦小，声音却洪亮异常，"请看大屏幕——幻觉营销术。

"幻觉营销术究其本质是想象力的营销术。谁掌握了她们想象的艺术,谁就掌握了控制她们的艺术!

"诸位看到大屏幕上有两个女子,A女子黛,B女子薇。你们仔细观察,其实,她们五官很相像。只是黛更年轻、更摩登,她身穿范思哲橘色短裙,手拎YSL蓝包,魅力指数是90—95;而薇则显得憔悴且落伍。她身穿蓝色T恤,米色长裤,魅力指数只有60—65。假定你的目标客户是薇,通常的营销是,你想成为黛那样的女子吗?先从黛拥有的YSL包开始吧!没错,欲望的拼图往往是这样拼凑的,如果你想和她一样,就从购买她拥有的某一物件开始……

"然而,今天我要讲的,不是告诉薇,要成为黛那样的女子,你该如何如何,而是,请看,大屏幕上黛的面容和薇的面容巧妙叠合,幻变成另一人。所以,不是让薇模仿黛,追随黛,而是——当你视她为'黛薇'的那一刻时,你的营销才算Get到她的点!

"Why?为什么黛=薇,而不是黛是黛,薇是薇?你们永远要记住,每个女人都有两个自己,一个是现实的自己,另一个则是幻想的自己。当女人问'魔镜,魔镜,谁最美'时,哪个女人都认为自己最美。魔镜实则是女人对自己的一种幻觉,它一定要对女人说'你最美,你最美!'而不是说你变成白雪公主才最美!

"你否定她、摧毁她,她就离你越来越远;你欣赏她、赞美她,她就离你越来越近。你们要做的是不断将其自身偶像化,让她们进入魔镜旋涡式的催眠幻觉中。只有进入你的控制模式中,她们才拥有所梦想的青春容颜!

"人人都需要幻觉的魔液,"毛琦飞臂如利剑直指上方,声音日渐尖锐高亢,"你们要想方设法'钓出'每个女人幻想的自己,刺激、挑逗、唤醒她们对每一寸肌肤呵护的热望,要让她们的脚指头也渴求玫瑰的亲吻!"

5

广告是一种唤醒的艺术。

然而,梅若伶对广告是陌生的。常年在俄罗斯做贸易根本不需要打广告,连吆喝都省了。第一次到市场,她很奇怪当地人一言不发。一问才知他们练摊从不吆喝,基本是往那儿一站,两手抄进袖管,等着别人来询价。他们相信列宁说过的一句话,在市场上叫卖得最凶的人,往往是想把最坏的货物推销出去的人。如今做美容,不仅要吆喝,还要玩命烧钱地吆喝。钱砸下去若颗粒无收,明摆着是赔钱。

不得不紧张的梅若伶密切关注广告的效果。每一天的电话咨询量,每一天的成交量,每一天的客人到店率,这三个数字,一寸寸扭结着,如嶙峋的枝节,戳得太阳穴突突直跳。

美尔康开业那天,凌晨三点,梅若伶就醒了。她早早来到报亭，报亭空无一人。三月的春风，在薄透的凌晨，刮在脸上，有点凉飕飕的。梅若伶裹紧了外套，她在等这一天的报纸，热切而焦灼，犹若在等待情人的到来。他会如约而至，给自己一个预期的拥抱吗？报纸甫一上架，梅若伶赶紧买了一份。她快速翻阅，很快在A版看到美尔康整版开业的广告，悬着的心略略妥当。新的担忧旋即升涌，第一次投广告，会不会是个哑炮？任何一个细小环节都会影响广告的效果，好比栖在树枝上的小鸟，偶有风吹草动，瞬间惊飞。

　　时日一长，梅若伶不再早早到报亭买报纸翻广告，但每天上午十一点准会问前台："今天电话怎么样？怎么，还不到二十个？电话忒少啊！"前台习以为常，梅若伶却有点忿忿然，一天的广告费动辄上万，要做多少张脸才能赚回来？就这几个咨询电话，还不是"秤砣掉在棉被上——没有回音"！

　　一旦咨询电话没有达到预期效果，她必定冲进企划室，对着企划室的三个人一通喊："今天电话又不好了，才几个，钱又打水漂了，怎么办？昨儿我就说这期广告是'白水煮白菜，淡而无味'。广告要生猛，让人看了心扑腾腾直跳，就像小孩看到肯德基的广告，口水哈拉哈拉流下来！"

　　企划室一共三人。企划总监叫林乐瞳，是梅若伶从猎头公司找来的，还有文案李敏，设计师董少群。这话一半是说给林乐瞳听的，谁叫她是企划总监，拿了高薪当然要担责。通常的情况是，三个人都盯着电脑屏幕，一言不发。但也有例外，比如，今天，林乐瞳突然站起，甩她一句："梅总，这本身就是个悬念式的递进广告，与开业广告一脉相承。再说，广告需要沉淀，不可看一时一势之效，现在评估效果为时尚早。"林乐瞳年约二十六七岁，净白素颜，一双小鹿般机敏的大眼睛直视着梅若伶。

这个林乐瞳说话从来都是硬邦邦的。当初猎头公司把她吹得天花乱坠，什么创意奇才，实则是个小教条。梅若伶颇为不耐烦："我不懂广告，但我懂市场。什么东西好卖，什么不好卖，一准儿错不了。这点你们不得不服！"

董少群笑眯眯地道："那是，梅总的眼光是天下一绝！"董少群很瘦，整个人缩进宽松外套里，尖尖的脸挂着讨好的笑。

梅若伶径直走到他身边，手持签字笔敲敲电脑屏幕："喏，这里，再加上'中国光电之父林子良专家莅临美尔康'。啧啧，字号太小了，再放大、加粗。我们的消费群体都是老女人，人家要戴着老花镜看标题就惨了。"　斗大的字写着某某权威专家莅临美尔康，其实专家只来了一天，看看环境，拿了红包，拍照留影后闪电般消失。客人也分不清谁是专家谁不是专家，眼罩一戴，光束一射，早已失去辨别的能力。

"梅总，字号已经够大了。广告设计讲究布局、留白，如果无限制放大，势必影响画面的美感。"又是林乐瞳的声音。梅若伶眼一翻，她越来越不喜欢林乐瞳自以为是的腔调："美感和实效哪个更重要？当然是实效！我要的是每天几十个甚至上百个咨询电话，要的是大厅熙熙攘攘的人群，更要的是攥在手心热烫烫的大单生意，光有美感能当饭吃？！"

梅若伶斩钉截铁地道："明天各大媒体还是发'智能光波，十分钟让您年轻五到十岁'。这个广告咨询电话最多！"梅若伶很有点得意，广告词是她想出来的，专业人士未必比得过她这三板斧。

十分钟能否让消费者年轻五到十岁？当然需要一个漫长的修复期，即或经历修复期，肌肤是否会达到预期效果？这些她暂且不管，关键是能钓到鱼，鱼儿上钩了，煎炸炖烤那是之后的事了。

女人们中毒了吗？至少将信将疑。面对质疑的眼神，梅若伶激情洋溢地道："你们不要有丝毫犹疑，不要怀疑奇迹的发生！"在梅若伶的思维里，一切假想都具有存在的合理性。更何况她是如此笃信自己创造了一个令人信服的世界！

6

智能光波真的能让容颜年轻十岁？没有人质疑，或许答案本身并不重要。想象力冲破了现实的壁垒，任由时光倒流的幻觉熠熠闪光。

自从进入美尔康以后，林乐瞳对时光倒流这个词很敏感。每一天她都绞尽脑汁地策划，堆砌着各种动人的词汇，设计出有销售力的广告，让受众确信智能光波真能"冻"住青春容颜。大厅墙壁上贴有一张张由衰老更迭年轻面孔的海报："40，30，20，为什么我越看自己越小？"女人们被广告词所蛊惑，兴冲冲地跑进诊疗室，仿佛进入时光穿梭机器，嗖嗖瞬间，即刻年轻五到十岁。

她们真的变年轻了吗？

林乐瞳仔细观察那一张张面孔，衰老是面部轮廓的下滑，还是眼角的细纹，抑或表情、眼神、笑声？她静静观察着一张张面孔，总能精准猜出对方的实际年龄。她不会撒谎，所以也不讨人喜欢，干脆闭上嘴。客人们也喜欢比较，和别人比较，和过去的自己比较。她们坐在沙发上，叽叽喳喳如小雀般欢悦，你怎么越来越年轻，逆生长呀！可内心却希望得到对方的赞美，你才逆生长呢！暗暗期盼许久，对方若迟钝无回应，便有点悻悻然。

林乐瞳望着来来往往的人，此时此刻正在变成彼时彼刻，她看到正在流逝的面容，水一般涌来又涌去。

她不由得想，广告实则是一种遮蔽的艺术，只让受众看到A面，看不到B面；广告也是掩盖真理的话语符号，具有规则的排他性：智能光波的广告强调快捷、无痛、高效，却忽视它的副作用、后遗症及漫长的修复期；玻尿酸能让鼻梁坚挺，但因是胶体状，持久塑形效果差，刚打立体有型，慢慢向四周散溢，导致鼻梁越来越宽，变成狮子鼻；溶脂针加重肝肾排毒负担；一剂美白针里的传明酸，影响肾脏功能……诡计藏匿于其中——

> 我们都滑行在漂亮的文字表面
> 对事物的背面并无探究的热情

7

林乐瞳摇摇头,一个上午在毫无意义的磨耗中度过。她摩挲着厚厚一沓稿件,每一个主题都需一步步延展,梅若伶却认为一切铺垫太烦琐,她要一步登天,一箭命中。林乐瞳叹口气,虽说来美尔康才三个月,但感觉比三年还漫长,她的激情、才气、信心都被碾压。她忽而怀疑,自己是否适合继续做创意?

广告?她曾多么热爱广告创意,一个伟大的创意能开创一份事业或挽救一个企业;一个伟大的创意能使默默无闻的品牌一夜之间闻名全球;一个伟大的创意是高度智慧与极度疯狂的完美结合……

林乐瞳就是抱着这样兴奋的心情去面试一家台湾广告公司文案的。面试官说,不限任何主题,写下此刻你最想写的话。她沉吟片刻,写道:

> 信息潮涌的时代
> 当感官揿下暂停键
> 生活会像想象中成为一片空白吗
> 当她与他在无声无语的世界默默相对

当她在黑暗的世界读懂自己的爱情

才发现原来关闭视听

才能过滤纷扰 聆听自我

  当然，广告需要共鸣——我传达了，你听到了，在万千嘈杂中你独独听到我的声音，而后，扩散、再扩散，当越来越多的人都听到我的声音，喊出同一句话时，广告效果才达到极致。

  两周后，林乐瞳正式来公司上班。培训第一天，创意总监讲了个小故事。某晚，皓月当空，他牵着五岁的女儿散步。忽然，狂风乍起，乌云压顶，他急于回家。女儿抬头望天，手指着被乌云遮蔽的月亮说，爸爸，月亮也停电了！他大惊，多么有趣的比喻，若用在环保主题的广告上，岂不很契合？这个小故事说明什么？好的文案不是一味追求技巧及华丽的辞藻，而应巧传心声，寻求品牌与受众共有的开关按键，啪嗒，受众心灵深处的某盏灯亮了。

  然而，这家追求巧传心声的公司在比稿中屡屡败北，一个客户在提案会上说，我们不需要风格，我们需要最强音！

  一年后，这家公司便因水土不服关门，林乐瞳转而进入一家本土广告公司。创意总监欧阳流沙毕业于山东大学哲学系，窄长的脸上，生着硕大的鼻子，鹰隼般的眼睛犀利地审视着每一个人。他很少长篇累牍地讲广告理论，而是三言两语切中问题的内核:"智慧是按事物本来的样子去分析事物,想象是按事物可能的样子去设计它们,魔术是按你认为的样子让事物突然发生。人人都需要魔术带来的惊奇感受,我希望你们每个人都能成为贩卖创意的魔术师!"

第一堂培训课上,欧阳流沙打开投影机,画面是六个并排站立的比基尼女郎的背影。"你们目光的焦点在哪里?对,她们的臀部。左边第二个女人的臀部有个明显的红色箭头:有些臀部有吸引力,有些臀部唉……有地心引力;请你对号入座,你的臀部是几号?这是典型的比较情境下的'唤醒式'广告,那个臀部又挺又翘的女人是理想的她,而真实的她呢,臀部松弛扁平。如何重塑美臀,当然要每天涂抹翘臀霜。但是,她用了翘臀霜有效吗?真如广告所言,紧紧翘翘,弹力QQ?非也,广告是创造欲望,而不是实现欲望。因为,广告是预言性的艺术,即想象事物可能的样子去设计它们,可能是,也可能不是。正如预言一件事发生,但事情是否会发生,概率多少,只有天知道!"

林乐瞳反问道:"预言是不是也有谎言的成分?"欧阳流沙狡黠地眨眨眼:"受众不是以真实,而是以更强烈的幻觉克服幻觉。"若干年后,林乐瞳在法国某哲学家的书里读到此话,但当时的她全然不知,崇敬之心油然而生。然而,新的疑惑再次生成:广告是巧传真实还是重构伪情境,真实和虚假之间是自然过渡还是泾渭分明?

春节一过，公司决定自创化妆品牌芙莲娜。股东之一是四川人，他每天在公司驻点指挥。一杯浓酽的绿茶，一摞厚厚的报纸，胖胖的身子窝进沙发里，一窝就是一整天。他常说，做Case就像腌泡菜，时间越久味道越巴适。

动脑会上，欧阳流沙说："消费者不是为了需要而消费，他们消费的是一种被消费了的意象。男人想象的范例为超乎常人的英雄，女性则是自我取悦的尤物。欲望战略存在着无意识，还存在着相关联的幻象。所以，香奈儿和迪奥的广告从来不卖产品，而是卖梦想。你们要巧妙地将受众擒入幻想性的瞬间，激起他们强烈的欲望冲动，这是个施'醉'的过程。"欧阳流沙转过身，在白板上嗖嗖写下几行字：

  自恋式诉求

  梦境般的存在

  想象恰搔到痒处

  魔法的诱惑

  晕眩乃至醉的境界

公司到林乐瞳租住的公寓必经一间茶餐厅，林乐瞳下班后常去那里吃煲仔饭。等煲仔饭的半小时里，林乐瞳喜欢透过镂空隔断看人来人往。她在猜他们的职业、喜好，还有他们的过往。有时，她会闭上眼，感受着音乐、谈话、椅子和杯子碰撞的声响，这些轻微声音的积聚与内心的感受混融一体，流淌于笔下，清晰可辨。她不清楚这些文字有何意义，它们看似零碎，却有着某种内在的联系，建立了明确的断续情状。突然，一个女人的声音飘过来："我只在光线昏暗的地方照镜子……"林乐瞳不知这声音从何传出，是她抑或她？一种忧伤突然攫住了林乐瞳，她听到女人轻微的叹息声。林乐瞳摊开创意素材本，写下——脆弱的自恋！她接着写道："女人内心最渴望什么？青春、美貌和爱情；女人最怕什么？岁月的无情流逝！女人都自恋吗？自恋当然是女人的本能，但同时又是自卑的。她们普遍缺乏安全感，小三走了，小四来了，还有虚拟世界的假想敌，都令她们惴惴不安。其实，每个女人都生活在岌岌可危的火山口。"她沉思了一会儿，继续写道："按照情感补偿理论，女人越自卑就越自恋，越喜欢夸炫；越缺乏安全感，就越渴求恋人爱慕的目光，乃至全世界的瞩目！"

第二天动脑会上，轮到林乐瞳发言，她有些不确定："我只有一些思想的片段，不连贯，根本还谈不上什么成熟的Idea。"

欧阳流沙鼓励道："我们是在做创意的拼图，不需要章法、条理，想到哪里就说到哪里。"

林乐瞳沉吟片刻道："嗯，芙莲娜的目标受众是三十五到五十岁的轻熟和熟龄女性，这个年龄段的女性难道仅仅是自恋吗？倘若进入她们内心的幽暗之谷，你会发现她们既自恋又自卑，在现实的自己和幻想的自己两极摇摆，丢失、迷惘、再次寻找自我。创意的核心应巧妙地在两极间游走，如果准确找到这个切入点,或许,她们内心的脆弱防线自然被攻破……

"我想到了镜子,不过,这是双面镜。假设一个女人在镜子的一面看见真实的自己,她看到了什么?脸部的各种瑕疵:细纹、斑点、红血丝……这时,她恨不得扔掉,甚至想砸碎镜子。"

林乐瞳停下来,她似又隐隐听见茶餐厅里那个女人的声音,"我只喜欢在光线昏暗的地方照镜子,镜子过于清晰会瞬间摧毁我的自信"……一个可能用到的语句跳出来,林乐瞳继续说:"或许文案中可以出现这句话——我注视着镜子里的'我',被一阵轻微的焦虑揪住了……"她留意到欧阳流沙欣赏的目光,不由鼓足勇气说下去,"于是,她翻转到另一面——美化的镜子,在朦胧中,女人的细纹、斑点消失了,她看到了渴望看到的模样,也看到恋人瞳孔里绽放的光芒。她不由自问,我真的是这般充满魔力的女人吗?"

欧阳流沙带头鼓掌:"广告的魔力就是让匪夷所思的幻梦转换成现实的利益!"

几经修改,广告创意终于定稿,有着浓浓的童话色彩。

男主Alston是意大利世袭贵族,外形俊朗,拥有豪宅、酒庄、私人飞机。当他遇到了娇小的中国女子甄,乍见她肌肤瓷白,长发乌浓,不由倾心相许。深爱甄的Alston每逢妻子生日时,都会精心挑选礼物以示爱意。甄四十五岁生日那天,Alston

送给她一串华美的钻石项链，甄戴上旋即又摘下，双眉微蹙——我注视着镜子里的"我"，被一阵轻微的焦虑揪住了，它的光华已让我黯淡无光——甄的面孔笼在阴影里，忽而窗帘微动，Alston清晰地看见甄眼角的细纹，心似被针尖戳了一下。他的手指轻抚甄的面颊，暗暗发誓，我不会让你的美貌受到岁月的任何侵蚀。

偶然的一次机会，科学家告诉Alston，芬兰小渔村的女子因为长期食用公鲟鱼精巢的缘故，就算已经四五十岁，肤质依然保持着二十岁少女般的年轻状态。Alston听后如获至宝，至该渔村探查后，立刻召集一批来自欧洲各地的顶尖科学家成立私人实验室。历经两年，Alston最终为妻子研制出青春秘方——芙莲娜焕颜霜。他将产品制作成一颗颗饱满的珍珠，串联起来，戴在甄颀长的脖子上，深情地说："我送给你的不是礼物，而是最珍贵的时间！"

甄将信将疑。当她咬破第一颗珍珠，涂抹在脸上时，好似冬天的一朵雪花飘落，瞬间被吸收。三个月后，甄竟发现眼纹像被施了魔法般消失。她有点不相信，打开所有的灯，在炽烈光束下，对着镜子左右顾盼。正面、侧面，每个角度，她都不放过，细纹真的没了，她抚摸面颊的双手微微颤抖……

承诺，杰出的承诺，乃是广告的灵魂："芙莲娜焕颜霜让你52天年轻20岁！"

芙莲娜一经推出立刻受到追捧。公司制定了独特的销售模式，消费者要写一段感人的爱情故事，进入预约名单，才能购买到标价三千元的化妆品。事后，林乐瞳了解到芙莲娜焕颜霜实则由OEM工厂加工，至于其珍贵成分含了多少，只有天知道。她提出了质疑，欧阳流沙说了句令她至今记忆深刻的话："产品本身不发光，它的光源在别处！"

它的光源在别处？或许是广告这盏魔术灯的奇幻光源吧。林乐瞳跟随欧阳流沙来到摄影棚，女模特像慵懒的猫匍匐在玻璃镜面上：雪白的精雕细琢的面容，水润的微微绽开的娇唇，迷离的欲说还休的表情——一切诱惑都如此鲜润。

当镁光灯彻底拧灭，一瞬间，女演员倦怠的双眼，松弛的肌肤，黯淡的眼神，于透明的缝隙间无情地凸显。灯光在欺骗，镜头在欺骗，电脑特效也在欺骗，在美颜滤镜中，皱纹、斑点、瑕疵都销匿了。唯有当镁光灯彻底熄灭，我们才能看清事物的真实面貌。可是，又有谁真正关注过剥离掉伪饰后的真实？

8

"小美女，过来，我给你化妆！"梅若伶爽辣辣地喊着。她的声音惊扰了林乐瞳，沉思暂时中断。

梅若伶打算亲自炮制一批治疗前后的对比照片。客人们都急吼吼地喊，我没看到效果，你要给我看对比照！既然你们要看，我就做给你们看！这实在是剥葱捣蒜的小事。不过，得找几个模特。几个女孩嘻嘻哈哈笑作一团，你去，你去，我不去！梅若伶眼眉一挑，瞅到方月："月月，你过来，你在仓库，客人看不见你。"月月是个羞涩的小女孩，扭着身子慢吞吞地过去，梅若伶一把拽过来："扭捏个什么劲，会吃了你啊？"

深咖啡色眼影在两颊处慢慢晕开，再用眉笔仔细点出斑的轮廓，而后用海绵粉扑轻轻抹匀，一张原本白净的脸立刻有了星点的色斑。

"哈哈，我的化妆水平是不是越来越高了？来来，拿手机咔几张，正面，侧面都要有。""瞅瞅，真是'包子咧嘴，美出馅了'。"梅若伶让方月洗净脸，再拍几张治疗后的照片。于是，祛斑前后的对比照片完美出炉。梅若伶对自己的作品颇为得意："快来看啊，这斑多自然、多真实啊！"

但是广告公司请来的那个女演员，太不自然，太不真实了，她在干吗呢？唱戏吗？她要砸了梅若伶这出好戏！

摄像机高高架起，漠不关心地摄录。灯光一打，京剧演员萱姐下意识地吊起嗓子，该抛甩起长袖，唱一曲："苏三离了洪洞县，将身来在大街前，未曾开言我心好惨，过往的君子听我言……"咿咿呀呀，尾音极有韵致地拖长，"我觉得我真的变——年——轻——了……"

梅若伶看着萱姐，越来越觉得她像个被线牵扯的木偶小人。她厉声道："这怎么行，换掉换掉，一看就像演戏！"

制作人打着哈哈："梅总，萱姐可是国家二级演员，我说破了嘴皮子她才肯来。第一次有个适应过程,请您多多包涵。要不,我让她再试一遍?"

梅若伶不依不饶:"怎么试?唱了一辈子戏,你让她不唱戏了,成吗?我要的可是能拍药品广告的那类人,看着普通,演得要像那么回事。你看她那架势,一张嘴,活像个托儿。观众不相信,我这么多钱不是打水漂?!"越说脸越黑。

萱姐眼瞅着梅若伶一脸的不满,脸也挂下来,敷的粉经不住摄像灯的炙烤,奶油蛋糕般融化:"导演,什么时候好啊,要不要拍啦?不拍我要走人啦!你知道,我这时间可是按分钟计算的啦!"

呸,都老得啃不动了,还按分钟计算,不就是别人捡剩的破白菜帮?梅若伶死盯着摄像监视器,越发觉得萱姐是从戏台上挖出来,粘贴在时装杂志上的,唐突得怪异。

制作人跑过去,跟萱姐低语几句,对方声线扬得高高的:"就看你的面子啦,你这么求我,我再试试。事先声明,我会尽心演好的,但有人不识货,也是白搭。我们演戏的,只给懂戏的人演。若不懂戏,就是梅兰芳唱给他们听,也是对牛弹琴,咪——同——嚼——蜡!"她面对镜头,"以前啊,我的皮肤像棉花一样松松的,可如今,捏一捏,紧绷绷的,Q弹Q弹的。你猜猜嘛,我今年有多大?"说到最后一句,干脆头一歪,右手食指轻触枯萎的笑靥,嘴唇嘟成O形,活像个春情泛滥的老妪。

梅若伶一跺脚,冲着制作人喊:"你,你过来一下!你看看，能成吗？观众不是吃白食的，一看准是假的。她一开口，活像演戏的，哪有一星点儿真实感？这活儿我是包给你的，你要负责到底，否则后果自负，到时别怪我翻脸不认人！"梅若伶眼神凌厉，制片人手心不由沁出一层汗。"有没有替换的？"那厢觉得在金钱的诱惑下，出演这么一个无聊的角色，还铆足气力，一板一眼说唱起来。她是艺术家，如若不是为了增加点收入，怎肯如此屈尊？萱姐嫌热，站在空调出风口下，风咝咝吹送，妆容板结，结了硬硬的壳。

"梅总，先别生气，办法总比困难多。这样吧，您喜欢自然朴实的表演，您这儿有没有中年女性，越是没受过训练的，越演得逼真，化有形为无形嘛。"

"我这儿全是清一水的年轻女孩，到哪儿找中年妇女？你当我是经纪公司啊，我要有演员呀，会找你吗？做生意可不是这么耍的！"此刻的梅若伶，正逢公司冲刺，神经绷得太紧，一个轻微弹击立刻发出清脆声响。

制片人闷声不响地离开，隔了一会儿，兴冲冲跑来："梅总，我看有个人，还行！"

"谁？"

"她们都喊她周姐。"

"她？"梅若伶略略有点吃不准。尽管周洁是这里年龄最大的，但毕竟只是个出纳，更何况她一向寡言，她能演好这出戏吗？时间一分钟一分钟在磨耗，只能赶鸭子上架，撞撞运气。

"周姐，你过来，我看你就成！"

周洁四十岁出头，看上去略显憔悴，她嗫嚅道："不行，真的不行。梅总，我压根不会说，都不知道镜头长啥样，我会坏了你的事……"

"不怕，你按照我教你的说就可以了。实在不行，我换家制作公司重拍！"这后半句话是说给制片人听的。

镜头一：周洁紧张地出现在镜头里，愁眉苦脸，两眼无神，恰恰符合她此刻的电视形象。她反复地背着台词："我已经四十岁了，皮肤干燥、没有弹性，两颊还有大片的色斑。我吃不下饭，睡不好觉，老公说我是黄脸婆。我害怕照镜子，害怕见人，我对生活越来越不自信了。"

"Ok，非常好，非常真实！"制片人声音高扬，梅若伶看着回放，对周洁喊："我眼光错不了的，我说你行你就行。来来，我给你化个妆，保管给你倒饬得漂漂亮亮的！"

周洁皮肤略黑，但肤质均匀，敷上粉底，五官明亮地凸显，唇部涂了粉色唇彩，水莹莹地若露珠沾缀。她留恋许久，镜中的形象仿佛被一束神光照亮，如此地光彩照人。找到自信的周洁轻松滑进下一个镜头。

镜头二：周洁神采飞扬，眼角溢满幸福的流光："我简直有点不敢相信这是我的脸。真的，我从没想到皮肤会变得这么光，这么滑，还——这么嫩。以前用手摸脸没什么感觉，现在再一摸脸，觉得手好粗糙啊！"

周洁虽没在前台待过，但平日里听她们接电话，也多少耳濡目染。她没有固定的模式，少了技巧的束缚，天性反而能自由地发挥。

　　一个京剧演员唱走了板，一个普通出纳的画面在编辑机上涂了色彩，配上声音，在凸面镜头里，经过镜头的渲染处理，被放大、推进，走进了观众的心中。

　　"我觉得我真的变年轻了。"周洁的怯懦、拘谨，有了纪实片被采访者的局促感。

　　"磕巴点，没关系，注意，眼神，哎，对，看着我手指的方向，不要移动，就跟平常说话一样……"

　　她诚实的表情在闪光，在浮动、荡漾，一点点溅到观众心的旋涡处——她予人诚实感，这点至关重要！

　　她对着黑洞洞的镜头，结结巴巴，然后渐渐流利，她不过是嵌入的角色。在流转的电视片段里，摄像机镜头在说谎：一个"教授"可能是退休工人，只因有形似"教授"的面容，会被观众当作教授去消费；他或许也不是医生，却因在广告里传授医道，被当作名医般尊崇着——偶像并不真在，是神奇的幻术塑造了他们。

　　这则电视广告很快播放了。梅若伶正在漱口，她目不转睛看了会儿，觉得有那么点感觉。不过，一个人太单调，下次换家公司，多找几个人。

当然，观众不会注意到广告背后发生的小插曲，整个画面处理得像新闻纪录片，平实地叙述，犹若用家庭DV随机拍摄的画面，没有后期剪辑的痕迹。在很多广告中，这类新闻纪实式的广告因其自然朴素，反而更接近真实本身，甚至比真实更真实！

第三场

微型剧情A

1

真实是以怎样的姿态呈现在我们面前的？是静静蜷伏，一展月牙般优美的侧影？抑或轻盈一跃，如猫儿般敏捷迷人，倏忽不见？

我们往往看不清真实的面容。流动不停的影像，飞旋变幻的概念，鼎沸喧嚣的信息，不分昼夜地穿行于城市的肌体。而真实本身却喑哑无声，身披朴素外衣，寂然行走在符号森林中。

梅若伶揉捏着女人的乳房，那是真实的乳房，松塌塌，软绵绵，她附在女人的耳畔，热撩撩的气息弥散开。

"想不想让你的胸再挺点、紧点、翘点？试试DNA密码丰胸吧。这可不是在胸里塞个假体，而是让胸自然生长，说白了，就是让你的胸二次发育！"梅若伶将"二次发育"四个字咬得很重，"还记得青春期乳房发育时鼓胀胀的感觉吗？白天上课时觉得衬衫要被挣裂了，运动时，胸前像揣着一对小兔子，一动一跳——这种感觉，你喜欢吗？"声音压得低低，活泼的眼神撩得对方心痒痒。

第一次看到DNA密码丰胸的宣传册，梅若伶就很眼热。利用干细胞再生技术让胸自然生长，获多项国际金奖，备受欧美明星的宠爱……梅若伶脱了上衣对着镜子左顾右盼，曾经丰挺饱满的胸随着岁月的流逝，有点下垂。其实，美与不美有时就差那么一点点。

DNA密码丰胸需要注射。虽说没有医生，但梅若伶向来胆大。自己不会说一句俄语不也在俄罗斯打下一片天？自己不懂美容，不也无师自通，搞得热火朝天吗？那么多设备、项目的组合，不也是她梅若伶——一个从没学过皮肤美容的人鼓捣出来的吗？而且，她的确能把女人脸上的斑、痘、扁平疣治好，这是水平啊，胆大即可成事，总是缩手缩脚，机会早就溜走了！

女孩们怯生生地看着梅若伶："手抖啊，针打不进。"

梅若伶喊道："有什么难的，打进去，揉揉捏捏，不就好了？"

女孩们依然很紧张："从来没用过注射器，万一扎坏了怎么办？"

梅若伶鼓劲道:"什么叫万一?如果做什么事总想着万一,一件事也做不成。当年,我出国,还没你们大呢。如果想万一在国外被人卖了杀了,那我还有今天?别怕!找准部位,推进去就行,再揉揉捏捏,比你们在人家脸上打光斑还容易!"梅若伶眼尖手快,一针戳下,道具胸漏了气,众人大笑。

欢声笑语间,忽听一个尖利的声音响起:"梅姐啊——"

2

梅若伶一回头,只见美容顾问佘怡曼点着碎步,扭着细腰向她走来:"梅姐,您找我?我也正有事找您呢。"

美尔康分设前台咨询和美容顾问。伶俐的前台是在浅水区,让客人试试水性。美容顾问则让客人到深水区畅游。与伶俐的前台相比,美容顾问多半以阅历及美容知识见长,她们判断客人的皮肤问题并制订综合性的美肤方案。佘怡曼有着近二十年的美容从业经验,她三十五六岁,窄腰肥臀,下巴尖锐,颧骨高突,一双狐媚眼顾盼自如。

梅若伶笑眯眯地道:"怡曼是福将,是不是又签了什么大单子?"

"梅姐是能掐会算的诸葛亮,果真让您猜中了,真成了个大单!今儿那姓曾的老男人终于交了五万,还不刷卡,拎了一包的现钱,数得我手都发酸。他边交钱还边抱怨皮肤红肿,害得他不敢出门。五十岁的老男人了,还臭美呢。我说,过几天保管好,这是皮肤的适应过程。等效果出来了,女孩们排长队追你呢!您猜他怎么回,说他现在的预约号都排到101号了,哧!"

佘怡曼笑凹了腰,恨不能立刻钻进梅若伶怀里。

"怡曼,你太有才了,记个头等功,好好嘉奖。"

"我就晓得梅姐不会亏待我的哦。"一只脚轻巧地滑出凉拖,暗紫的郁金香盛开在脚踝处。

"梅姐,您不晓得,今儿来一女的,您猜怎么着,啧啧,那脸黑得跟锅底似的,一看就是农村来的,又要祛斑,又舍不得花钱。我心想,你这脸该怎样就怎样了,穷折腾啥呀,白白浪费我时间。什么人,拎什么包,穿什么品牌的衣服,会做什么项目,我瞅一眼就晓得了。"

梅若伶眼眉一挑:"瞧瞧,你们几个小姑娘真要跟怡曼学学,这叫精准营销,看准眼,千万别在没钱的人身上浪费时间!"她顿一下,"话又说回来,面上工作还是要做的。"

"当然,我哪能搁脸上呢?"佘怡曼急急辩解,"现在正让她坐在休息区,喝喝咖啡,看看杂志,先凉快凉快再说。过会儿让哪个小姑娘哄哄她,看能不能榨出点油来。"佘怡曼的面孔在明暗间微妙地变化,一双眼一瞄一转,幽幽的。梅若伶暗想,这双眼倒是狐媚得可以,怪不得那个姓曾的男人乖乖地交了五万。

佘怡曼见梅若伶不语,顿一顿,敛住笑:"对了,一高兴这事倒忘了讲,刚才于姐黑着个脸来找您,我安排她在密室等着呢。您要不过去瞅瞅？"

只一瞬，一丝不悦隐隐浮现，梅若伶不确定佘怡曼的眼神是担忧，还是有那么一转瞬的幸灾乐祸。她来不及细想，赶紧向密室走去。

3

密室是指专门处理问题客人的隐秘房间，位于走道最里间。厚实的大门一关，屋内的一动一息，外界无从知晓。

于堇正站在窗前，微光从半卷遮光帘透进来，晕出她的轮廓：瘦挺的鼻梁，窄小的面孔，颧骨尖尖地微凸着。她裹紧藕荷色大披巾，年轻时曾令同龄人羡慕的纤细身材，待被岁月吸干了水分，竟透出几分男性的硬朗。

是什么话让于堇对DNA密码丰胸动了心？对，当梅若伶撩开衣衫，露出雪白丰乳的一瞬，于堇的心怦地一跳，倘若，这胸是自己的该多好！她的胸——此刻，像两个破棉胎吊在身上，恨不能立刻甩掉！

"知道不？我做DNA密码丰胸才一个月，已从C罩杯换成D罩杯。罩杯大了不说，连乳晕的颜色都变粉红了呢。昨儿我老公还夸它像刚蒸出来的白馒头，恨不得立马咬一口！"于堇脸一红，梅若伶却不管不顾，话语如滚珠流泻一地。

"你问我跟假体比怎么样？自己发育的胸和塞进硅胶的胸哪

有可比性？我一个客人前段时间刚做了丰胸手术，老公压根不喜欢，说摸上去硬邦邦的，没啥感觉。DNA密码丰胸做的胸，摸起来手感完全不一样，要多自然有多自然、要多柔软有多柔软。你捏一捏，没事，怎么样？紧实啵，饱满啵，Q弹Q弹的。"梅若伶的手指一弹一弹，乳房似有了音乐的节奏。

　　作为即将步入更年期的女人，第一次硬挺挺的乳房发育的胀痛感，带着青葱岁月湿漉漉的气息扑面而来。那一刻的她，竟有了少女初潮的感觉，紧张、迷惑、兴奋，还有莫名的脸红心跳。她的大脑是空白、停顿的，只有梅若伶白嫩丰满的胸在她眼前晃动。呵，她的胸真像刚蒸出来的白胖馒头，散发着欲望的热气，刺激她的手在梅若伶胸上轻轻一按——柔软、紧实，嫩滑如豆腐。梅若伶闪着诡异的眼神，你来吧，只要你听我的，你将彻底告别那个干瘪、难看的小胸。你也跟我一样有着水灵灵般，男人都想摘的大葡萄。它会让你性感，也将彻底改变你的生活！

　　她空瘪的胸，多久没有男人的手在上面摩挲？她老公基本是在她睡得迷糊时才上床。至于性生活，很少的几次，也是敷衍的，他好像很少碰触她的胸。记得有一次看一部美国电影，他说，外国女人的胸就是不一样，穿上衣服，都让人有冲动。此时的于董穿着丝质半透明睡衣，可怜兮兮地望着老公，你的眼睛为何不从电视里的美国女郎转移到我身上，哪怕仅停留一秒？

于堇毫不犹豫地交了钱，为了找回第二次发育硬挺挺的胀痛感，为了胸前摩挲的热度和快感，她快速地刷卡，有一种偷回青春的憧憬和愉悦。

注射并不怎么痛苦，只是感觉有点麻麻胀胀。在等待奇迹的漫长时间里，她的胸并无预期的效果，还是那样，毫无生机地垂挂着。初始的几天，她还自我安慰，大不了就是六万块钱打水漂了，六万块不过是她老公一个小业务单子的利润。然而，期待使分分秒秒都变得漫长。她越来越焦躁，她迫切地需要答案，肯定的、确定不移的答案，压住她七上八下的心。

于堇跑去找梅若伶，一推开门，就听得她爽辣辣的大嗓门："胸的发育是有生长规律的，效果太快反而不安全。我的胸是注射两个月后才变成这样的，你们不要急，要像培育一朵花一样有耐心、有爱心。平时多揉揉，多捏捏，你们看，顺时针三十六下，再逆时针三十六下，Ok，简单得不得了！"梅若伶撩起衣衫，隔着胸罩现场模拟起来。女人们哄笑起来。于堇也自我安慰地笑笑，也许，是自己太性急了。

挨些时日，胸似乎略略鼓胀，触摸时却硬生生地疼。她开始疑惑，疑惑越结越大，变成一个个尖锐颗粒在乳房里滑行。于堇摸着、摸着，阻滞不动了。一慌神，她决定找梅若伶面对面理论。

4

门终于打开了。

于堇急切地问:"梅总,你要说实话,这里面究竟塞了什么东西?"

梅若伶走过来,一双手轻揉于堇的手:"你看看你,眼圈都黑了,别没事吓自己,女人是要靠情绪养的!"

于堇盯着梅若伶:"DNA丰胸究竟是什么成分,你要告诉我实情!我现在每天都做噩梦,那个胸里的东西存在一天,我就恐惧一天。你必须给个说法,否则我要请律师,打官司了!"最后两句声调明显减弱,她会打官司吗?事情一旦曝光,单位的人怎么看她,亲戚们怎么看她?近五十岁的人还去丰胸,不让人笑掉牙才怪!

梅若伶挨着于堇坐下:"于姐,您放宽一百二十个心!DNA丰胸成分是货真价实的干细胞,是从人体胚胎中提取的种子细胞。我们店一个六十岁的老太太全身打干细胞,皱纹没了,头发也变黑了,月经也来了,真正返老还童。你先做丰胸,若效果好,可以尝试做全身注射。虽说花了几十万,但年轻个二十岁谁不乐翻天?"

梅若伶从文件柜里拿出一个精致木盒,取出一沓厚厚的资料:"像我们这种专业美容院,会引进来历不明的产品?你仔细瞅瞅,美国AHO-CIS公司的产品授权书,进口药品注册证,保险公司的产品质量保险单，证件齐全，绝对高大上。你说哪里有问题，我真看不出哪里有问题。再说保单高达三百万，假如产品不可靠，保险公司敢担保吗？"

于董诺诺道："但是，已经一个月了，胸不仅没什么变化，而且，摸上去生硬生硬的，里面好像还有结节，不会长什么坏东西吧……"

梅若伶言辞凿凿："你不是第一个吃螃蟹的人，也不是最后一个吃螃蟹的人。那么多人做了都没问题，独独你有问题？再说，我自己也做了，不是好东西我敢拿自己的生命开玩笑？或许你本身腺体不够发达，效果不及我的明显。但我梅若伶敢拍胸脯打包票，你的胸绝对没问题！以前不也说隆胸假体会癌变，过了这些年，不也没事吗？有点硬属于正常现象，多揉揉多捏捏，吸收进去自然变软了！"

于董的心思又蜷曲着没了方向。梅若伶的笑容那么真诚，没有一丝一毫的犹豫、紧张、慌乱。再说，她自己不也注射了，如果真有问题，她能如此淡定？她说得没错，这是新东西，当第一个女人将假体塞进乳房时，有哪个医生能预估这假体将会爆裂，还是安然无事地相伴一生？

于董的面色一点点和缓。梅若伶松口气，身一转，打电话叫店长苏珊过来："苏珊，待会让张司机送于姐回家。以后于姐来做什么项目，打个电话，派专车接送，随叫随到。瞧瞧，今儿你脸色有点差，我送你一次日本的水光瓷肌。苏珊，你记住，于姐可是我的好姐姐哦。"

两人几乎半拥着出了门,来来往往的客人不时侧目,瞧,人家梅若伶和客人的感情多蜜啊!

5

于堇不是梅若伶的第一个问题客人,当然,也绝对不是最后一个。

美容技师的专业水平本是重中之重,但梅若伶倒有点不上心。她认为操作智能光波仪是傻瓜技术,像她这种没有医学背景的,不是学了两天也就上机操作了?不过,毕竟是仪器打在脸上,能量高低很有讲究。能量过大会灼伤皮肤、起水泡,留下难看的疤痕;能量过低又起不到治疗作用。智能光波的颠覆效果出现在第九天,客人们感觉肌肤宛若剥了壳的鸡蛋,白白嫩嫩。可是,从第二个月开始,陆续有客人反馈,消失的斑点怎么又出现了?

第一次处理纠纷,梅若伶有点紧张,但她发觉越怯懦,客人就越咄咄逼人,恨不能生剥了你的皮。于是,梅若伶练就了一套危机公关的本事,镇定地笑,不慌不忙地应对,拍胸脯打包票承诺,因人而异地对症"下药"。

对于没主见、好说话的客人,梅若伶无比诚恳地娓娓劝诱:"您的角质层厚,必须能量打大点才会有效果。这是初期反应,是色素回流。什么叫破蛹化蝶？蝴蝶多美啊，没变之前，是蚕蛹，又胖又丑。这个治疗同一个理儿，也是由丑变美的蝶变过程，你现在有多丑，将来就有多美！熬过这个阶段，到那时，皮肤嫩豆腐一样，不光白，还水滋滋的，你不谢我才怪呢！"客人用纱巾裹住焦黑的脸，将信将疑地走出美尔康，或许梅若伶说的是事实呢？

也有一些客人铁了心要退款，该退的梅若伶绝不纠缠，她不想局面闹得不可收场。不过，退款前梅若伶必跟她们算一笔账。"您是退这一次钱呢，还是享受美尔康的终身免费服务？钱可以退，但您不还要到别处治疗吗，不还要花大几万？如果您肯给我一次机会，我保证用最好的设备、最好的技师免费给您治疗！"她把免费这两个字咬得很重，"您说，我错了一次，还会错第二次？姐，您给我十个胆子也不敢错第二次了！"

女人永远是贪小便宜的，看着梅若伶一脸的真诚，暗暗算了算退和不退哪个更划算，项目免费，还有节假日礼物等。自己一把眼泪一把鼻涕地指责，人家还是掏心掏肺地对待，时日一久，客人也不好意思，叹口气，算了，都老熟人了！

若有客人叫嚷着要投诉、要举报，梅若伶则一脸堆笑："您想投诉，我拦不了。不过，投诉既耗时间又耗钱，您最终要解决的是皮肤问题啊……"一边说着，一边揣摩客人的每个眼神，揉捏客人的每根神经。久而久之，梅若伶掐准了客人的七寸，她们咋呼着要让媒体曝光，但这关乎个人隐私，她们压根丢不起这个脸。她们是要承诺、补偿，要买个心满意足。

即或她们真的捅到媒体那儿，梅若伶也自有办法。媒体也有软肋，哪家不盯着美尔康这个广告大户？只要加大力度多投点广告费，进入媒体的客户保护名单即可。这个世界，还有钱办不成的事吗？

当然，也有非常难缠的客人。前几天，一女人带来三四个粗壮男人，怒气冲冲地进来，叫嚷着要砸店。此时的梅若伶瞬间变成另一人，眼泪喷水壶般洒满全脸："赵姐，您不知道我开这个店有多难，投入这么多钱，还没见油花漂上来呢。我一个女人，经营这么个店，容易吗？您想退款，成！不就这点芝麻小事，干吗整出这么大动静，待会儿警察和保安都上来，脸上也挂不住啊！"她的双眼谨慎地判断顾客的反应，泪光闪闪擎动着。哭也是扰乱别人心智的手段，用惯了，连她自己都辨不出哪次是真哭，哪次是假哭。只要随意扭动开关，眼泪便有节奏地流下。可心里的那双眼睛却一滴眼泪也没有，只冷冷看着对方：他们是否真的动心了？

她一人就是一台戏，生旦净末丑，都演尽了。甚至一个人也能演双簧，有时是实的影像，虚的声音；有时则是虚的影像，实的声音。虚虚实实，闹事的客人被晃得眼花，嘟囔一句："算你识相，便宜了你！"

6
∎

　　于堇稀里糊涂地走出美尔康,梅若伶说得似乎句句在理,又句句不靠谱。究竟哪里不对劲呢?

　　晚上,于堇梦见医生剖开自己的乳房,从中抽出一束纤维,冷笑道:"看看,这就是你乳房的纤维组织,哈哈,全是粉末,粉末!"她倏地惊醒,全身虚汗淋漓。

　　她啪地开灯,看到胸前零星起了几个红疹,一挠,更是奇痒无比。难道已经癌变?于堇再也无法入眠,只好起身,微微抿口红酒。血液在酒精的作用下,一点点回暖,面颊有点潮红,像极了二十几年前的面颊。那时,她还年轻,男友正亲吻她的乳房——鲜嫩的,滴着水珠,粉盈盈地盛放着。日子快得要吃人,娇嫩、鲜润的,转瞬生锈、枯败。败就让它败了吧,难不成还来个黛玉葬花?这么想着,她不知不觉睡着了。梦境中,花瓣飘飞,一层层,堆垒成弧形小丘,像乳房,中间一点红,好似一滴血。

　　第二天上班,于堇心神恍惚,好不容易挨到下午四点,她下定决心到附近医院做个B超。

　　医生反复看着片子:"你问我这是什么东西,说实话,我也不清楚。你看,B超的腺体像沙漠里的一个个旋涡⋯⋯我从医这么多年,还没看过如此奇怪的乳腺结构。你注射了东西?怪不得,你太没常识了,怎么能在乳房里注射莫名其妙的怪东西!"

于堇怔在那里，茫然地看着医生："会不会癌变？"

"以后会不会癌变，我无法下定论，你只能定期做钼靶检查。"

"那，有没有解决办法？"

"没有办法！它已经跟你的乳房融合了，不像假体可以取出来。举个例子，这等于把沙子揉进一大坨面里，永远也取不出来。以后如果真发现有问题了，只能割掉乳房！你都这个年纪了，竟然还会相信这些东西！多少钱做的？"

"六万。"

"真是荒唐啊……"

"你能给我开证明吗？"

"什么证明？"

"证明我胸的问题跟美容院注射的液体有关。"

"我只能诊断病情，但无法证明二者存在必然关联！"

于堇的头微侧着，两腿直哆嗦，眼前似有无数小虫子在飞。她嗫嚅着，还想再说些什么，一个病人推开门，将片子放在桌上："医生，看看我的B超！"

于堇神情恍惚地走出医生办公室，腿一软，差点跌倒。她抓住楼梯栏杆，就这么蹲着死命地抓住，生怕一不小心滚落下去。她被判了死刑？不，还不如死刑，死刑至少有明确的定论，她不是，她被各种猜测和恐惧缠绕，癌变，不会癌变？割乳房，不割？眼泪和着鼻涕流下。假如，她不曾在意老公的表情；假如，她对那句像白胖馒头谁都想咬一口的话无动于衷；假如，在针头戳进的前一刻，她多一秒考虑；假如……可是，一切已无法回头。这不是买错衣服可以换，做错了事可以改，而是在胸里注射了不明液体，不，是硬生生塞进一个无法驱赶的魔鬼。它每时每刻都在吞噬着血肉，腐蚀着情绪。她的躯体已被蚀空，似团揉皱的皮，失魂落魄地飘浮着。

她该怎么办，再去找梅若伶？她还是会被梅若伶骗回来，一定说她多疑，别人都好端端的，怎么就你事儿多，多揉多捏自然就软了。至于浑身瘙痒，梅若伶肯定有很多说辞，比如食物过敏，围经期症状，等等。于堇不由恨起梅若伶，她的三寸不烂之舌总能将黑的说成白的，死的也能说成活的。她让你恨到骨髓里，但又总能揉揉你、哄哄你，你把恨吞咽了，笑还挂在脸上，尽管笑得有点勉强。呵，不能再这样了，难道就这样莫名其妙地等待死亡，难道梅若伶不该受到应有的惩罚？

她究竟该怎么办？

7

晚八点，城市频道《第一现场》办公区依然灯火通明。

齐峰办公桌上的电话铃骤然响起。他看看表，会是谁呢？电话声音飘飘忽忽，时断时续。

"喂！哪位？声音大点，听不清！"

"我……我想投诉。"

这几个关键字眼,齐峰捕捉到了。"什么事?"

"我的……胸坏了!"

"什么?请你再说一遍!"

断断续续地,齐峰终于听明白一些内容,这个女人为了拥有丰满的乳房,跑到本市一家大型美容机构,做了DNA密码丰胸,结果胸部出现硬块,还红肿、疼痒。她到医院检查,医生说不确定里面是什么物质,只是推测有可能癌变。

"你在哪家美容院做的?"

"美尔康。"

"能否提供一份书面资料传真或者发到E-mail。"

对方犹豫了一下:"方便的话我再联系你……"

"如果不报出真名,我们很难对你投诉的事情进行追踪采访。"

"我叫于堇,要出镜吗?"

"声音会做处理,面部打上马赛克,这个请放心。当然,你若实在不放心,可以隐藏在屏风后面。"

对方沉吟片刻:"我再考虑考虑……"

十分钟后,于堇再次打来电话。齐峰快速记录着:"明天你能来台里面谈吗?如果不方便,我也可以去你约定的地方。"

第二天下午,齐峰来到于堇指定的馨萝茶社。

第三场 —— 微型剧情A

"介意录音吗?"

"我不希望对方知道是我投诉的。"于堇下意识地捏紧杯柄。她忽然有些害怕,她不想将自己推向风口浪尖。难道就她一人做了DNA密码丰胸?那些人在哪里,她们干吗像缩头乌龟?萌生的勇气一点点减退,于堇裹紧了驼色大披巾。

齐峰终于忍不住了:"于女士,你找我来,是想投诉的。如果你什么事情都不告诉我,我怎么帮你?"他的声音里明显透着不耐烦。这样的投诉者他见得多了,他们既想惩处对方,又恐惧对方报复。他们藏于帘后,畏畏缩缩地伸出脑袋看冲锋者如何厮杀,若稍一溅点鲜血,立马缩回,将自己包裹得严严实实。

"她没有给你DNA密码丰胸的资料吗?"

"她倒给我看过,好像授权书、进口证明什么的都很齐全,看着挺专业的。对了,还有一个三百万的保险单,她也给我看过。不过,她只给我看了看,我也没要,谁会要这些?我相信她,她太能讲了,讲着讲着你就信了。"

"签合同了吗?"

"她说这种是没有创面的,没必要签协议。再说,这种事,怎么签合同呢,又不是做生意。我这儿只有一张六万元的收据,但是,上面没写丰胸项目,只写了美容两个字。"于堇将收据推到齐峰面前。

"丰胸注射的到底是什么?"

"她说是百分百的人体胚胎干细胞,但医生说不知道是什么,他没见过这样的腺体……"于董下意识地一哆嗦,"我每天都感觉那东西在体内到处流淌,黄黄脓脓的,随时都可能从身体某个部位流出来。有一次,梦见自己躺在大片液体里,那液体把我的身体腐蚀得千疮百孔,太可怕了……"她闭上嘴,头神经质似的摇摆,几个月的精神折磨令她处于崩溃边缘。

她喘口气,说:"索赔是一方面,可是胸已经坏了,赔多少钱也于事无补。对,我恨她,每晚都恨……"声音堵在喉咙,是抑制住的哭声。"本来挺好的呀,我非要造这个孽。每天都在想,要没有那一次的冲动该多好,为什么没事找事呢?我想惩罚她,我想报复,但……"于董抬起头,齐峰终于看清了她的面容,惨白甚而有点憔悴,却有耐人寻味的韵致。"我希望更多的人不要尝试这个、尝试那个,尝鲜是要付出代价的。有的还可以补救,比如买错一件衣服,但有的是花多少钱也不能补救的。我只想告诉她们,不要为一秒钟的愚蠢冲动付出高昂的代价,还有……我不想让那个人再骗更多的人,让更多的人回不了头,这好像也不是简单的报复,是吧?"她语速加快,越来越快,似乎一停顿,她就没有勇气说完。

最后一刻,齐峰动心了。他本想放弃这个投诉,她软弱,模棱两可,但是这突如其来的大段表白令他心生恻隐。"这样吧,我先了解一下情况。说实话,你提供的资料太少,没有合同、发票,只有银联卡消费记录和一张六万元的收据。收据上用途一项又没填,估计调查有难度。至于后续有什么进展,我再跟你联系。"

于堇犹豫着站起来,惨白的脸上透出一丝讨好的微笑:"我的名字要保密哦,至少,暂时保密。"她不想让不相干的人耻笑她的愚蠢。这是她的秘密,她不能跟人讲,只一个人艰难地吞咽着。

齐峰点点头,嗯了一声。美尔康,这已是本月第三次听到这个名字。他翻阅记录簿,三月和五月都有消费者投诉美尔康。当时他出差,便让实习记者跑了一趟,结果不了了之。

看来这一次他要亲自出马了。

8

面对这样犀利的眼神,她会怕吗?

在梅若伶二十多年的经商生涯中,她从未怕过什么。记得有一次去拿货,路遇一群扛着斧头的农民劫财。十几人挡在路中央,旁人都吓傻了,只有她大喊:"冲啊,开最大挡!"司机以180 码的速度往前冲,那些人都愣了,反应过来后一路狂追,还往车上扔砖头。一块砖头正好砸在后车窗上,玻璃碎了,扎到梅若伶的胳膊,渗出血来,她也只是大叫一声:"妈的!还好没破相!"随即扯下一块布,让身旁的人包扎完事。她梅若伶的命硬啊,好多事都是眼一闭硬生生地闯过去,即使小有波折,最终不还是安然无恙地站在安全区?

梅若伶眼一瞄，眼前这个叫齐峰的记者三十四五岁，身形高大硬朗，面部轮廓分明，坚毅的眼神似在表达：你必须对我说实话！"什么干细胞，我第一次听说，我们这是DNA密码丰胸。我们一直遵纪守法，做的都是正规产品。你说的什么干细胞丰胸和我那个密码丰胸不是一回事！"梅若伶暗自庆幸当初把名字换了，否则现在是板上钉钉，想赖都赖不掉。

"这是你们的报纸广告，上面白纸黑字写着，DNA密码丰胸是利用干细胞再生技术激活胸部，与自身形体完美结合，宛若天成。"

梅若伶打着哈哈："一定是企划部的人搞错了，广告词不都是东拼西凑的吗？我推广的是密码丰胸，不是干细胞丰胸，这有本质的区别。DNA密码丰胸是物理丰胸，揉揉捏捏，点点按按，疏通经络，绝对安全无创。"

"有消费者投诉你们将胚胎干细胞成分注射到体内！"

"有吗？"梅若伶快速打断齐峰的话，"你说注射？借我十个胆子也不敢！我们最多是用仪器祛祛斑，除除皱。上周你们的频道总监黄总还来过我们美尔康呢，她做的美肤效果倍儿赞，你记得代我向她问好啊！"

齐峰意识到遇见了厉害角色，一推二瞒三耍赖，惯用伎俩她全都用足了，关键是，她还亮出一张王牌，黄总监！齐峰面不改色："能看看DNA密码丰胸的相关资料和产品包装吗？"

梅若伶爽快答应："好啊，我们一定配合记者的调查工作。"她拨打电话，低低说了几句，又回转身道："待会儿我让店长找找看。"

齐峰明显感到梅若伶笑意里藏着的恨，恨如尖矛伸出来，直戳喉咙。五分钟后，一高个女孩敲门进来，面露无奈状："所有相关产品的资料都没有了。"齐峰眉头拧紧，没有了？看来这次是白跑了，他站起身："梅总，打扰了，过几天我们会再见的！"

梅若伶声调突然拔高："希望下次见面的时候，你让投诉的人过来对质！没准儿投诉的根本不是客人，而是竞争对手。你不晓得我家生意好，多少竞争对手想搞垮我们。他们眼红啊，随便捏造一些有的没的，这是栽赃是陷害是恶搞！你真不知道商战有多黑，黑得你连对手是谁都看不清楚，就被打了闷棍！你好歹让我死个明白，告诉我投诉的人是谁，让她拿出发票和检查报告，证明是密码丰胸整坏的。凡事都要讲究证据，光靠推测是没有用的。小伙子，这点要求不难吧？"梅若伶做这类打擦边球的项目从不开票据。她对客人说，开票是没有还价余地的，如果你想报销，攒点餐饮或打车票给你。她得留一手，防着客人冷不丁咬她一口。

这样的结果在齐峰预料之中，没有证据，于堇又不愿出面对质，他今天只是一次试探。果然，这个女老板行事滴水不漏，是个厉害角色。

难道就这样白跑一趟？齐峰有点不甘心，梅若伶提及企划部的人搞错了,事实是否真如她所言?他顺着走道向前,左侧办公间门牌上写着企划室,他谨慎地敲敲门。稍顷,门咿呀打开,一个戴赭色棒球帽的高个女孩探出头:"有事吗?"齐峰简短说明来意,女孩摇摇头:"不好意思,我们正在上班。"门即将关上,齐峰赶紧递上名片:"如果,你想起什么,可以随时联系我。"

齐峰走出美尔康,他估计那女孩八成是不会联系他的。

9

出乎意料,半个月后,齐峰竟接到自称是美尔康企划的电话。她约他在红蓝白咖啡吧见面。

咖啡吧的屋顶呈拱形,每块窗玻璃的颜色都不相同,红橙黄绿青蓝紫,黄澄澄的灯光一打,齐峰误以为到了教堂。

女孩头戴咖色棒球帽,身穿米色棉质衬衫,卡其色连体工装裤。她直视着他,一双明澈的大眼睛透着困顿,轮廓分明的嘴唇倔强地抿着。她的脸上还葆有某种稚气,不,准确地说,是一种不圆熟的生涩。这种稚气并不完全是年龄范畴的,而是心境的反射,好像她对事物认知的不确定,或是处于某种探究状态。

她两手插进裤兜,身体后仰:"我叫林乐瞳,美尔康的企划。也许,很快就不是了。您想了解什么?"

齐峰将于堇投诉密码丰胸的始末告诉林乐瞳。他仔细观察她的表情,距离他上次去美尔康已过去半个月,为何此时她主动跟他联系?

林乐瞳将帽檐往下拉了拉:"密码丰胸就是干细胞丰胸。最近有好几位顾客反映效果不佳,有的还出现了红疹子,但梅总以各种理由说服了她们。你想找到密码丰胸致命的证据,这其实非常难办。"她将一勺糖兑入咖啡,"你还能找到刚放进去的糖吗?它已经融合了。注射的东西融合进乳房纤维组织,它不像假体可以取出,它将一辈子与乳房相栖相生。谁知道两年或是三年后,它会不会突然变成野兽,一口就吞掉鲜活的生命?"

齐峰心想,等待的恐惧恐怕比恐惧已来临更为可怕。"没有客人打官司吗?"

"我想客人是不愿意打官司的。这关乎隐私、面子。你想,一个中年女人,尤其是有社会地位的中年女人,会让别人知道自己做过胸吗?她们很在乎别人的眼光,所以,这种事大多私了。"

"私了?"

"美容院会给客人一笔钱了事。没有明确的证据,只是预测未来的某个时日乳房会癌变,医生也绝对不会开出确定的诊断书,这点非常有利于美尔康。"

"如果执法部门介入呢?"齐峰犹豫着是否要录音。

"质检工商吗?应该有用吧。我在深圳待过,那边的生产厂家多如牛毛,只要你能想到的产品,他们都能生产出来。干细胞是世界尖端科技,他们也能弄个几十平方米的实验室捣鼓出来。

说是干细胞,但你很难确定打进去的是什么,人胚胎组织液、胶原蛋白、雌激素,甚至是生理盐水……这些产品价格低廉,一旦披上干细胞华丽的外衣,顿时身价百倍。天晓得他们胆子怎么那么大!"

齐峰觉得,这个女孩和很多女孩不同,她似乎并不关注浮在事物表面的东西,而是喜欢探究事物的本原。问题是,当真相被撕掉朦胧面纱,裸露出丑恶面貌时,她是否有足够的承受力?

"还有,这是个灰色地带,很多美容院只能开展生活美容,没有资格搞医疗美容,但90%的美容院都违规搞医疗美容。几乎没什么法规条例去规范它们。" 林乐瞳眉眼低下,专心地搅拌玛奇朵上面的奶昔,漂亮的花形顷刻消泯,"你调查一个公司,应该先要了解这家公司的老板,梅总人脉很广。"

齐峰想到对方波澜不惊的表情,问道:"你的意思是质检工商她都有人?"

"或许有,或许没有,没有证据的话我不说。"此时隔壁桌的一个小男孩玩着游戏,夸张地叫起来。林乐瞳皱皱眉,站起身,掏出钱:"我马上还要开会,AA制,钱放在这儿,我要走了!"

齐峰觉得她生硬中透着可爱,是不是搞艺术的人都这么不谙世事?他也站起身:"我还是忍不住想问,你为什么要告诉我这些?"

林乐瞳扬了扬眉毛:"你一定要问,我只能回答,我已不愿再与恶同行!"

不愿与恶同行！真是个有趣的女孩。齐峰突然明白，林乐瞳身上的滞涩源于她的不妥协，不愿屈从某些公认的思想及行为。这样的女孩在社会上很容易碰壁吧？

10

林乐瞳站在街心花园。她想，我究竟做了什么，为什么会对一个陌生记者道出那么多内幕，而且还有一种倾吐的快感？当我对他滔滔不绝时，被淤堵的情绪如洪水冲溃堤坝，汩汩涌流。难道我一直都渴求宣泄，只是没找到合适的渠道？

自半个月前拿到齐峰的名片那一刻起，她常问自己，为什么偏偏是我遇到了那个记者？他的出现，让她突然面临两难选择：说出真相，意味着背叛了美尔康；藏着、掖着，又违背了自己的良知。

林乐瞳将记者关在门外，那一刻，她决定回避。正如当她第一次看见满脸是斑马印的女孩哭着走出美尔康，第二次一个脸上起了水泡的中年女子叫嚷着打官司时，她都选择了回避。她试图说服自己，这只是暂时现象，二十八天皮肤新陈代谢后，她们将拥有一张无比光洁的脸。

她们都与她擦肩而过，而一个做DNA丰胸的客人却跟她撞了个满怀。那天，林乐瞳给梅若伶送广告样稿，刚到门口就听见一个中年女子大声嚷嚷："你注射的是干细胞吗？"梅若伶打着哈哈:"百分百干细胞,您放一百二十个心。"女子说:"放心?为什么医生认为有问题?"路晓嫣也安慰她:"绝对没事的。"女子喊着:"你们当然说没事了,因为事情没有发生在你们自己身上!"她猛一推门,差点撞倒林乐瞳。

女子的话令林乐瞳深思。假如事情发生在自己身上,而别人也同样不闻不问呢?难道她不是沉默的帮凶?她开始查阅资料,她越深入,越怀疑;越怀疑,就越恐慌。直到几天前,她看到某专家接受采访时说:"干细胞治疗疾病尚在初级阶段,在医疗方面还不能做到规范使用,包括利用干细胞治疗白血病也处于探索阶段。至于利用干细胞来返老还童,还为时尚早。"那么,如果不是干细胞,他们往她们的乳房里究竟注射了什么东西?!林乐瞳猛地推开电脑,那则让乳房自然而然发育的广告如此具有讽刺意味,她是广告策划人吗?她不过是一场骗局的吹鼓手!每一天她绞尽脑汁堆砌动人的词汇,设计出有吸引力的广告,欺骗一个又一个消费者,她究竟是为事实宣传,还是为谎言宣传?林乐瞳无法再回避,终于拨通了齐峰的电话!

手机铃声响起,林乐瞳知道是催她回去开会。这应该是最后一次会了,她违背了职业操守,注定不能再待在美尔康。真奇怪,她竟毫无留恋之意。或许她早就想离开,那里到处弥漫着浊气,迷障她的双眼,窒息她的呼吸。这事不过是个突破口。她砸碎了坚实的墙壁,一条狭小的缝隙绽露,透过狭缝,可以看到无比广阔的天地。她长舒一口气，回去立刻递交辞职信！

11

齐峰回到电视台，按照林乐瞳给他的号码拨通了迪美贸易公司的电话。

他自称是某美容院的老板，认为目前干细胞很有市场前景，想代理其产品。对方兴致颇高："我刚从北京回来，开了一个很成功的产品推介会，邀请了不少知名人士。我们已经签了某某明星作为我们的代言人。你这时介入说明很有眼力啊！"

"你能给我多少折扣？"

"惯例，一八折。"

齐峰一惊，这利润真高，于堇六万的单子成本估计也就几千元。

"还能再便宜吗？"

"这是底价，你打听打听，不可能低于一八折。"

对方的兴趣似在减弱，齐峰赶紧换了个话题："迪美干细胞是保健品还是药品？"

"说实话，迪美干细胞没有药准字号，不是药品，也不是保健品，但保险公司给它保了三百万的保险。如果什么事情都搞得清清楚楚、明明白白，那你什么事情也别做了。"对方突然停住，"你是不是记者？"电话随即挂断。齐峰再打电话，已处于无法接通状态。

还有高额保单的事也有待调查。于董说保险公司都敢担保，能错到哪里？齐峰随后致电保单上标示的保险公司深圳市分公司。公司承保中心张姓先生沉默了一会儿，说："是有这么一回事。但根据有关协议，该产品的理赔金额是累计赔偿。在累计赔偿的方式下，个人所能得到的最高赔偿金额实际仅十万元。如此推算，如果该产品真的出现什么问题，即使在非常理想的状态下，消费者最多也只能拿到十万元。而且需要二十五个消费者做证，方可拿到这笔赔偿。"他还强调，"责任险主要是针对产品的安全性进行保险，而质量险则是就产品的功效进行保险。迪美公司购买的是责任险，不是质量险。"

还有很多问题要调查，比如，是否真的有授权书？美国公司是否存在？迪美干细胞系列产品是药品还是保健品？其宣称的基因治疗功能到底有没有？关键还要找到质检部门，检验迪美干细胞究竟是什么东西。

齐峰伸个懒腰，刚想出去抽根烟，桌上座机嘟嘟响起，一接，是频道黄总监的电话："你不要再调查美尔康了！"齐峰诧异道："还没开始，怎么就不明不白终止了？"再想理论，对方已挂机。"他奶奶的！真是神速，刚刚见了面，这边就知道动静了。"齐峰狠狠地踢了下转椅。这种临时中断的调查已经不止一次两次了，他早已习惯。但这次，他却心有不甘，耳边总在回

第三场 —— 微型剧情 A

响林乐瞳那句"不愿再与恶同行",有多久他没听到这样的声音了?

齐峰觉得这个女孩有趣且独特,浑身上下憋着一股儿向前冲的闯劲。在冷冰冰的表情和语言下,他总能感受到一缕清新的风。或许,这是早春二月的风,刮在脸上,有点刺痛,但清新得让人想愉悦地打个喷嚏,将沉积一冬的浊气喷泄而出。

十年前的他不也跟她一样吗?无所顾忌,勇往直前。他曾为新闻报道跟部门主任争论了两个小时。但这几年,他已学会不再愤怒,不再争辩。争辩愤怒无济于事,体内的褐色血液已渗流进他曾无比排斥的灰色地带。有人说,记者要么是挖掘真相,要么是掩盖真相。但在现实生活中,不是要么、要么的句式,而是充斥着许多晦暗不明的灰色地带。

时日渐久,齐峰已学会妥协。他刚从新闻频道调到城市频道,他要考虑方方面面,比如职称、年终考核。再说,每天都在处理各种纠纷,渐渐有了麻木感,这与医生长期和病人打交道是同样的感觉。人间的悲欢离合那么多,一个或几十个被毁坏的胸早已被事件的风沙所淹没。但至少,他依然努力使自己保持一种警惕,以防自己对恶习以为常,被浊流吞噬。

是啊,不能就这么束手就擒,应该做点什么。齐峰突然想起来了,忙点开通讯录,拨了一个号码。一个磁性的男中音从电话那头传来……

12

梅若伶的办公室乱成了一锅粥。

五六个女人正围着梅若伶，七嘴八舌道："你还看了央视的《质量调查跟踪》？昨天曝光了干细胞丰胸！哪里是什么干细胞，都是骗局，注射进去会得癌！"

"干细胞和密码丰胸是两码子事。什么EGF、EGF、BFGF、AFGF，虽然就那么几个字母，区别大了，大了去了！电视上只讲乱象丛生，有提到美尔康三个字吗？调查的都是北京几家店，你们不能因为一个烂苹果扔掉一筐苹果。两码子事，不相干的！"

这几句话，梅若伶反复强调。她觉得自己是在走钢丝，要寻找最佳的平衡点。不能左不能右，不能前也不能后，否则会自乱阵脚。DNA丰胸究竟有没有问题，梅若伶自己也不确定。她的胸本来就大，她只注射了很小的剂量。有时，胸胀痛的时候，她也有点疑惑。但她不敢想，也不能想。很多事不允许有太多质疑，也经不住质疑。即使错了也是对的，模棱两可的态度只会将自己推向危险的边缘。

"我这么大的店，做了上千例成功的，如果做失败几例，早被人砸了！电视上曝光的是假冒伪劣产品，美尔康的DNA丰胸才是货真价实。这是电视台帮我打假，我高兴还来不及呢！"她必须硬撑着，否则滚雪球的麻烦将淹没她。一个单子六万，十个单子就是六十万。如果大家起哄都找上门，她岂不是要赔疯啦。

"那天,李姐她们不都亲眼看到我也注射了!我敢拿自己的生命开玩笑?"

被唤作李姐的女人附和着:"梅总是注射了。我的也的确大了不少,现在没啥感觉。曝光的和DNA丰胸好像不是一回事。连米都有转基因、非转基因的,难道说转基因的有问题,你连米也不敢吃了?"几个女人将信将疑地点点头。

"不信?"梅若伶神秘兮兮道,"把门关上,别让男人进来。"女人们不知她又耍什么把戏,疑惑地关上门。在众人惊诧的目光中,梅若伶突然撩起上衣,解开胸罩,露出双乳。猛然弹跳出的乳房,如一枚子弹,击中她们的眼睛。一片空茫,烟雾弥漫,白唬唬的,将混乱的意识丝丝缕缕吞吃。在紧张的目视间,梅若伶上下晃悠的乳房,咧开乌紫的唇瓣,发出强大的暗示声波:嘘,安静,安静,宝贝们,这完全是场误会……

"你们捏一捏。没事,捏一捏呀,我的变硬了吗?是不是又饱满又柔软,像不像小孩的屁屁?"梅若伶夸张地大笑,笑声刺耳又响亮。女人们也跟着笑起来,气氛顿时和缓。

有时,旁观者明知那是演戏,却依然迷醉于戏中的氛围、情境。那具有迷惑性的嘴唇,不断吐出魔语,让他们情不自禁地陶醉于剧情的虚假中。

"小狗才骗你们!如果我骗你们,出门就被车撞死!"梅若伶恨恨地磨咬着白牙,咯噔咯噔地响。

第四场

喧哗的黑巷

1

梅若伶的夜晚依然有着白日灼烫的热度,充斥着顾客的咨询声,市场的叫卖声。当城市的华灯渐次熄灭,当流浪汉在公园长椅上熟睡,夜行的小偷掸掉身上的灰尘时,她才暂时闭上双眼,让梦境有了一滴水的清凉。

她无法睡踏实。无论多晚,电话铃一响,她都精神百倍地去接,犹如热恋的女孩,专心等待这个电话响起。她逼迫所有的人跟随她的节奏飞奔。每每累到腰酸,梅若伶都会抱怨,这些事你们负责,我没那么多时间处理,我真的要退居二线了。话虽这么说,但所有事的线头,她都牢牢攥住,勒得双手发红,也舍不得放手。刚刚还在抱怨,转瞬间,她又比谁都抢得更快、跑得更远。她不可能放弃任何东西,放弃就意味着彻底崩盘。她要咬牙撑着,哪怕天塌下来!

最近这段时间,梅若伶真的有些累了。好不容易处理完丰胸纠纷,该安抚的安抚,该退赔的退赔,至少没人再投诉到媒体,掀起更大的风波。然而人事问题也令人烦心。先是企划部的林乐瞳递交了辞职信。虽说梅若伶对她十二分不满,但也轮不到她先跳槽。梅若伶恼羞成怒,脸上挂了霜,双眼嗖嗖冒着冷气:"你要走,好啊!休想拿走公司的一根针!"她猛地拽过林乐瞳的包,"咣当",手机、钱包、钥匙、记事簿撒了一地。林乐瞳气得满脸通红,梅若伶视而不见。她烦心的事多了去,哪有心思关注员工的情绪,更何况还是个背叛了她的员工。紧接着一个美容技师怀孕请假安胎,人手不够,她只好亲自上阵。忙碌了一上午,梅若伶腰酸腿胀,回到办公室,鞋一蹬,脚一蹭,斜倚在沙发上。从早到晚,电话铃声,客人的声音,店员的声音,还有设备发出的热嘈嘈的声音,塞满了耳朵,只有这片刻的清静属于自己。她拿了根棉签掏耳朵,"咔嚓咔嚓",痒酥酥的,眼皮耷拉下来,渐渐沉下去——她仿佛听到"磨剪刀"的叫卖声,阳光中有淡淡的甜橙味,无数彩色的光斑在跳舞……

急促的敲门声响起。梅若伶好半天才从梦境中挣扎出来:"呸,真是一小刻的安宁都没有。"门一开,苏珊心急火燎地道:"梅总,您快点打开电视,新闻频道有咱家的报道。"她顿了一下,"负面的!"

2

梅若伶快速打开电视,搜到新闻频道。画面一闪,佘怡曼尖利的声音从电视里蹿出:"做了五十次没有一点效果,那是因为你没按照我们制订的方案执行。比如饮食,你做完瘦身又海吃一顿,全世界最好的减肥方法都没法让你瘦下去!你说没有暴食暴饮,有证据吗?打官司?好啊,奉陪!" 佘怡曼的嗓音越来越尖,像一根绣花针,连着线往上扯,扯得梅若伶的喉咙一阵撕裂的疼。

梅若伶啪地关掉电视,捶着桌子大喊:"她脑子进水了,想砸我场子吗?!怎么这样跟客人讲话,她不知道最近媒体到处暗访?一波未平一波又起。这下曝光了,她想赔死我啊!"她喘了口气,声音更高,"怎么搞的,这么热?快点开空调。对了,佘怡曼她人呢?"

苏珊嗫嚅道:"她休病假了。"

梅若伶的心咯噔一下,佘怡曼早不请假晚不请假,恰在这个节骨眼上请假,难道她——神经倏地一紧,"快,快,搜搜她的抽屉,看东西还在不?"

苏珊匆匆离开,又匆匆折回:"抽屉是空的。"

"打她手机!"

"关机。"

"看公司有没有丢什么资料？"

"这个——还不知道，再说，一个U盘就可以将客户资料拷走。"

梅若伶颓然坐下。她太大意了，怎就如此轻率地让这狐狸精溜了？开业这段时间，她一直急匆匆地向前冲，也没留意周遭人事，总觉得她们如何翻得出自己的如来掌心？

佘怡曼，这个女人葫芦里究竟卖的什么药？其实，第一次面试时，梅若伶就对她有一丝不确定，看到配偶一栏写着"美籍华人"，遂问她："先生在国外，还留在国内干吗？"佘怡曼慢悠悠地道："孩子还小，我一人带不了。在美国请保姆贵得吓死人，等孩子大点再过去吧。"佘怡曼的美国老公永远缠绕在她舌尖，没人见过他。只有一次，晚上聚餐，佘怡曼手机铃响，梅若伶听她用生涩的英文聊了两句，大意是我在外面吃饭，过会儿回去。手机一挂，佘怡曼立刻起身道，"我老公每晚九点准时查岗。光通话不行，还要上网视频聊天，看得见人影图像才放心。对不起诸位喽，我先走了。"是真是假，梅若伶倒没细究。即或是假又怎样？关键佘怡曼的业绩乃店中翘楚，没人做得过她。还有一次，梅若伶刚进大厅，老远听见佘怡曼对几个女孩说："昨天健完身，私教送我回家，快到家门口时，你们猜他说啥，他说，舍不得我就这么走了！天哪，他比我小十几岁呢。"她的笑声尖利又刺耳。梅若伶最不喜欢这种女人，好像全世界的男人见了她脚底抹蜜，走不动路似的。

然而，这一切梅若伶都没放在心上。只有一次，某同行说，佘怡曼逢人便讲，梅若伶是外行，若没有她鼎力相助，美尔康怎会有今天的成功？这话拐弯抹角钻进梅若伶耳朵，成了软钉子扎进心里，想拔都拔不出来。两人的关系被碎末末的小事间离着，越来越貌合神离。但面子上，梅若伶依然对佘怡曼客客气气。毕竟像她这样资深的美容顾问不好找。上周，梅若伶还特地请佘怡曼喝茶。茶馆的灯影模糊了她的表情。今天再回味，那描着黑眼线的狐媚眼分明闪飞着得意。梅若伶一向知道，有这样眼睛的人不可信，但自己怎么就用她了呢！

梅若伶忽而怀疑自己的眼力，推开挡住视线的屏风，全速扑过去，不能让一例大单长翅膀飞了——她对着门外大喊："你们都是'口袋里装钉子，个个想出头'！"

3

梅若伶密切关注着佘怡曼所有出逃的通道。这个圈子不大，她很快知道，佘怡曼见过雅丽美容的伍院长。她要尽快约见，希望伍院长明白，一个背弃过旧主子的人怎能真正效忠新主子？

梅若伶必须说服他。她要看到佘怡曼四处乱窜，如被围猎的野兽，在陷阱里撞到浑身溅血。她梅若伶喜欢这样的捕杀，喜欢看到对方徒然而失败的挣扎，绝望而凄惶的眼神。她的目光移到伍院长脸上，狭小的窗格子渗进阳光，一头银发闪闪发亮。

"伍老，久仰大名，我一直想拜访您，只是太忙抽不开身。没想到为这事见您，真有点说不出口。"梅若伶穿件宝蓝色旗袍，一大朵珠粉牡丹开在领口下，反衬得双唇暗紫。

"真没想到，如今翘楚美业的女强人，这么年轻漂亮。我已是老朽，只想躲在幕后，看有才能的人尽情表演喽。"伍院长观察着眼前这个女人，虽已不年轻，依然有着勃勃欲望。

伍院长的恭维话令梅若伶很受用，声调不由自主地放缓："既然您老这么看得起我，我也不绕弯子了。给您透个底儿，像佘怡曼这种利字当头的女人，留在身边就是个定时炸弹。说实话，我真拿她当亲姐妹，掏心窝地信任。可如今，被整得这么惨，VIP客户资料她都拷贝走了，真是'口吞墨水，黑了心'……既然我吃了亏，不能拽着您老一起吃亏吧？她能带走我的机密，也同样会挖您的墙脚。您说呢？"

伍院长暗自寻思，像梅若伶这么精明的女人，恐怕连睡的时候，都要睁着一只眼。"佘怡曼吗？前几天她的确找过我，提出一些合作方案。她保证每月营业额做到二十万。低于二十万，她只拿基本工资；超过二十万，她要拿营业额的10%提成。我觉得这挺合情合理。"说实话，伍院长对佘怡曼很感兴趣。如今美尔康做得如此成功，而美尔康的二号人物（据佘怡曼自我介绍）能引进成功经验，他又何乐而不为？不过，佘怡曼提出一个条件，让他加大推广力度。她说美尔康第一个月的广告投入就是三十万，舍不得孩子套不住狼。这后半段话，伍教授咽了下去。他不想让梅若伶知道家底不够厚实。他每月广告投入不过两三万，哪能像美尔康不计成本地投广告？

光靠她能做到二十万？！梅若伶环顾四周，窄长的房间，左边两个诊疗室，右边一个美体室，就这点面积还想做到营业额二十万？梅若伶鼻孔哼哼两声，她佘怡曼也太把自己当人才了！

"有人想合作是好事，至少说明我们这个店还是有人关注的。最怕的是谁也想不起我，被人遗忘了，那就悲凉了。"伍院长笑一笑，镜片后的眼睛狡黠地闪了下，"她是什么样的人，我想，真的假不了，假的真不了。你的建议我会好好考虑，我能承诺的是，她若来上班，定会第一时间通知你。梅总，你看——这样，合适吗？"

梅若伶不由冷笑，真是只老狐狸，还没摸到毛就溜走了。

4

其实佘怡曼虚晃一枪，伍院长不过是个幌子，她真正想见的人是欧姿兰美容有限公司的董事长邢斌。

他们约在蓝猫咖啡吧见面。

邢斌五十多岁，板寸头，圆胖脸。多年的美容经验，让佘怡曼磨练出阅人的好眼神。她眼一瞄，就估摸出邢斌的性情。她笑盈盈地坐下："我十六岁离开家乡，一个人到处漂泊。有时一顿只吃一块钱的豆腐汤,晚上睡硬板床,老家带的旧被褥受了潮,一股霉味,也没余钱买。扯远了,您别见笑啊。"

佘怡曼微侧着身,投出一个柔弱而苍白的剪影,内心一双眼睛却窥视着对方的反应,是一点怜惜、一点悲悯,抑或本是天涯同命鸟?

梅若伶不也这样吗?对着并不熟识的人,拿出旮旯里的记忆与人分享,他人愕然却觉得亲切。这好比"冬日围炉",火光一漾一漾,每张脸都有了自家人的神情。

柔和光线下,佘怡曼一双保养得很好的手,散发着羊脂玉般的光泽。邢斌几乎忍不住要抚摸,他顿一顿:"哪里,都不容易。我以前也有过一段不堪回首的经历。今天谈正事,改天再聊。"柔软的恻隐之心绷住了,但神经已被佘怡曼揉捏着,酥痒痒的。

佘怡曼坐直身子,清清嗓子:"前台会不会接电话,判断客人是否有消费潜力,其实非常重要。我基本三五分钟就能判断一个,谈一个准成一个。美尔康的大单子一半左右都是我谈下来的。"佘怡曼不断强调自己是美容专业人才,十几年来专心致志,心无旁骛。她的陈述不是混沌、模糊的,而是掰开细节,剥了瓢,抽了丝,肌理分明。每个细节的堆砌,都印证了她的判断,这不得不让人信服。

而梅若伶呢,在佘怡曼的巧妙编织下,变形地呈现在邢斌面前。易怒、冷血,喜欢穿红红绿绿的衣裳,几乎就是个穿大布衫的农村大婶。佘怡曼强调梅若伶根本不懂美容经营，公司每个起步，都少不了她的耐心扶持，每个节日的活动套餐都透着她的智慧和巧思，环环相扣，愣是把营业额做上去了。

"那你为什么离开？你们梅总还想约我谈谈。"

"我是把她当姐姐的，没想到生意好了她就很提防我。承诺的不仅没有兑现，而且做人做事，怎么说呢，一点儿人情味也没有。公司一个企划辞职，您猜梅总对她怎么着，一把拽过她的包，狠狠地说，公司的一根针你也休想拿走！"佘怡曼尖个嗓音，纤指一翘，活脱脱的刁狠角色。她自己先一惊，演得太逼真，挣裂了柔和的线条。她旋即莞尔一笑，收住了锋芒。

邢斌是个粗人，倒不留意女人瞬息的变化，只更加深了对梅若伶的厌恶。他为人仗义，最看不得背信弃义的事："这种人，还想约我见面，不见，不见！"

一阵暗喜，佘怡曼的声调明显上扬："您知道吗？其实，仪器不能单打独斗，要组合推广，我们称之为'鸡尾酒疗法'，这样不仅保障效果，还能把价格做上去。但怎么组合，比如祛斑美白，祛皱提升，瘦身纤体，学问可大了。举个简单例子，纤体仪的减肥效果实则微乎其微。但做之前给客人喝杯饮料，明讲饮料富含有机酶，加速新陈代谢，实则含有大黄之类的减肥药，减肥效果立马提升。您说单卖减肥药能有几个利润，若搭配如庞然大物的仪器，自然轻松做到万字开头。"她的手指碰触茶杯，发出细小却清脆的响声。

佘怡曼不再继续讲下去，抛个饵，撩拨到对方的兴奋点即可。技术层面讲穿了，也不神秘了，她的价值不就是引进这些让利润倍增的神秘配方？

邢斌是真正的门外汉。公司每年都要增加新项目，正好一个朋友经营美容仪器，于是顺水推舟地投资。邢斌早年在部队待过，复员后做建筑材料，都是大的结构、大的框架，一笔单子过手也有百八十万。他从没有面对一个个具体的消费者，磨破嘴皮，一万一千地抠，上马后立刻就后悔了。但置了门面房，仪器也进了，该经营的还得咬牙经营。前段时间，他聘请了林乐瞳，他倒蛮欣赏她的率直，老婆却看不惯林乐瞳的做派，总说她很各色。这话翻来覆去，时日一久，他对林乐瞳初始的好感也日渐消磨。再加上最近三个月，欧姿兰一直被美尔康压着打，不由心里有了新打算。恰巧此时朋友推荐了佘怡曼。

邢斌果断道："说实话，我对美容业是外行，之所以找你，无非是想引进你的成熟经验。至于合作形式，你提，只要能把营业额做上去，双方都有利，就行！我还是那句话，不管黑猫白猫，抓到老鼠就是好猫。我事情很多，并不在乎赚多少钱。我要的是安心、省心，只要不亏钱，怎么都行。我的心态跟梅总不一样吧？"

佘怡曼一阵狂喜。她被梅若伶桎梏了太久，而一个多元化经营的企业家，又有多少精力再去束缚自己？她感到耷拉着的翅膀又有了腾飞的欲望，在高空中，强劲飞翔！

5
■

佘怡曼坐在出租车上，后挡板贴着美尔康的广告——"千人大挑战，肌肤嫩透白"，站台路牌的广告是梅若伶手持光波仪枪头在给某明星做嫩肤……这座城市到处弥漫着梅若伶的气息，呛辣、生猛，刺激着佘怡曼毛孔张开，鼻腔发痒。她不由打了个喷嚏。

那个引人注目的形象为什么不是她？！佘怡曼自认无论长相还是气质都在梅若伶之上。梅若伶算什么，再怎么包装，骨子里还是村婆子，浑身透着一股侉气，虽说背着LV包，却像拎着菜篮子，偌大的包里塞着大号水杯、笔记本、全麦面包、酸黄瓜。而她呢，CUCCI包里是LANCOME粉饼、阿玛尼唇膏、DIOR香水，每一样都精巧地摆放着。她的细小在梅若伶大的喧嚣里不过是小气泡。但当无数个小气泡汇聚，即蒸腾成雾气，迷离了梅若伶的双眼。梅若伶在雾里看不清她，佘怡曼却在雾外看得分明。

梅若伶怎会了解她的心思？从一开始她就莫名嫉恨梅若伶，嫉恨她所拥有的金钱、名声及行业老大的地位。她的嫉恨层叠泛滥着，有时压不住，就在言语间突地冒出来。或许梅若伶过于自信，似乎并未察觉。梅若伶越忽视她，她就越嫉恨，因为这忽视也是优越感的体现。然而她又不得不蹲伏着，将升腾的气焰不断打压下去，努力捏着嗓子去迎合梅若伶，一张嘴甜腻得恨不能将她融化："老天爷太不公平，怎么如此偏爱梅姐？梅姐有钱，长得又美，老公事业有成，儿子还乖巧，简直让我羡慕得心肝都疼哦。"有一次，梅若伶请电视台的人吃饭。男制片人夸她漂亮，佘怡曼巧嘴一翻："我哪有梅总美啊，我最多算小家碧玉，人家梅总才是令人惊艳的大美人。"于是，众口一词，纷纷夸赞起梅若伶。佘怡曼僵硬地笑着，身一转，不屑和轻蔑就挂在脸上——看在你钱多的分上，没办法，先委屈下自己！

　　说到底，还不是自己没人家会嫁！一想到老公，酸涩的唾液咽下，佘怡曼感觉胃部隐隐抽疼。她一直希望找个有钱有权的男人，虽说丢了许多鱼饵，捞上的都是些小杂鱼，没一个看入眼的。直挨到三十，才不情愿地嫁了。老公在大学负责后勤，人老实却无趣。待生了女儿，生活似已画上休止符。然而，她不甘心！同学聚会时，几个女同学纷纷炫耀各自老公。待问及佘怡曼，她实在不好意思说老公是后勤人员，于是，随口冒出"美籍华人"。第一个谎言开始，佘怡曼就要拼命圆谎。她常看美剧，学美国俚语，了解波士顿的风土人情。偶尔她在公众场合还要表演一番，对着手机叽里咕噜讲一通英语。挂了电话，她故作无奈道，他不放心我，总是随时随地查岗。好在她没有什么闺蜜，美容院的同事仅是泛泛之交，没人戳穿她的谎言。只是……回到家，走进七十平方米的小屋，面对系着围裙的丈夫，她觉得整个世界都跟她过不去。她拧大音量，让美利坚合众国的歌曲淹没现实的杂音！

难道她将一直在低段位苦苦挣扎？不，她不甘心，为了撑起一片天，佘怡曼早早做了准备。她开始留意跟美尔康有合作的产品厂家、材料供应商，来来往往的客人她也不放过。她常溜到前台查看当天的咨询电话，尤其那些大客户更是她关注的对象。在嘈乱的背景下，没人留意到她偷偷拷贝了美尔康的顾客资料。

等等，等到羽翼更加丰满……佘怡曼本想在美尔康再干两年，积攒点人脉，谋划自己的未来，但是，梅若伶承诺好的提成临时变卦，设定了保底数，还将提成的比例下调。眼瞅着即将到手的丰厚奖金无端缩水一半，佘怡曼大为恼火："凭什么出尔反尔，真是越有钱越抠门。梅若伶，你真以为我是吃素的吗？！"

她越想越恼，正巧那个顾客撞到枪口上，于是升涌起强烈的复仇欲望。她面对顾客，仿佛面对着梅若伶，冷冷道："你想投诉，随便啊，我奉陪！"这个企业不是她的，她犯不着压着自己的怒火。潜意识中，一个声音，悄悄却生硬地响起：摔碎它，摔它个稀巴烂！

6

佘怡曼到了欧姿兰！

梅若伶听到这个消息，正在吃一瓣橘子。猛一惊，那瓣橘子滑进喉咙，咽不下，吐不出，凉滑滑地卡在喉间，追得她一阵干咳。佘怡曼比她想得更厉害，不仅跳槽，给她放烟幕弹，还让她白白费了口舌，自己却稳当当坐上欧姿兰副总经理的位置。下一步她会做什么，她究竟掌握了多少资料？她对美尔康的项目了如指掌，也接触了不少顾客，甚至她还掌握供货渠道……梅若伶越想越紧张，忍不住大喊："我们成了案板上的鱼肉，任人宰割！"

果然，一周后，美尔康不少客人纷纷反馈，她们都收到欧姿兰的至尊贵宾卡，所列项目与美尔康完全相同，价格却便宜20%。佘怡曼还放风给美尔康的员工，欧姿兰高薪招人，不仅薪酬待遇高，还有五险一金，已有几个员工提出辞职。各大媒体、网站都刊登了欧姿兰大型促销活动。户外广告公司经理告诉梅若伶，佘怡曼正跟他们接洽市中心液晶大屏幕的广告。最初，梅若伶并不打算在此处投放广告，毕竟费用太高，但如今被佘怡曼一逼，只好咬牙签下。一核算，白白多出一大笔费用。梅若伶恨得牙痒痒，她不能坐以待毙，必须尽快使出狠招！

梅若伶的头脑飞速运转着，每个计划、步骤越来越清晰：第一步，美尔康率先掀起大规模的价格战，回馈也罢，感恩也罢，双向夹击，非逼得欧姿兰价格跳水不可。第二步，先下手为强，让媒体的舌头搅浑一池水。请记者撰写系列报道，强调汇美通的设备才是正宗设备，其他设备都是山寨机。第三步，堵住佘怡曼的反击之路。欧姿兰的仪器都是进口原装的，若打持久战，利润肯定会降低，那么，佘怡曼定会想办法换仪器降低成本。目前汇美通的仪器性价比最高。所以，当务之急，彻底阻断欧姿兰从汇美通进货。

三步棋步步紧逼。梅若伶不仅要打趴佘怡曼,还要用坚实的皮靴踩得她的手指咯嘣咯嘣响。那惨烈的嘶喊声回荡在心里,竟是摇动拨浪鼓的悦耳声响。

梅若伶深吸一口气。她要尽快约见汇美通大区经理李博海,只有他配合,才能打赢这场战争!

7

李博海仰起头。在家乡的旷野,他可以看到辽远的地平线,而在城市,他如蚯蚓逶迤穿梭于密如蛛网的车流,鳞次栉比的高楼阻隔了他的视线。他的激情日渐空瘪,如同悬挂在枝丫上的气球,在风中瑟瑟发抖。

但是,他还是努力地寻求蜕变。他比正宗的城里人更能精准地把脉城市的节奏,因为,他更敏感,更渴望出人头地,更能从工业废气中嗅到机会独特的气息。

十七岁那年,他一跺脚从农村老家走出来,没有文凭,只好给饭店扛面粉。一袋二十斤,一摞摞三袋。一天来回五趟,加起来就是几百斤。干了两个月,体力吃不消,李博海只好到饭馆干杂务。碗碟堆积如山,他穿个短裤洗碗,裤管湿答答直滴水。大夏天,他给大桥安装隔音板,每天喝白水就白菜,一天挣十八元。烈日炙烤,他闻着地面蒸腾出的水泥味,五脏六腑似被浇铸了。

　　二十岁，李博海进入小家电公司做推销。都说做销售是"狗掀门帘，全凭一张嘴"，但是，个性拘泥的李博海见了客户怎么也张不开口。有一次，公司的老销售跟他畅聊销售技巧，至今，李博海仍清晰记得他教导的每句话："很多人惧怕陌生场景，好比人们在冬日，离开温暖小屋外出跑步，走出小屋的第一步是挣扎的，一旦冷冽的风吹活意识，你会觉得全身充满活力。做销售，就是要走出第一步，锻炼自己不惧怕陌生环境及跟陌生人交流的能力。比如，我的英语很差，见了老外却要寒暄几句，我经常会问一个问题，Do you like Beijing, Shanghai, Guangzhou or Kunming? 好像说了很多，其实，说了一连串，大部分是中文名字，但信心找到了，嘴皮也变溜了，熟悉的场景也找到了。一旦不怯场，你的潜能即刻自动开启。第二步要进入角色扮演。角色扮演意味着你有戏份在身，说的都是台词。台词都是设计好的，抓人心，有爆点，不能说几句就被人轰下台。此外，还要时刻留意观众的表情和情绪。兴致高涨时，可以适当植入点产品宣传；冷场时，来点小幽默，暖暖场，千万别自我沉醉式地滔滔不绝，那会让一切努力付之东流。"

　　李博海的性格渐渐活泛起来，加之天生一副讨人喜欢的长相，业绩一点点攀升。他不像某些做销售的人张牙舞爪，他似乎真的是在为对方考虑。他的表情、语言都恰到好处，妥帖得让对方忽视了他进攻的触角，他们在他真挚的表情上看不出一丝虚假。李博海对新晋业务员说，真诚=虚假，不要试图将二者对立，不要以为你们的笑容、话语是虚假的，你要赋予其一种真诚性，尽管它是以物与金钱的交换为基础的。他从不直截了当表达对事或人的认知，也从不用固定的条条框框设定某人。交心的朋友未必多，但酒桌上勾肩搭背、喝得烂醉的朋友比比皆是。有人说他没有鉴别、没有选择，他反驳道，对于做销售的人，一条管道胜过一千张工资单！

梅若伶对李博海而言就是一条管道。

李博海是在广州美博会上认识梅若伶的。她或许仅是他生命河流无数过客中的一个，但是，记忆却奇妙地卡了壳，如坏了的指针，反复地晃动。

那天上午，他溜出场外吸两口烟。路过诗泊莱化妆品展位，漂亮的洋模特正向围观人群抛撒口红小样，抛得太远，径直砸到李博海脚边。他低头捡拾，一双女人光裸的脚，扎扎实实地杵在眼前。这绝不是一双精致的脚，后跟起了皮，每个脚趾虽都涂了指甲油，却已斑驳褪色。李博海的目光向上移动，他看到了什么？一个丰满女子身穿橘色短款旗袍，发髻高挽，右鬓斜插宝蓝色大边夹，丰厚的双唇涂辣椒红唇膏，眼珠偶尔一转，目光十分凌厉。她是谁呢？李博海追随着她的背影，隐隐觉得还将与她相遇。事也凑巧，第二天梅若伶竟出现在汇美通展位上。她口气凛然："给你五分钟，Ok，十分钟，看你能不能把我说得心怦怦跳？"凭多年的销售经验，李博海预感钓到大鱼了，但是条足够狡猾的大鱼。

那天他说了什么？从新鲜的第一单生意到蓝海战略，再到组合营销，最后他说："利润从何而来？当然是做大营业额。但切莫忘了，还有至关重要的一点，就是要控制成本。很多人不懂行，花高价买进口原装仪器，价格高昂，但功效与合资或国产品牌相差无几。这意味着要多做十张甚至几十张脸，划算吗？汇美通的性价比非常高，功效上跟进口品牌没什么差别，价格却是进口的十分之一。您算算，这利润一加一减不就来了，蛋糕自然也越做越大！"做销售多年，李博海深知如何切中销售对象的要害。他说的正是梅若伶想听的，他卖的也正是她想要的——我要直抵你的心窝！

展会当天，李博海成功说服了梅若伶，她一口气买下各款仪器十几台。他佩服梅若伶的魄力和胆识，但他也笑如此精明的女人，白白浪费了许多票子，一个人再精明也有盲区。

手机不失时机地响起，他摁下接听键，听到梅若伶爽朗的声音："李经理，怎么最近没图像没声音，玩失踪呀？"

8

懿和小馆门面不起眼，生意倒很火爆，若不预订，很难订到座位。酸菜鱼、红烧肉、辣子鸡丁、麻婆豆腐、毛血旺摆满一桌，梅若伶不断拣红烧肉放到李博海碗里："吃啊，小李，红烧肉可是这家的特色。"李博海不知此番见面有何目的，嚼到嘴里的红烧肉都柴了，全无软糯之感。他望了一眼梅若伶，如今她是业界红人，随便到哪家，都有人向他打听美尔康的情况，末了，总酸溜溜地来一句，那个女人厉害啊。现在，这个厉害的女人就坐在他对面，短短两周未见，梅若伶的面容竟略显憔悴。李博海本想说梅总最近很辛苦啊，但一转念，此话易生歧义，于是，舌头打个弯就变成："梅总，您越来越容光焕发了。"

鸡汤端上来，热气袅袅升腾。梅若伶扯下一只鸡腿递给李博海，李博海刚接住，梅若伶冷不丁来了一句："听说佘怡曼联系你了？"

李博海不由一惊，鸡腿差点掉在桌上。梅若伶的消息也太灵通了，昨天佘怡曼才给他打电话，问及进购智能光波事宜，当时李博海反应很快，回说在总部，过几天再约。他尚处于踌躇中，其间的轻重尚需仔细权衡，弄不好两头都不落好。如果和欧姿兰签约，势必得罪梅若伶；但是，若放弃欧姿兰，公司高层一旦知晓，定会埋怨自己开拓市场不力。今天，他见梅若伶，本想先挑明，但话到嘴边又咽下。他是旁观者，何必贸然介入其中？

如今，李博海被梅若伶的目光一扫，反倒像做了什么背叛她的事，忙笑道："我正打算跟梅总，不，梅姐汇报呢。"

"你是怎么考虑的？"

李博海面露难色："不瞒您说，的确有点苦恼，公司要求做大市场份额，欧姿兰的规模摆在这儿。但是，我跟梅总又有这种渊源……"

"你是跛子上台——立场不稳！"梅若伶迅速斩断李博海的话，"我今天把话撂在这儿，有我没她，有她就没我！"梅若伶的脸不由沉下来，"当初我们谈代理的时候，你可是承诺保障市场的垄断性，怎么这么快就要变卦？你的承诺呢？如今我还没尝到头鲜，黄花菜已变凉了！"

"梅总，不要生气，我绝对跟您同一阵线。但我也有难处，如果上面知道放着业务不做，肯定要怪罪，会认为我在玩猫腻。"李博海哼哈两声，面上始终带着笑意。

"孰轻孰重，小李，你可得掂量好。不是什么钱都要赚，烫手的钱赚了会伤了自己。我跟汇美通是长久的战略合作关系，欧姿兰已经购买了进口仪器，她能进多少汇美通的仪器？她找你们，不过是跟我打擂台。等过了这阵儿，她肯定还要用进口的，难不成让它们变成破铜烂铁？到时，折旧费收不回来，邢斌可要找她兴师问罪了！"梅若伶的眼神像磁铁，能随时吸走李博海的一切想法，甚至潜意识。

"嗯，这一点梅总请放心，汇美通一向视美尔康为长久战略伙伴。您知道，汇美通最近又研发了新仪器，比智能光波功效更强，您是否考虑买一台？这样于公于私都行得通。"

"呸！你们做销售的都是见利忘义，趁机又想狠宰我一刀！"梅若伶面上虽笑着，眼里却无一丝笑意，"利人利己的事我会做，利人不利己的事断断做不得！"她忽又放缓语气，"不过，我倒有一计，既能让欧姿兰的阴谋破产，又能保你不被上司怪罪，两厢得益。"

梅若伶盯着李博海，将借媒体之舌宣传汇美通的方案讲了一遍，末了，强调道："你要告诉你们老大，我可是自家花钱帮汇美通做个大大的广告。"当然，梅若伶并未将价格战一事告诉李博海，所有的思量只在脑海里迅捷闪过，眼下还不能说。她尚未全然了解他，他们之间仅是合作关系。他游走在各个客户之间，他的嘴牢靠吗，能让意识的天平更偏向自己吗？

李博海摆弄着桌上的筷子，横竖、交叉，每种摆法都呈现不同的图案。这场战役将是怎样的结局？他似已嗅到浓烈的硝烟味。他眉头微蹙："梅姐，只怕其他家反击，公说公有理，婆说婆有理。市场这一锅水搅乱了，对大家都没好处。"

"我不同意你的看法。如果我不出此计策，等幼崽养大变成大老虎了，你再还击，它只会反咬你一口。没有一个计策十全十美。走一步看三步，那是指通常。在非常时期，只能走一步看一步，要将竞争对手掐死在萌芽状态，不能任其壮大发展。再说了，谁真谁假就看谁手上的媒体资源多，谁叫喊的嗓门大，欧姿兰是玩不过我的！"梅若伶口气坚决，没有转折、起落，滚烫、热辣，一股脑儿地全浇在李博海心上，不容他有片刻思考。

一阵沉默。

梅若伶口气放缓道："不过，以李经理的才干难道给人打一辈子工，难道没有考虑一下未来，比如——自立门户？"

未来？自立门户？李博海愣了下，是啊，他是该考虑自己的未来了。自十七岁始，他就一个人在全国各地奔波。每个城市多则两年，少则几个月，没有固定的住所、固定的女友，何时才是个终结？四十、五十？他还跑得动吗？或许应该像其他同行一样，积累点资本，自己开个公司，卖产品或是什么的。可是他又缺资金，只怪他生得太晚，没赶上梅若伶那样的好时代。他也没有背景，不像福建帮有那么强的融资能力……

李博海心思有点恍惚，正琢磨着如何回答时，一个厚厚的信封兀然出现在眼前。"自己掂量掂量吧。"梅若伶诡异地笑着，"怎么样，应该是提成的几倍吧？"他疑惑地看看梅若伶，"小李，我不会亏待你的，跟着你梅姐干，准发！"

李博海犹疑着，内心似有猫爪子在挠。要还是不要呢？最近钱赚得快，漏得也快。昨晚刚请一帮朋友吃饭，又花了五六千，好像没吃什么菜，只是喝酒，洋酒也兑着喝，上头。前段时间跟几个台湾老板抽雪茄，谈不上喜欢，只是不想在一群抽雪茄的人中输了品位。最近他正和几个朋友合伙开产品公司，正缺资金……这么想着，李博海四下张望，就餐高峰已过，服务员正忙着收拾碗碟。门口一个中年男子在打手机，后座一对年轻情侣在玩自拍……他迅速将信封塞进公事包里。这种事他经历多次，但更多的是塞给甲方钱，而不是甲方将钱塞给他。这个女人，果然与众不同。

"以后咱俩就是一根绳子上的蚂蚱了。" 梅若伶的声音甜得如添加了太多的白糖，齁得人发腻，"不过，我这儿的情况，你可别透露给其他家啊！"

　　梅若伶撒开一张网，所有的鱼都扑腾腾地往里跳。而她则不动声色地收网，扎牢，哪怕一条小鱼也休想溜出来！

第五场

道魔的较量

1

城市就像丛林。

除了老虎、豹子和狼群，还有蚂蚁、蚊蝇和毛虫。每个人都在拼命找寻、争夺，守护着自己的生存空间。

智能光波真假一战打得如火如荼。在铺天盖地的广告攻势中，梅若伶一再借某专家之口强调，只有汇美通的智能光波仪才是正宗的，其他设备要么山寨，要么能量太低，根本起不到治疗效果。有几家美容机构也请记者撰文，但气势终究没她大，声音也没她响亮，美尔康的专业形象似已奠定。但是，智能光波一战反倒让消费者产生了疑惑，究竟孰真孰假？其价格亦随之一泻千里，由最初的每个疗程三万降到三千，甚至还有小美容院标出三百一次的甩卖价。这令李博海始料未及。

那天在懿和小馆，李博海已有不祥预感，担心梅若伶会玩价格大战。但转念一想，她不至于拿砖头砸自己的脚。如今，她或许没被砸着，却砸出一片哀嚎。李博海叹口气，他要尽快回收客户的尾款，否则，后果将不堪设想。他将车停在巷口，往前走，正前方是大方科技美容馆。这家公司刚进过两台光波仪，尚有部分尾款未付。他走进去，四五台仪器被白布蒙着，几个五大三粗的男人坐在椅子上，虎视眈眈地盯着李博海，他心里咯噔一下，不好，出事了！

他折回去，正考虑是否拨打大方总经理喻昌水的手机，忽听一个粗哑的女声响起："你还敢跑啊！"一抬眼，只见巷口那端，一个胖胖的男人疯狂地奔跑，从背影看有点像喻昌水。疑惑间，一女人和两壮汉从后面追赶上来，女人抡起小坤包，狠狠扔掷过去，正巧砸在胖男人的后脑勺上。被击中的人尚未回过神，胳膊旋即被两壮汉牢牢钳住，他干脆像软体动物滑溜倒地，反复嘟囔："你们爱咋整就咋整，反正我现在是贱命一条，要钱没有要命一条！"瘦高女人噔噔走近，厉声道："好你个喻昌水，想玩失踪玩到哪一天？"

李博海定睛一看，被追的人果然是喻昌水。一月未见，他明显消瘦了，那张胡子拉碴的圆胖面孔，被数日的思虑揉皱，划下道道深浅不一的褶子。

喻昌水面色煞白："是，是，赵总啊，这么巧啊？"

"巧你个屁！你躲我躲了半个月，干吗又回来？干吗不躲到哪个鬼不生蛋的旮旯，让我这辈子都看不到你这张面笑心不笑的脸？！"女人身形高大，一手钳住喻昌水，另一手扯住他的衣衫。

"赵总，您别拽得这么紧啊，我的衣衫扣子都掉了。今天，我是横竖跑不了的。您看，这么多人看笑话……丢人啊，丢大了去！"

"怕丢人，早干吗去了！闪人那是迅雷不及掩耳，一丁点风声也没有。你成心耍我，当我是白痴冤大头！早知如此，我也不至于投那么多钱，买什么垃圾设备！"好事者皆以为一场好戏开场，纷纷驻足观看。

"赵总，不怕您笑话，我连抽烟的钱都没了，我拿什么还您？我也是受害人啊，天天打价格战，现在降到白菜价，打得客人都没影儿了。我们小店怎么做得过别人！"

李博海清晰记得刚开业时，喻昌水请他喝酒，慷慨激昂道："我不仅要开一个店，还要开连锁店。"李博海劝他悠着点："人家梅若伶那是能耐，命也硬。你老哥是安安分分的命，这块肉不是谁都能吃到的。"喻昌水两眼一瞪道："她梅若伶不也是外行，如今不是做得红红火火？她一个女人能成事，难道我一个大老爷们还不如她？！"

女人叉着腰吩咐几个壮汉："你们给我搬走所有仪器，一台也别剩！当废铁也能卖几个钱，还有空调、办公桌椅什么的也统统搬走！"说完，她转身钻进小车扬长而去。两个壮汉拖着喻昌水向前，他扭着肥胖身子，试图挣脱他们的钳箍，拼命喊叫："放开我，放开我，我自己会走！"围观人见状，纷纷散去。李博海叹口气，喻昌水的尾款注定是收不回了，这个月的奖金肯定受影响。不过，好在还有梅若伶这个大客户。梅若伶？她一定在笑，得意地笑，嘲讽地笑，幸灾乐祸地笑。但是，她笑得是不是有点早？

快入秋了，地上的枯叶随风溜溜地打转，喻昌水的命运不也似这飘零的秋叶，无所归依？不管了，李博海头也不回地向前走，他不能让失败者消磨他的斗志。他必须坚定地前行，他不是懦夫，而是具有狼的野心、鹰的眼睛、蜗牛般执着的成功者！

2

林乐瞳也没有时间叹息。

梅若伶这一招太狠了，各大报纸和相关网站连续三天刊登《真假智能光波》的系列报道。她利用媒体、专家的权威声音告诉消费者，只有美尔康的仪器才货真价实，其他家的都是山寨机。面对如此强大的攻势，欧姿兰该如何应对？厚厚一沓策划书放在桌上，这是林乐瞳熬了几个通宵完成的方案。但若给邢斌看，估计他还是那句话："我不管过程，只看结果！"每次他说这话，林乐瞳都想辩驳，如果一个决策人从不关心执行人的情绪，实则是把他当作了机器零件。执行人的状态是有弹性的，如果一味高压，忽视他的情感因素和承受力，超过一定限度，必将崩溃。但这些话每每涌出又咽回。

但方案还是要递交，否则就是失职。林乐瞳拿着方案，走到邢斌办公室门口，刚欲敲门，就听到屋里传来邢夫人的声音："我一开始就告诉你，别开这个店。但你一意孤行，还请了高级策划，她一个人能玩得转？关键是对策，对方叫板，咱们要反击。我们的对策呢？是不是反应太慢！你看看，现在是哑巴吃黄连，有苦说不出！"

"你不要太激动。"是邢斌的声音。

邢夫人敲敲桌子："我能不激动吗！你咣里咣当一下子砸了那么多钱，买楼买车不行啊，偏要买一大堆破机器回来？你就听那个女的瞎忽悠，她那么让你着迷？过几年，卖废铁连折旧费都收不回。老了还这么天真！我不管，你答应我的，说开这个店是稳赚，不出两年连本带利地赚回来！"一开门，邢夫人看到林乐瞳站在门外，眼一白，身一扭，噔噔走了。

"妇人之见，沉不住气。小林，别介意，进来坐坐，我想听听你有什么高见。"邢斌永远笑嘻嘻的，林乐瞳猜不透这笑意下面潜藏着什么。

她直视着邢斌："邢总，有个问题，我想问您，您是想赚快钱，还是想做品牌？"

"这两个矛盾吗？"

"当然，如果您想做品牌，让企业生命力持久，我们对此可以置之不理。美尔康这种杀鸡取卵的做法，最终不仅毁了市场，也会殃及自己的品牌。"林乐瞳留意到邢斌漫不经心，停顿片刻，"如果，您是想看短期效应，我们可以跟美尔康正面开战。嗯，这是一套完整的广告策略及预算。"林乐瞳将方案放在办公桌上。

邢斌只瞄一眼方案，却将广告预算反反复复看了两遍："小林，你是专业人员，你认为怎么好就怎么做，我不会干涉。不过，我个人感觉，宣传费太高。目前营业额一直下滑，你让我再拿出更多的钱，我说服不了董事们啊。你知道，董事们不问过程，只看效益，看结果的！"

"那我们没必要针锋相对！美尔康这样投广告，折耗的是利润，跟着她跳水，非淹死不可。广告只是形象，口碑更重要。我们要让品牌文化渗透到项目、产品和服务中……"

邢斌不耐烦地挥挥手，打断她道："听来听去，好像还是全无对策。论规模、实力，我们和美尔康旗鼓相当。如果比不过美尔康，董事们都会怀疑我的投资是不是错了。"林乐瞳听出了他的潜台词，这个投资还包括对她个人的投资。

记得应聘时，邢斌对她说得很坦诚，我是外行，专业的事交由专业的人去做，我绝不多加干预。最初一段时间，邢斌的确很放手，咨询电话明显增多，业绩也稳中有升。但好景不长，一个月后，邢夫人从香港回来，开始指手画脚。更令林乐瞳始料不及的是，佘怡曼竟然成了欧姿兰的副总经理，她插手企划部的各项事宜，要求欧姿兰跟美尔康正面开战。

"小林，我还是那句老话，复杂问题简单化。三天，给你三天时间，想出一个行之有效的对策。你是专业人士，这点要求不难吧？"林乐瞳苦涩地笑笑。他们都是外行人，以为创意是水龙头，一拧即可流出。更何况，面对强大的攻势，决策层不给予任何支持，只让她孤军奋战，这是一场注定要失败的战争。而她又不得不坚守，守着即将被攻破的城池。

她杵在那儿，不知如何答复。一瞬间，辞职的念头冒出来。不过，她不能现在放弃。无论怎样，必须想出一个对策，她不能就这么束手就擒。

是佘怡曼点燃了战火，但最终，却要林乐瞳灭火。燃起战火的人是"功臣"，灭火的人则是职责所在。如果灭火不成功，那便是失职！

3

邢夫人本名潘云，并非邢斌的妻子，只因邢斌的妻子常年在美国，不闻不问，时日一久，她便以"夫人"自居。

她十八岁跟了邢斌，那年，他三十八岁。二十年的时间像一缕风，轻轻地吹过。那一天，她来应聘，恰巧邢斌在办公室。她倚在门旁，他笑着问："这位小姐，你有事吗？"回忆的阳光就嵌在门缝里。她脸一红，隐隐觉得跟他该发生点什么。后来，她成了邢斌的秘书，天南海北地跟他跑，跑着跑着就黏住他，再也无法分开。

如果有一天他死了，她该怎么办？她留了点钱，普通的生活也够了。往后呢，她没法想，她本来就是不太会想事的人。她只要每天快乐地活着，就像画里参加派对的贵妇，笑容永远凝固在脸上。潘云也真能让自己快乐起来，一点点小事，在哪里买件漂亮衣裳，在哪儿吃顿美食，她都轮番打电话给几个女朋友。她像个少女，咯咯笑着："听到了吗？这家饭店的钢琴师弹得多好听！我刚买了Chole的新款，下次穿给你看看。"

她不能让自己有片刻的胡思乱想。她能思考什么呢？他没有娶她，早些年带着他到朋友那儿打一圈麻将，女友都还羡慕她。但如今，别人都修成了正果，唯独她没有名分。然而，他活着，总比死了好。她的一个女朋友，跟她一样是二奶，结果，男的出车祸死了，朋友哭哭闹闹十几年，没想到，他死的时候，什么都没盼到，连一钵骨灰都没落得。

她还能抓到什么？面颊在掌心摩挲，肌肤依然柔软细嫩，几乎没有记录下岁月的痕迹。她无限制地折腾，开眼角、隆鼻、垫下巴、填充了玻尿酸的脸饱满得像充气球。她小心翼翼地摩挲着，生怕一用力，砰地，虚假的青春瞬间炸裂！

4

欧姿兰的营业额在下滑。佘怡曼看着报表,眉头拧在一起。既然设备拼不过美尔康,干脆做些针剂类的,一针美白,一针祛皱,一针瘦身。玻尿酸最近也俏得很,不过,进价有点高。前段时间有美容院用骨粉替换玻尿酸,她也心痒痒地打算试一试。肉毒素呢,只要将一瓶正品的量添兑成几瓶低纯度肉毒素即可。反正客人闭上眼,谁知其中的猫腻?倘若祛皱效果不明显,再鼓动客人加一个疗程巩固效果。还有美白针,成本不过四百元,卖给客人则是三万,利润高得吓人。她梅若伶不就是靠胆大赢得市场的吗,看谁胆子大过谁!

佘怡曼越琢磨越兴奋,计算器啪啪敲得飞快。突然,她想起什么,站起身,对,还有一个小细节没有处理。她疾步走到前台,一个女孩正在登记新客人名单,另一女孩在打回访电话。佘怡曼翻阅着顾客预约本,面露不悦道:"最近预约的客人这么少啊。丽丽,今天回访这几个,还有,别忘了给过生日的客人送花。对了,电话咨询本我拿走,明天还给你们!"她脸上露出莫测的笑,她林乐瞳不是要看它吗,那就让她自作自受!

正暗自寻思着,电话铃声响了,佘怡曼快速接起:"姐,人的肌肤好比盖房子。胶原蛋白犹如钢筋,玻尿酸如混凝土。水光疗法则是粉刷墙面,加固玻尿酸和胶原蛋白的同时,还可以让肌肤光泽、水嫩、紧致……"一席话说得对方心动,预约明天来店体验。

佘怡曼转身面对两个前台:"这叫鸡尾酒营销术,你们也跟着学学,不要什么客人都由我来搞定,我有三头六臂吗?!以后我接咨询电话,你们耳朵都竖起来,好好学学,别总没个记性!"

两个前台面面相觑,年长的那个女孩露出谄媚的笑:"佘总口才好呀!我们怕万一出差错,几万的单子没了,那责任就大了。"

"你们要学会看人下菜,不要对每个顾客都那么热情,热情洒得遍地都是。我们只浇可以成活的树,死树你浇它纯粹是白折腾!今天来的那个朱玲,你看她拎的包,就知道是个没钱的主儿,问半天还要再考虑,没钱蹭到这儿干啥!你还浪费唾沫星,淹死她呀!"佘怡曼敲敲桌面,"没事往顶尖商场逛逛,买不起,养养眼也好。人家不会把有钱写在脸上,但你要练就好眼力,若连这眼力都没有,就别做咱这一行,懂吗!"声音是捏着嗓子的尖细,听着柔和,可在音尾,总能扎到心里。

"怪不得佘总这么厉害。下次,我们得贴个'穷人与狗不得入内'。"

"不对,狗可以进来,不是好多客人都抱着狗进来的吗?上次,佘总还让我们买点狗粮呢。"

佘怡曼啐了一口:"呸!什么时候学得这么伶牙俐齿,这会儿嘴倒利索得很,见了客人嘴巴都上了封条,连个眼色也不会看，天生就少根筋！"

年轻的前台怯怯道："佘总，昨天那个客人说不来了，好像，到美尔康去了。"

"呸，一个屁大的单子都拽不回来，你们还不如吃屎去！"

她尖尖的手指直戳过去，女孩满是委屈，包不住的眼泪一串串滚落："人家价格便宜，店的名声也大。"

"扯你个头！美尔康算什么，她梅若伶跪地求饶，我都懒得理她！"佘怡曼的手几乎要挥上去，忽听到一声声甜腻的呼唤"潘总！"

佘怡曼立马软下腰，回转头，一脸的灿烂："您来了，今天做什么项目？"

"怎么，怡曼又开始训人啦？"

"哪能呢，正教她们如何对待刁蛮的客人呢。"佘怡曼软软地凹着腰，冰润的手绕过，只轻轻一捏，热情已迫不及待地在指端流溢，"几天不见，您的腰又细了几寸，做什么运动哟，也教教我。"

"有吗？我倒觉得最近胖了点，正愁怎么减呢。你腰这么细，再减就是水蛇腰了。"

咯咯，佘怡曼的笑声水晶珠般溅落。美容师们频频交换着鬼脸，这佘怡曼的脸阴晴变幻毫无过渡，比川剧的变脸还快。

"今天我亲自为您服务吧。"潘云躺在美容床上，佘怡曼的双手在潘云脸上轻轻按摩。

"说实话,我还真挺喜欢你的手法,柔中有韧劲,一点点渗透,酣畅在骨子里。不像有的太软像挠痒痒,有的太硬,像拿木棍戳着骨头似的。"

"瞧,虽说您没学过美容,但概括得比我们专业的还精准。这话培训那班小孩时我可要用了,到时别怪我侵权哟!这里面的讲究,就像练气功,看似飘逸,实则很有气势,劲道在里面。"

"怡曼这张嘴,真是蘸了蜜似的甜。"声音轻若游丝,"最近生意好吗?"

佘怡曼修长的手指轻触潘云的脸,冰镇薄荷般清凉。"您放心,我们开始转向针剂业务,客人络绎不绝呢。条条道路通罗马,为什么死守着智能光波不放?不过,最近的广告可真有点问题,广告费七七八八花了不少钱,却是肉包子打狗有去无回。您说,就那么点米还能煮成饭吗?我们在一线急得热锅蚂蚁似的,企划部还不慌不忙地玩情调。"

"玩什么情调?"

"喏,前段时间上了个广告,整幅画面只有一条鱼,你说奇怪不奇怪?广告语是'皱纹像鱼儿般溜走了',真搞不懂他们想说什么。咨询电话也寥寥无几。"

佘怡曼早想参林乐瞳一本了。一来她们曾在美尔康共过事,留个知根底的人在眼皮底下迟早是定时炸弹;二来佘怡曼屡屡要求加大广告攻势,林乐瞳总以各种理由推拒,白白让梅若伶抢得先机;再者,前几天一家广告公司找到她,暗示有回扣,粗略一算竟有不少钱，但林乐瞳占着企划经理的位置，她怎么插得了手。

佘怡曼清清嗓子："我们只需要贴身的小棉袄，她却做了件绸缎马甲，既不保暖又花费多。不晓得我说得恰不恰当。"这个比喻，佘怡曼酝酿了很久。她不能讲得太直接，太直接会令人生疑。但这比喻是直击投资人的要害，投资人看中的是花小钱办大事的执行人。

佘怡曼顿一下，声音有了点莫名的兴奋："今天也巧了，正好广告公司的人找林乐瞳，她不在，我多了个心眼，询个价，想不到他们的报价竟便宜不少。怪不得上次我想跟她去报社，她死活不让我去。您想为哪般？利益啊！"

潘云再也躺不住了，猛地坐起："真有此事？我说嘛，广告费高得吓死人，只有董事长一人蒙在鼓里！"

佘怡曼慢条斯理地道："这事还需确凿证据，总不能只听我一面之词。不过，我倒有个主意，还不成熟……"

"不管成熟不成熟，先说来听听。"

"我们可以找家广告公司，承包所有的广告。他们呢，按照效益拿提成。企划部养一堆闲人，说白了就是一摆设。我偏不信，一家专业的广告公司，做不过我们小小的企划部？这方案对我们绝对百利无一弊。"佘怡曼暗自得意，这招棋实在太妙，一箭双雕，既赶走林乐瞳，又多了条生财之路。

潘云点点头："嗯，想法不错。不过，撤掉企划部是不是动静有点大?"但她转念一想,如今邢斌在美国,正是革新换代的好机会。潜藏于心的权力欲勃勃燃烧,是时候动一动了。

"所以嘛,我说不成熟——咦,有一事倒挺有趣。她也二十大几了,不结婚倒也罢了,来了这么久,也没见一个男朋友,每天打扮得中不溜秋的,您说奇怪不?"

"难道——她有特殊爱好?!"潘云的好奇心瞬间被撩拨上来,"林乐瞳的性格像个男孩子,说话也硬邦邦的——"两人相视一笑,佘怡曼的一只脚斜跷着,半个凉拖一荡一荡。对着光晕仔细看,上了透明指甲油的指甲像一粒粒白色珍珠。

特殊爱好,这可不是我说的,是董事长夫人讲出来的。哼哼,你林乐瞳处处刁难我,难道以为别人都是软柿子任你捏吗?!

5

"林乐瞳有特殊爱好"这话传到美容师们的耳朵里,只隔了不到一周。美容院就这样,虽然发了毒誓说我不说,说了你就杀了我。但是,情绪如醉酒,会迷醉女人的理智。尤其是生活在相对封闭环境的女人,别人的隐私是佐料,在叽叽喳喳的传播中,对方讥讽的眼神和纷繁吐出的话语,足以佐拌成一道美味小菜。

这传言如夏日冰雹顷刻砸落,砸到林乐瞳身上冷而硬,砸在心里却是血淋淋。林乐瞳从她们中间走过,在异样目光的注视下,感觉已被排斥,或许她们从一开始就把她当成了异类。

自幼，林乐瞳就觉得自己是个例外的人，不属于任何一类或一群人。既然是独特的存在，更有其特殊价值。这种感觉虽有点自命不凡，却给她敏感的心裏上一层保护膜。

林乐瞳的父亲是地质工作者，常年在外勘探。母亲很漂亮，忍受不了无休止的等待，跟一个教授私奔了。那年，她只有七岁。小小年纪她已学会独立生活，小大人一样买菜做饭。每次父亲回家问她害不害怕时，她都坚定地摇头。其实她怕得要命，每晚都给自己讲故事，每个故事的女主人公都是世上最幸福的人，她渴求在幻想世界搭建一个安全小屋。然而，父亲还是不可避免地再婚了。林乐瞳面对着继母和她的女儿，不由叹口气，孤岛上的安全小屋已支离破碎。

继母冷静且精明，通过物质的不平等分配自行将林乐瞳排斥在外。她们可以享用丰盛食物和漂亮衣服，而林乐瞳只能吃残羹剩饭，穿丢弃的衣服。她们热烈地议论某事时，只要林乐瞳趋近，笑声便戛然而止。世界是属于她们的，她们的眼眸闪烁着主宰者得意的光芒。

林乐瞳力求重建一个属于自己的世界。她如饥似渴地阅读各种书籍，文学、哲学、历史甚至考古学。当妹妹花蝴蝶般在父亲面前唱着"蝶儿蝶儿满天飞"时，她正在看威廉·巴雷特的《非理性的人》。她在笔记本上写下"自在的存在"和"自为的存在"，"我疏离了自己，一瞬间，我失去了我的存在，此后，我萌生了回到我自己的感觉——扎根于我的存在的本性"。对于少年的她，自我是天然落下的种子，而非他人之镜像的映照，应葆有自我纯然的新鲜。这样例外的"我"区别于范例的"他们"，区别于作为别人眼中的存在者而存在的"他们"。

当妹妹凝视荧屏上的影像，渴望像"她们"一样走路、说话、微笑，拥有"她们"的口红、包包、服饰时，林乐瞳却认为相似性是可怕的。她不会屈从某种观点或认知，对于热门的书、电影、音乐，她都保持足够的警惕。她从不卷着舌头发出甜糯的声音，她的步伐是坚定的，她的目光也如此直接——我会坚持我的观点。她的特立独行被打上青春叛逆的烙印，但她认为，这不是叛逆，只是不愿被宏大的庸众声浪淹没自己的声音！

她习惯了独来独往，鲜少有同伴，交流在很长时间里对她来说都是一种负担。林乐瞳觉得新鲜思想在交流中将日渐枯萎，她宁愿写下来，有时还会配上有趣的漫画。她曾经画过一组漫画，一个小女孩不小心进入大脑复杂的组织，跟自己的左脑、右脑进行各种争辩。

自己跟自己对话是让人很愉悦的事，没有杂音的纷扰，思想在一次又一次的执着追问中日趋明朗。她读着洛夫的诗句，在"例外"的小径独自漫游：

在最美的时刻你开始说：痛
枝叶舒放，茎中水声盈耳
你顿然怔住

> 在花朵绽裂一如伤口的时刻
>
> 你才辨识自己

然而,她依然是天真的,她以天真的幻想,试图透明地生存。她从不质疑别人的动机,也从不窥测隐藏于面具下的诡异表情。世界笼在真实的光晕里,不曾有谎言、欺瞒和假象。

高中毕业,她报考了离家很远的西北大学。大学期间,林乐瞳曾有过短暂的美好情感。男孩高且帅,当女生们在操场上为射门的他热烈欢呼时,她只默默地看一眼,然后转身离去。林乐瞳压根没想到他会主动邀请她参加文学社,当高大的他出现在宿舍楼下时,她意识到了女生们充满敌意的目光。他是学校的名人,众人关注的焦点,两人的交往非常隐秘,常常周日到校外看场电影,或是逛逛书店。当男孩试图将她搂进怀里时,林乐瞳像被刺猬戳了下,猛地跳脱开。他尴尬地笑笑,说她很特别,不像糖果般甜腻,有点芥末的感觉,冲且辣,但很过瘾。他们交往的时间并不长,他跟她的世界始终隔着一层薄雾。毕业在即,男孩打算出国深造,林乐瞳开始忙于各种应聘事宜。直到毕业前一天,她才从旁人口中得知,他跟外语系系花也保持着亲密关系。这样滥俗的三角恋让她有说不出的污浊感,不是痛苦、沮丧,而是觉得纯净画布被泼洒了鸟粪。林乐瞳没有找他对质,他也不再联系她。她眼里曾泛漾的玫瑰色光泽消退了,她不由得缩进贝壳的深处。

大学毕业后，林乐瞳频繁跳槽，一旦熟悉某种环境，即刻箭一般逃离。她在网上认识了一个男孩，他描述的城市古雅而宁静，她一时兴起，竟辞职到了那座城市。他们坐在半山坡的茶楼里，黄昏中的城市笼在绢纸灯里，洇出梦幻的调子。男孩看她一身运动装，背个大码双肩包，煞有介事道："你的姿态是侧坐的，这是随时出发的姿态，你一定喜欢旅行。你一直没有放下双肩包，说明骨子里对他人缺乏信任感。"

茶楼里的人们悠然地品茶、嗑瓜子，说着笑话，时间在悠闲中被无限拉长。而她呢？总是匆匆忙忙前行，快速地跟客户沟通，快速地在电脑里复制、粘贴、拼接，而后，逃命般跑到陌生城市。每当感受到一个城市的温度时，她又打算逃离。她喜欢生活在不同的城市、人群中，陌生的气息反而更让人神清气爽。她害怕无聊的同学聚会、热闹的新年晚会，害怕别人将她的手揉搓着，关心她的年龄及情感，触及她的内心。

她慌乱地避开他的眼神："我跟你并不熟，不要装出很了解我的样子。"她站起来，留下一脸茫然的男孩，咚咚下楼，木质楼梯发出咯吱咯吱的响声。

那一晚，林乐瞳在QQ空间里写道："我喜欢空间的任意组合、拆解，喜欢在长的方的图形中随意走动。这样的走动很舒服，毛孔都是张开的，呼吸的是绿藻湿漉漉的气息。在暗寂的黑夜，我的肺叶一张一翕，蓝莹莹的，如同灵魂永远不安宁的双眼。"

如今，在这个陌生城市，她没有朋友、亲人，只有对手和没完没了的暗战。她明晃晃地成了靶子，明箭嗖嗖地射来，还有暗箭，不晓得有多少藏在浓密的树林里，东西南北，在每一片晃动的树叶下，哦，不，或许，那是风在吹动。

她不想辩驳，唯有沉默，她反复默念着荷尔德林的诗歌：

你沉默，你忍耐，只因他们对你不理解。
你，志行高洁的生命，注视人寰，却相对无言。
啊！你在美好的日子里，在阳光下寻找同伴，
但这只是徒然……
他们从来不是温柔、伟大的灵魂。

6

他们再次面对面。

齐峰在很多年轻面孔上看到了超越年龄的圆熟。他们对世界不再陌生，也不再有探索欲求。他们熟知各种潜规则，心安理得地接受，有了与成人一致的表情和语言。他们以早熟的姿态拥抱一个美丑混沌的世界，不急于辨识，辨识是没有价值的。他们积极地追随潮流，惧怕Out，惧怕同伴们鄙夷的眼神。他们操着不屑的腔调，表现出一副见怪不怪的神情，手指轻轻一扬，你们真没见识！

而林乐瞳不同，在偶尔一瞬的凝眸间，齐峰看到她眼里的困顿。她或许在问，为什么会这样？现实当然没有预想的那么美好，我们是习惯、妥协还是不屈不挠地抗争？她似乎不愿妥协，而以生硬的姿态在每个局促角落行走，跌跌撞撞，眼神最深处的一瞥，却是创伤，轻微的被机警掩饰住的创伤。或许害怕被伤害，她套上了坚硬的外壳。而齐峰突然对柔软的内核产生了兴趣，它在哪里？躲进最深处，透明、娇嫩，闪着莹莹的光亮。

"其实，您应该跟进的。我已经给了名片。正好央视也有报道，这个机会多好呀，可惜……"林乐瞳的眉毛可爱地拧在一起。齐峰本来想说，央视的新闻也是他提供的线索，但转念一想，何必表功呢？毕竟只是隔靴搔痒，没有起到关键作用。他只好岔开话题："新岗位如何？"

她似乎并不顺利，齐峰在她脸上看到一丝倦意，这是他所不愿看到的。他希望她永远激情充沛地往前冲，义无反顾，无怨无悔。他不禁自嘲地笑笑，为什么每个人都希望有人替代自己冲在前方，而自己依然固守在原有的位置？

林乐瞳敏感地发现他嘴角的一丝笑意，条件反射地道："你认为我总是失败？"林乐瞳的表述方式和其他人都不相同，没有迂回、转折，而是直接擒住对方的潜意识，揪出来，晾晒在桌面上，让人无所适从。

他必须适应这种表述："你认为你失败了吗？"

这回轮到林乐瞳缄默了。她与周围的人总发生尖锐摩擦，或许应该换一种温和的腔调,哪怕有点虚假。

齐峰看着林乐瞳,目光极其柔和:"其实失败和成功都是相对的,我想你应该不在乎所谓的成功。"

林乐瞳声调高扬:"我有那么清高吗?!我当然渴望成功,甚至比其他人还渴望成功,也比其他人更恐惧失败,因为我比很多人更追求存在感!"

存在感?齐峰想,一个人找到心灵的归属是什么感觉?大多数人是漂浮着生存的。漂浮,意味着顺着水势急缓,无知无觉地沉浮;而有的人,则喜欢探求生命的本源所在,将脱离母体丢失的原初感知,重新连接,这也是一种精神脐带的相连。

齐峰忽而有点心疼,这个社会不是由所谓的才华确立你的生存地位,机遇、人脉、手段,还有很多。在很多时候,个人能力其实无关紧要。她为什么比一个十七岁少女还幼稚?

林乐瞳还沉潜于失败的话题,瞪大眼睛道:"你以为我很失落吗?其实,我感到解脱,不,好比深陷瘴气的泥沼,突然被人拽出来,呼吸到了新鲜空气。我都奇怪为何还能坚持这么久。"她突然停顿了,她解脱了吗?她好像从一个旋涡进入另一个旋涡,某种强大的力量拽住她,让她无法动弹。她下意识地叹口气。

手机铃声不合时宜地响起,谁呢?齐峰看到林乐瞳皱起眉头:"好的,我马上回去!"

林乐瞳回到欧姿兰,迎面正撞见佘怡曼。她简单地打个招呼,本想绕过去,没想到佘怡曼挡住去路:"明天下午四点在空中花园咖啡吧，邢夫人约我们聚聚！"佘怡曼从林乐瞳身边走过，踮起脚尖，几乎要旋转起来。那是一个胜利者的姿态。她究竟想做什么？明天，最迟后天，一切都将揭晓！

7

空中花园的音乐依然是熟悉的旋律，反反复复。当音乐进入循环播放中，听者沉浸其中，心灵回复到单调的平静。

当然，今天林乐瞳的心情无法复归平静。她的世界正岌岌可危，她清楚地看到佘怡曼眼中燃烧的胜利火焰，她为什么突然请邢夫人聚聚？难道……

她们还没来，时间还早——咖啡吧散落地坐了几个人。音乐时断时续，有点无所着落的空寥。林乐瞳要了杯牛奶，最近胃烧灼般疼，她必须戒掉咖啡。

约莫过了半小时，林乐瞳才见两人慢吞吞走来。佘怡曼身穿黑色荷叶边皮裙，斜挎金色铆钉小包，潘云则是一袭粉紫欧根纱长裙。两人落座。佘怡曼侧过半个身子："您喝点什么？"潘云瞅了一眼林乐瞳："牛奶吧，他家的奶据说是澳洲进口的，不知真假，喝起来的确有点奶味。"

佘怡曼哼哼两声："现在什么东西的味都越变越淡，连我们家的广告都没什么味道了！"

林乐瞳的神经倏地绷紧："你什么意思？！"

第五场 —— 道魔的较量

"瞧,潘总,您看,我还没说什么呢,就这么一副咄咄逼人的架势,这还怎么交流啊!"

潘云没有接茬,佘怡曼敲敲茶几:"今天可是对簿公堂,明理儿都摆在亮处,我最讨厌别人暗地里搞小动作。我先说两句,自从美尔康开战以来,我们的广告攻势太弱,论实力、论规模,两家旗鼓相当。但如今,在消费者心里,我们简直不及美尔康一个小拇指。您看,这是最近的电话记录,咨询电话目前一直没有突破!"佘怡曼一甩手,客户咨询本摊放在茶几上。

林乐瞳常给前台打电话,查问咨询电话的数量,每次佘怡曼都极度不耐烦。如今,她又率先将咨询本亮出来,林乐瞳心生狐疑,随便翻了几页,感觉和记忆中的咨询电话量不吻合。她指着三天前的电话量:"这个我印象很深,那一期广告效果不错,上午有二十五个电话,怎么,变成了五个?"

"难不成我造假?白纸黑字有假?是你的记忆出岔子了!你看美尔康,一个新概念跟着一个新概念,人家什么项目都敢炒作,你却做得那么高冷,谁看得懂!你别老蹲在办公室,也该出来透透气,现在军心不稳,要打强心针啊!"

一字一句如锤砸在心上,林乐瞳的脸一阵红一阵白:"我们面对的是高端消费群体,她们有自己的理性判断。你说打一针立刻美白,一分钟瘦身,有点脑子的都不会相信,第一次她信了,第二次她还会信吗?你们要知道,这些人是有自己圈子的,骗了一个就等于骗十个、一百个,甚至是一千个……"

"嗨，欺骗？什么叫欺骗？我书没你读得多，但我明白一个道理，胜者为王败者为寇。你循规蹈矩，玩高冷，这么大企业喝西北风吗？管它黑猫白猫，逮到老鼠就是好猫，需要什么标准、原则？你带着这些标准、原则，还不是给自己套个枷锁，怎么能轻松上阵？！潘总，您说呢？我们要的是业绩，实实在在的业绩，这时代不忽悠行吗？要敢吹，敢承诺，缩手缩脚能成什么事？这么多人急吼吼地要吃饭，我们等不及啊！"

林乐瞳意识到佘怡曼设好圈套，等她乖乖地来钻。她双手交握，不断告诫自己，要冷静，不能按照套路出牌，否则，会被无厘头的牌局彻底搅乱，溃不成军。林乐瞳希望早点结束这场折磨人的谈话，决意缄默不语。

佘怡曼却不依不饶："明人不说暗话，上周我们还把咨询电话本送给你，你却不在办公室。在其位谋其职，你既然没有守好你的岗位，企业自然也有企业的打算！"

佘怡曼是什么意思？她代表谁，代表企业吗？她凭什么越权干预？林乐瞳猛地站起，桌布被扯拉，牛奶泼了一桌。

"瞧瞧，有点素质，我们仅仅是在讨论问题！"佘怡曼尖尖的指甲敲击着玻璃茶几，"潘总，您可给我做证，我还没说什么，她态度就这么横，好歹她也是白领，高级白领，怎么一点儿素质也没有。"

"你的态度是不好，不要冲动，这是就事论事。我们还是回到今天的议题——"两人迅速交换一下眼神，潘云不紧不慢道，

"怡曼说得没错,扩大规模,节约成本!"潘云将重音落在节约成本上,她的目光并不与林乐瞳对视。她行事从来如此,关键时刻从不出头,替她冲锋陷阵的人多了去。

佘怡曼抢过话题:"我倒有个提议,企划部实行独立核算,自负盈亏,一方面可以有更好的效益,另一方面也是强化激励机制,比如设定保底数,若达到预定目标,可以发工资。如果超过呢,肯定有绩效奖金,当然,达不到就当白干。你不是觉着自己很有创意吗?是骡子是马,拉出来遛遛!"

林乐瞳倒吸一口凉气,她们早已合谋,逼她知难而退,主动辞职。她只知道往前行进,每天思考的不过是创意、市场效果,而周遭隐藏的种种问题,几乎尚无机会对峙,即面临缴械投降的局面。她一直坚信,只要凭借卓越的才能,定会有广阔的天地。她为自己的天真付出了必要的代价!

林乐瞳一句话也不想说,她还能说什么呢?你的抱怨、不满,你的委屈、嚎叫、哭泣,只是这城市的浮尘,是匆匆行走的人们看不到的,也不愿看到的。

每个失败的残局都需要一个替罪羊,林乐瞳不幸被她们选中了!

第六场

微型剧情B

1

有多少双眼睛盯着她？梅若伶不是不知道，她蹿得太快、太火，不知抢了别家多少生意。她快活地忙碌着，还能挤出一只眼瞅着别家穿梭的人流："晓嫣，找几个女孩扮作客人，了解一下其他家的客流量。对了，欧姿兰最近有消息吗？啧啧，他们广告打得还挺凶呢！"嘴一撇，一分不屑三分得意。

安插在欧姿兰的内线告诉梅若伶，他们的营业额持续下滑，佘怡曼为了快速提升，竟铤而走险，给客人做丰胸、隆鼻手术。还有他们给客人注射的玻尿酸有效成分极低，大部分是生理盐水和骨粉勾兑而成。梅若伶不由冷笑："这帮垃圾是自己找死啊，不是诊所不是医院,没有医疗批号,还做医学美容,真是吃了豹子胆!"心中却另有一个声音,她佘怡曼胆子比我还大,我不过是一瓶分成两三瓶,降低浓度而已。她倒好,不仅降低浓度还添加骨粉,那添加骨粉垫高的鼻梁不硬得像石头才怪。

这些情报当然不会烂在肚子里,她要将佘怡曼的糗事一点点曝光。既然佘怡曼到工商局举报美尔康广告违规,她也该给媒体爆爆欧姿兰的料了。不仅如此,还要做深度报道,最好再搜集些确凿证据,比如客人、项目、手术时间。到那时,估计借佘怡曼十张嘴也抵赖不成。梅若伶仿佛看到她被邢斌训斥的窘态,不由得意地笑起来。

且慢,梅若伶的眼睛似被什么攫住了,她盯着苏珊带回的宣传单页:"咦,金丝定格术?定格青春十到十五年!他家报价多少?十五万,乖乖,比智能光波的钱还好赚。"梅若伶有点愤愤不平。两年前她已接触过金丝定格术,只是当时忙于推广智能光波,无暇顾及。如今,智能光波的价格跌了近五成,她急需高利润的新项目,形成新的利润增长点。或许,金丝定格术是个不错的选择。

梅若伶从博古架上取下一个深红木盒,轻轻打开,一根根金丝已经褪色、生锈。呸,那个林苏婉妹,硬说是百分百纯金,不过是不值钱的镀金。当时她报价多少?好像是两千元一根,哼,她还真敢报价,在广州的地下工厂,这玩意儿成本只有九元一根,如果做到十万一张脸,不就翻了一万三千倍吗?绝对的暴利！她摩挲着金丝，细细寻思，如何才能让这平凡的金丝散发出诱人光泽？"啪"，梅若伶关上红木盒，似怕泄露了财气。

有谁知道其间的秘密？哦，两年前，梅若伶第一次接触金丝定格术……

2

南华酒店。

幽长的甬道，光线昏暗。梅若伶疾步走向荣泰生物科技公司所在的1402室，正欲敲门，对面房门突然打开，一个中年男人撩开毛衫，腆着圆肚子踱出来，扑的一口茶水，几乎喷溅到她身上。

梅若伶瞪他两眼，遂转身揿响门铃。等了足足五分钟，门终于打开，一个清秀的年轻男子毕恭毕敬地道："请问，您是？"

"荣泰生物科技公司的人在吗？昨天，你们开招商会，我没赶上，今儿特意过来，想找能拍板的人谈谈。"

窸窸窣窣的声响，一个女人湿着头发，裹着白色绸缎睡衣，施施然走来。"太累了，洗个澡，来不及换衣服。Joery说是个女士，我也就不在乎了。"纯正的京腔，却说得更柔糯。她将浴袍往里掖了掖，斜倚在沙发上，浴袍的下摆轻拂，纤细的小腿优雅交叠。她点了根香烟，微微抬起下颔："您去过我们的展位？怎么样，有点小意思吧？"

床面凌乱，梅若伶一低头，瞥见开门的那个帅哥，上身套着西服，却光脚踩在地毯上，想来是太匆忙了。她忍俊不禁，几乎笑出声来。

"会场上的宝贝太多了，不瞒您说，还真没顾上了解。您有所不知，我们美容院在当地可是No.1，合作的厂家太多。今天正巧一个客户就在南华酒店，才顺道过来瞅瞅。"

女人的眉毛下意识扬起，慵懒的姿态略略收紧。"那敢情好啊，我们这项目特别适合大型机构，因为针对的都是名媛淑女，上流人士。"她靠近梅若伶，"Joery，把我的卡片给这位——妹妹。"她仔细瞅了眼梅若伶，她像做什么的呢？热辣、浓艳，却无长期浸润于芬芳的气息，"我平日研究点儿面相学，会一点鉴貌辨色，妹妹估计也刚从事这行，如果我没说错的话。"

她将食指轻触微噘的红唇，似在吹气："嘘，你不要说，让我猜猜看——一定是做贸易的，而且是大宗贸易。瞧，Joery，这气魄，一看就见过大世面，佩服！"

梅若伶微微一愣，难道每个人的职业特性会在脸上显现？但她不能在这女人面前露怯："真不巧，这次您还真有点走眼。我做美容也近二十年了，没准儿比你还多些年头。"梅若伶回赠名片给她。

"哟，误会啦！梅若伶？梅兰芳？梅艳芳？星味十足。想你跟我应该不是一个时代的，喏，考考你，猜猜我多大？"

"我瞅着，不会超过四十岁。"

"Joery，你看看，又一个上当的。我说了你也不信，Joery，把我的身份证给这位妹妹瞅瞅。"

林苏婉姝，1955年9月20日，五十一岁？梅若伶不由感慨，十几年的岁月，微风般从这张肤若凝脂的脸上吹过。如果，她俩站在一起，一定是自己更显老点。

"我老公是香港人，林是我老公的姓，苏是我自个儿的姓。香港人都这么着，怎么说呢，不像内地，流行一句话，女人半边天，男人靠边站。开个小玩笑啦，他是香港上市公司的总裁，我闲着无聊，偶尔玩玩票啦，来钱太快，扔了肉疼！"

"肉疼？"梅若伶一时没反应过来。"这年头没有心的，心不会疼，只有肉疼，玩笑啦。"泥塑的表情瞬间活泛，眼角细纹一点点溢出。

"我们婉姝姐这么年轻，就是做了这个项目，要不——"

"呸，要你多话。"林苏婉姝斜睨他一眼，并无埋怨之意，倒像是撒娇。

梅若伶喉头一阵火燎："金丝定格术真这么神奇？"

"什么叫眼见为实，耳听为虚？瞧，这张做过金丝的脸，不正明晃晃地亮在你眼前？十年前，我专程跑到英国做的，这不，十年过去了，岁月好像把我遗忘了。有句话怎么说的？光阴绕你而行！连女儿都嫉妒我的年轻。不信，你捏捏，紧不紧，没事儿的，捏一捏！"

梅若伶轻轻一捏，果然瓷实紧致。她下意识地摸了下自己的肌肤,软绵绵,有点棉花的感觉。"

"说句贴心话,别介意哟,你的肌肤略有点松弛。妹妹,知道为什么?地心引力啊,女人的第一天敌。而金丝定格术是用一根根24K纯金,形成一张神奇的网,兜住每天不断下垂、松弛的面容,让我们跟地心引力说Bye Bye!"

"24K纯金?乖乖,硬邦邦的东西,埋进皮肤里,能吸收吗?要不是纯金的,不生锈才怪。"梅若伶一副将信将疑的表情。

"亲爱的,我们不要说话,让历史说话呀。1992年,法国考古专家在埃及考察时无意中发现,年近五旬的埃及艳后,肌肤因植入金丝竟如少女般鲜嫩。无独有偶,中国长沙马王堆的尸体之所以千年不腐化,也是因为裹了神奇的金缕衣。再说了,荣泰生物还对24K纯金做了改良,经过纳米处理,剥除了有害的钼元素。若按你说的,我这张脸不早就生锈烂掉了吗?"

梅若伶低头抿口茶:"只怕这东西关着门说千好万好,但一到市场就行不通,卖不动。效果好坏是一码事,凡事还是利字当头!"

"系啦,妹妹真是快人快语,我喜欢。谈到利润,真戳到点子上了,这项目最大的卖点就是利润大。市面上做一张金丝植入的脸是这个价——"林苏婉姝狡黠一笑,翘起纤长食指,"一千、一万?No,是十万!"

梅若伶不由一惊:"这个价,好推广吗?一件水貂皮的价格也不过如此,有多少人愿意花这个价?"

"这生意是人做的,好比那古董吧,你说它价值连城,就价值连城。再说,多少女人愿意千金散去青春回呀!以妹妹你的身价,花个十万,换回一张年轻十岁的脸,你会舍不得?前几天,东莞加盟店的老板娘告诉我,一个女人全身做了金丝。啧啧,说起来,那个数字,更吓人,六十八万!这世上不缺有钱的女人,关键,看你能不能抓住她们的心。你一旦捏准了,这钱会自个儿长了腿跑进你兜里。如今跟我签约的美容院,哪个不赚得富满流油!"

梅若伶习惯性地抿抿嘴角。

"妹妹,别那么用力地抿嘴,会有法令纹的。咱是自家人,姐姐我好心劝你,也早点做金丝,定格自己的容颜。如果,我们有幸合作,你的脸,姐姐我全包了!"笑花溅到眼底,盈盈起了波光。

"趁着今儿兴致好,我不妨透个底。这项目,对美容院而言,绝对上了保险又加锁。你仔细看看广告词,看出点名堂吗?让你在未来十到十五年越来越年轻!哦,My God,十到十五年后的事,谁知道?万一有纠纷,那是效果没达到最佳状态,毕竟——活性金有个缓慢释放能量的过程,将随时间的推移越来越显效。"她顿了顿,"比如我吧,这几年皮肤越来越紧致、光滑,妙不可言噢。"

"这么好的宝贝,也该亮亮相。你不是刚讲,耳听为虚,眼见为实?"

"Joery,把金丝给妹妹瞅瞅,真是跟你投缘。换了别人,没有签约，我是绝不给看的。"林苏婉姝小心地打开红木盒子，那一寸寸细短的金丝平淡无奇，却因有着醉人传说，散发出诱人的光泽。

梅若伶不动声色："那么，签约的条件、合作的具体方式呢？"

"其实，合作方式再简单不过了，既不要你付定金，也不要你首批进货。我们只需签个协议，你负责招揽客人，我们提供金丝和专业医生，利润五五分账。当然，医生的机票和住宿可要你们自个儿承担。这生意，绝对无本万利！"

"五五分账？费死劲、吹破嘴皮子，就这点利润？"

Joery递过茶，林苏婉姝噘着嘴轻轻吹着，对他耳语几句，眼睛始终不离梅若伶左右："看在你有诚意，姐姐我再让一步。不如，你买我的金丝，一根两千元，全脸八根，一共一万六。但是，技术方面，我们概不负责。专家你得自找。你算算，你的利润是多少？一个客人就能赚八万多，Oh，My God,我都要眼红了！"

"一千元一根，怎么样？"梅若伶讨价还价道。

"妹子，这可不是小摊贩做生意呀，拦腰砍对折。市面上的金丝也分进口、国产的，我们荣泰可是英国原装进口24K纯金。市场上假货泛滥，客人做了没效果，不是自砸招牌？！"

呸，还在给我放烟幕弹——吃人不吐骨头的家伙！梅若伶收住笑，微微欠身，拎起包，准备离开。凭借多年的经验，她确信这绝不是底价，以她的个性，哪怕买个纽扣，都会跑遍商场每个店铺，寻到最便宜的价格。梅若伶站起身，疾步走到门口，再也没有回望一眼。

3

时隔两年，金丝定格术终于亮相了。然而，推广并不顺利。客人们对这种介入性的项目心生疑虑，毕竟美尔康不是整形医院，尝试者寥寥。

路晓嫣打了一上午的电话，还没有客人对金丝定格术感兴趣。趁着空档，她拿出手机玩会儿游戏，正巧被梅若伶看到，训斥了她几句。路晓嫣嘟嘟嘴，泪珠打个圈儿快要滴落，忽听有人唤她，一回头李博海正站在身后，遂破涕为笑。"怎么了？"路晓嫣往里指了指，李博海心领神会，低语道，"我在楼下那家冒菜馆等你。"

最近，李博海常来美尔康推销汇美通的新款仪器，但并不顺利。自从智能光波大战后，梅若伶开始控制成本。她常喊，穿着西装炸油条能行吗？她越来越精打细算，不再像开业初期那样大手笔。李博海无可奈何，唯有静观，伺机再出手。路晓嫣则是他的重要情报来源。

苏珊和路晓嫣都是梅若伶的亲信。苏珊机敏沉稳，防备心重，很难接近。路晓嫣虽则争强好胜，但心思浅，一戳即破。李博海约她吃过几次饭，几番交流下来，路晓嫣的话匣子彻底打开，梅若伶、美尔康的种种，都冒着气泡汩汩而出。李博海从路晓嫣那儿获得的信息虽然支离破碎，但也渐渐形成完整的拼图。

吃饭，看电影，玩游戏，时日一长，李博海渐渐喜欢上路晓嫣。他喜欢路晓嫣可爱的世俗，不伪装不藏掖，哪怕浅薄也浅薄得通透。但是，他没有表白。毕竟两人都是异乡人，在一个陌生城市打拼，未来尚不明晰，他们都小心翼翼地回避实质问题。

几年前，他曾喜欢过一个来自大连的美容顾问，一双眼睛大而圆，眼眉垂下，睫毛像排整齐的刷子，光影中，乌沉沉一片。她对他说，玩是可以的，但若要认真可不行。你能告诉我，跟你有未来吗？她最多二十二岁，却冷酷斩断了他的情思和勇气。

他有未来吗？他总在行走，而行走即意味着不确定，一切沉淀的会瞬间消失，就像积木，不断垒砌，不断被推倒。"我是蒲公英……"他突然对她笑起来，她愣住，噘紧了小嘴，再也不肯开口。短暂的痴情，气泡一样破了。他的痴情懒洋洋地蜷缩着，钻进坚硬的壳里。有时，释放出来，因久居壳内，曾鲜润丰盈的，现已风干，捻一捻，全是粉末。

行者的生活，行者的感情。女人如云，有时可遮蔽日月，有时却是雷电交加。他习惯性地撑起伞，在自己的伞下，行走自如。

他也会跟投缘的美容师约会，但从不过夜。完事后，再晚也会送人走，一个人歪斜着睡到天明，常常忘了盖被子。他不需要彼此依偎,都是不靠谱的,有多少真情可言?

那么,他的目光移到路晓嫣脸上,他和这个漂亮的重庆女孩又有多少真情?

路晓嫣也在猜测着李博海:他是出于业务原因跟自己套近乎,抑或,仅仅是对她本人感兴趣?

最近几个月,他们交往甚密。有次路晓嫣没拿到优秀员工奖,她甚觉委屈。李博海宽慰她,大象说猪的鼻子没有长度,牛嫌鹿的脖子超过了实用尺寸,蛇会说马的四蹄纯属多余,每个人的标准不一样,何必计较呢?此后,路晓嫣凡遇到工作上的问题,总想到李博海。她虽是局中人,却不如李博海这个局外人看得通透。凡事经他一分析,眉目渐渐明晰,她对李博海亦有了依赖感。常年在美容院工作,路晓嫣接触异性的机会很少,唯有频频参加相亲联谊会。她自称是外貌协会的,非要找个帅气抢眼的男友,但所见男孩大多外表平平,倒是李博海外形够英挺,但他的发展远没达到她的期望值。在这座城市,他没有根基、没有房子,难道她要跟他四处漂泊?路晓嫣一回眸,看见镜中的自己,那么的鲜嫩水灵。她才二十一岁,还早呢,再等等吧!

"梅总不知道你跟我……这么熟悉吧?"李博海谨慎地问。

路晓嫣噘起红唇:"怎么会,你叮嘱过的,让我别说,免得她生疑。放心好了,我不会说,谁说谁是小狗!"路晓嫣看似头脑简单,但很懂得自我保护。毕竟小小年纪离家,一人独闯世界，没有家人可依傍，全凭自我决断。她懂得大树底下好乘凉，认了梅若伶为干妈。她也懂得人心隔肚皮，关系再亲密也有分开的那一天。更何况，她跟李博海的关系只是似有若无，谁也没有点破，谁也不期待被点破，这样倒有着隐秘的乐趣。

"怎么又挨批了？"李博海关切地看着路晓嫣。

她放下烤串，将金丝一事的原委讲出来，她望向李博海："我真越来越想不明白了，梅总最近想一出是一出。我们不是整形医院，客人根本不接受这种介入性治疗。累死累活折腾这么久，提成也才那么一丢丢。"路晓嫣做个无可奈何的表情，"现在，梅总的承诺就像高高挂在树上的柿子，看着金灿灿诱人，等好不容易够上，啪叽砸在地上，摔个稀巴烂！"说完，路晓嫣自己先咯咯笑起来。她是天生的乐天派，愁过之后嬉笑一番，一切又复归常态。

李博海暗自思忖，梅若伶选择金丝应该是贪图高额利润。看来，智能光波的利润还是有所下降，她终究还是搬起石头砸了自己的脚。"梅总喜欢追求新的制高点。经营者各有特点，有的喜欢稳扎稳打，有的喜欢高歌猛进，梅总本质上还是个冒险家。"

路晓嫣点点头："你说得一点儿没错，她独闯俄罗斯也就我这个年龄。同行的四个人，有的回国，有的死了，只剩她一个女的。你想，她多有勇气？她成功也是有道理的。你呢，是冒险家吗？"路晓嫣托着腮，饶有兴趣地观察着李博海。

"我嘛，小人物一枚，不值一提。但是，我做任何事情，都要先看清对方的底牌再出牌,哪怕,节奏缓一缓。"

路晓嫣对李博海越发佩服。她想,这样心思缜密的男人应该有不错的未来。她的脸微微有点红,想么远干吗?尽情享受此刻的愉悦吧。

就餐的人越来越多。李博海并未受其干扰,他的思维快速运转着,若再推销设备,梅若伶肯定不会再买了,她这方面已处于饱和状态,那么,他需要新的入口。现在她全力推广金丝美容,但推广并不顺利,那么……他打个响指:"有了!"

路晓嫣歪着头,诧异道:"什么有了?"

李博海笑而不答。

4

整个下午,路晓嫣都在猜李博海最后说的"有了"是什么意思,恍惚熬到下班时间,她伸个懒腰,半个哈欠还卡在喉间,电话铃声响了。这个时候,会是谁呢?路晓嫣眉头微蹙,懒洋洋地去接。"嗯,你好——啊,是孙姐呀!您对金丝定格术感兴趣?太好了!"路晓嫣身板瞬间挺直,声音无比甜美悦耳,"您打算什么时候过来做?噢,您想看效果,上次不是给您看过前后对比照了吗?您非要到手术现场看看,这有点难呢,毕竟这是客人的隐私,谁愿意告诉别人,我年轻是因为做了什么,换了您也不愿意呀。"对方似有些不耐烦,路晓嫣一咬牙,"孙姐,这样吧,我争取在客人中找愿意现身说法的。但我真的不敢打包票,过几天我给您答复,可以吗?"

孙颜执意要看手术现场,这给梅若伶出了不大不小的难题。首先,要找肤质好、有说服力的托儿;其次,现场的每一环节必须逼真可靠,不能有丝毫破绽;当然,最核心的是,要形成强大的冲击波,足以动摇孙颜的意志力。

需要排练、预演,待到正式演出时,犹如导演一声Action,所有酝酿好的情绪都在镜头前爆发。医生、助理医生的表情,托儿的表情,都需恰如其分,拿捏得当,比如,托儿不能太热情,要爱搭不理的;当客人开始犹豫的时候,之前寡言的医生应冷静分析利弊,将客人犹豫的栓拔掉;咨询师的表情则是晴雨表,她的一声轻咳、一个示范的手势、突兀发出的笑声,都是这场戏的"暗号",大家将在几秒钟内彻悟,并集体作出一致的调整。意志力不够顽强的女人极易被干扰,她们的冲动神经往往瞬间被"叨"住。

"演职人员们"在送走客人后,都情不自禁地揩去额头冷汗,紧攥的心开始自由活泼地跳动。不过,这是刚开始的几出,时日一长,表演更加娴熟。每送走一个客人,彼此只会默默算出该得的提成,将金额在心头温润一番,嘴角漾起不易察觉的微笑。

这真是个有趣的场景:一个女人面敷医用冷膜,静静地躺在手术床上。医生、助理医生保持雕塑姿势,屏息聆听越来越近的脚步声,在门被推开的瞬间,咨询师的轻咳声犹若魔棒,瞬间"激活"众人僵硬的肢体和表情:医生快速脱下乳胶手套,护士在清理手术器械,连"托儿"都试图绽放满意的微笑。

路晓嫣挽着孙颜走进手术室。孙颜三十九岁,这个年龄的女性最怕衰老,将老未老,尚且存留一点青春的念想。即使有万分之一的希冀,再昂贵也愿意付出代价。

"孙姐,真不巧,手术刚刚结束了,现在正冰敷呢。"

孙颜身形高挑,习惯了被人仰视,面上总有一丝不经意的傲慢。她缓缓走过去,微欠身:"手术疼吗?"

"能忍受的疼。"

"你多大了?"

"四十九。"

"做了金丝定格后感觉如何?"

对方没有回应,路晓嫣笑道:"肖姐,还方便让孙姐瞅一眼吗?"被唤作肖姐的人点点头。孙颜轻轻揭开冰膜,一张无比光洁、饱满的脸如月光照亮房间,啊——只轻唤一声,即漾起一圈圈甜蜜的旋涡。路晓嫣不失时机地道:"肖姐打算过段时间再做颈部、手部,她说,要让身体的每寸肌肤都散发青春的光泽。"

孙颜再次凑近观察对方的面容,沉默良久:"医生,您看我的皮肤,做出来的效果,是否比她的更好?"

医生沉吟片刻道:"金丝植入的效果因人而异。但有一点我可以肯定,这种手术不像拉皮创口大、有面具的僵硬感。而且随着时间的流逝,金丝能量不断释放,皮肤将越来越好。我前几年做过的好几例,目前的皮肤状况比刚做时还要好,这就是金丝定格术的神奇之处!"

梅若伶不放心,也跑过来:"是啊,美女,在国外也把金丝定格术称为青春预购。金丝越早做越有效果,比如,您三十岁定格的是三十岁的模样,四十岁定格的是四十岁的模样。有的女孩二十五岁就做了,她定格的就是二十五岁的容颜。预购青春宜早不宜迟,我们做不到让时光倒流,但至少能定格此时的青春容颜!"疑虑在热烈的话语和目光中消融了。

一周后,孙颜接受了金丝植入术。她真能在术后,拥有永远不老的冻龄面孔?此刻的手术器械如此冰冷,而美好的梦想却沸腾喧嚣。于冰与火的交替和升腾中,孙颜感到纤细的东西在肌肤下坚硬地穿行,似乎,刺破薄薄的表皮,血,要涌出,哦,不!那一刻,她突然想坐起来大喊,我不想做了!但一个温柔的声音低低地说,嘘,忍着点,那个神秘东西一旦进入你的肌肤,悬吊起每时每刻都在下坠的肌肤,你就不再被岁月这个恶魔摆弄,你的青春容颜将被永恒定格!

麻醉剂一过,孙颜感到面部皮肤肿、痒、疼,对镜一照,满脸通红,眼皮肿得厉害:"医生,怎么这么红,好像没啥效果。"助理医生轻声细语道:"术后有点反应很正常。因为您打了麻药,过七天自然消肿。待会儿再做个冰敷,就0k了。您太性急了。金丝植入是活性金缓慢释放能量的过程,好比煲汤,煲的时间越长,口感才越好,您要有耐心。"

孙颜缄默了,他们说得没错,或许是自己太性急了。

5
■

梅若伶也急得嘴角上火生疮。智能光波价格战虽说铲除了对手,但也折耗了丰厚的利润。如今,热火朝天忙乎半天,利润只有先前的一半。她曾寄希望于金丝定格成为新的利润增长点,但客人不领情,软磨硬泡一个月才成了两笔单子。她按压着太阳穴,突破口在哪儿?天色渐晚,她伸了个懒腰,手机铃声突然响了,竟然是李博海打来的。

翠拢阁餐厅,鸟巢状灯笼散射出琥珀色光晕。烤乳鸽,白灼虾,芙蓉鱼翅羹,双豆焖凤爪,沙酱芥兰,摆满一桌。

嗅觉是无所不能的魔法师。焦黄的乳鸽,撕开来,皮酥肉嫩,异香扑鼻。梅若伶坐在旁边,那个请她吃饭的胖子,递给她一只鸽子腿,她忙接过,顺便舔舔手指上的流油。那是二十年前的小梅子,扎个马尾辫,眼睛晶晶透亮,世界对她来说是未知,也是精彩的全部。乳鸽的流油会再次勾起味蕾的勃勃绽放吗?当然不会,此时,她的味蕾似已闭合,品咂不出酸甜苦辣。

李博海见梅若伶心绪不佳,他该如何钓起她的谈兴呢?对,从俄罗斯切入,俄罗斯的冒险经历一直是她津津乐道的话题。梅若伶反复强调她的勇敢、机智和过人的胆识,哪怕被老毛子用枪托顶住后腰,依然面不改色。在一片惊诧和赞叹声中,她骄傲地抬起头,有一种成为传奇人物的自豪感。

果然,梅若伶兴致倍增,滔滔不绝。她微微眯起眼,"那可是闭着眼赚钱的好日子。有次赚得太多了,数着数着就睡着了。第二天一睁眼,自己睡在成堆的钞票里,每一张钞票都闪着金光,哈哈,那是早晨的阳光照得呀!"她拍了下大腿,"这样的好日子一去不复返了。现在赚钱真是越来越难,客人都太精明,怎么说都不动心。"

"是不是考虑换一下营销模式?不应该是梅姐找客户,而应该让客户找你。"李博海小心翼翼地试探,梅若伶的眼神鼓励他说下去,"恕我直言,现代企业需要现代营销模式。不能停留在传统广告的宣传上,需要高手帮您创意策划。最近有句话很风行,谁能创造新概念,谁就能成为商业赢家!创造新概念不是杜撰生造一个新名词,是需要完善的整合营销模式。"

梅若伶眼睛一亮:"说说看,你有什么高招?"

"我能看到问题,但解决问题还需高人指点。我倒认识一位策划大师,他曾和我们公司合作过,在业界很有名。"

"谁?"

李博海并不急于告诉她姓名,依然不疾不徐:"他不是空谈理论的大师,而是有实操能力的大师。他说无论企业、品牌,若要家喻户晓,在现今广告环境下,用传统的广告方法,无论怎么设计策划，至少得耗费上亿资金。而他的营销战略，只要一百万即可达到一亿的广告效果！"

梅若伶兴趣大增："是谁，这么牛掰？"

"我认识一位深圳的日化女老板，她跟他第一次见面一谈就是三个钟头。在三个小时里，她跟他签订了一份合同，原本这个合同只有一百万，这个女老板在一百万的基础上加了十八万八千八百八十八。结果，第二年她在大师的帮助下，当年回款就是一千万！"

"这位大师尊姓大名？"梅若伶越发好奇。

"毛琦飞。"李博海徐徐吐出一个名字。

"啊，原来是他！"梅若伶惊叹一声，大有蓦然回首，那人却在灯火阑珊处的意外与惊喜，"我听过他的课，两年前在广州。"

"这么巧？"李博海的眼神泛出光芒。

"时至今日，记忆犹新。我记得他讲，在这个贩卖梦想的世界里，哪怕是一瓶肥皂水，只要一个传说，一个祖传秘方，一个利益诉求点，即会从零贩卖到无穷，赚个盆满钵满。"

"梅姐的记忆力真是惊人。"李博海情不自禁地赞叹。

"后来他出了本叫《幻觉营销术》的书，我还买了，深受启发。怎么样，什么时候约见一下毛大师？"

李博海并未急急接茬："关键梅姐自己要想清楚了，是继续维持现有经营模式，还是确定了……"

梅若伶迅速打断他："凡事要眼见为实。我可以给自己一个机会,相信对毛大师而言,不也是个机会?这世上有人负责吆喝,也得有人负责买单,你说是不是这个理儿?"

灯光突然熄灭。众人疑惑间,服务生给每桌端上莲花状烛灯。钢琴曲恰到好处响起,旋律如流水淙淙。

梅若伶伸个懒腰:"不谈正事了,很累……"有多久了,梅若伶没有和年轻英俊的男人面对面?细细的音乐若有若无,浸润肌肤,痒酥酥的。

"女人不能太辛苦。要会享受,会玩,会嗲,跟男人争什么呢?如果每天累个半死,变成男人婆,那活着还有什么劲?"梅若伶的眼神潮黏黏地盯着李博海。

"梅姐,您可是我见过最有女人味的……"李博海将"富婆"两字咽回去。

"做销售的是不是个个都皮球抹油——又圆又滑?尽挑别人爱听的话讲?"梅若伶斜睨他一眼,两颊一团酡红,随烛光闪灭,突突烧着,"你有情人吗?"她邪魅一笑。李博海一愣,难道她觉察到什么?

"哈哈,不要把自己裹得太紧,憋着会生蛆的。人活着就是要会耍嘛,耍是什么意思?放开一切束缚,想怎么样就怎么样,你想要钱就要钱,想要女人就要女人,对啵?"

李博海喘口气,她应该并无察觉。"当然不是,只是梅姐问得有点突然。情人,要怎么界定?一夜情当然不能算,有感觉的没在一起的也不算。像我们这种居无定所的人,就像蜗牛背着整个家,很难有固定的——女友,什么时候,梅姐帮我张罗一个。"

"喜欢哪一款的?"

李博海迟疑片刻,笑道:"梅姐款的,No.1。"

"那可真有点难。你不知道,小时候有多少人追我啊。"梅若伶从来不会说年轻时候,而喜欢说小时候,似乎一说年轻那会儿,就把自己从青春岁月里剥离出来,"我走路时头高高昂着,像优雅的白天鹅。周围全是齐刷刷晃眼的目光,跟探照灯似的。知道他们怎么评价我吗?说我不仅美丽而且聪明,聪明美丽就罢了,还能挣钱,聪明美丽能干也就罢了,还这么善解人意,真正女人中的极品。如果硬要说我有缺点,那就是太完美,太高不可攀了!"梅若伶目光莹莹,流动的液体在眼里荡漾。

"那是,那是,极品女人。我们只能仰视,像仰视珠穆朗玛峰一样。"李博海的脸趴在桌面上,两手贴合耳朵,做喇叭状。

"瞧你,猴样!"梅若伶伸出手,轻拍他乌浓的头发。

李博海略有点不自然,他是在跟梅若伶谈生意吗?好像变了点儿味?他转过头,窗外飘起了雪花,大片大片,纷纷扬扬,不由欣喜道:"终于下雪了!"

6

雪花无精打采地飘洒着,林乐瞳感觉体内的热量正一点点消散。

这段时间，林乐瞳很少外出。在一个陌生城市连连败北，她在思考，是否该离开这里呢？另一城市的策划职位正等待着她，而这一刻，她对不断变化的生活有了恐惧感，这种感觉让她非常不自在——难道我老了吗？她一直认为，青春的生命总是渴求不断地探险，而一旦有了栖息的意愿，将意味着告别生机勃勃的青年时代。

她对未来还没有规划，继续做广告策划吗？她不确定自己要做什么，有走熟的路，也有全然陌生的路。她大可继续在既定轨道上滑行，但是太熟悉的风景会消磨斗志，而新鲜的风景却因未知，裹束了前行的脚步。她该往哪里走呢？走一步，踌躇一步，再回望一眼，她已丧失了少时选择的果敢，生怕一次错误的选择，会影响未来的发展。

生命的快乐被阴云遮蔽，灵感的泉流日渐干涸。她担心自己将一事无成。

7

如果不是齐峰邀她看芭蕾舞剧《春之祭》，林乐瞳注定在家过圣诞节。

对于圣诞，她的记忆只停留在大一。那年，雪下得很大，教堂挤满了人。她遇见一个神学院的女学生，潮汕人，非常美丽。她们手擎蜡烛，齐唱赞美诗，歌声久久回荡，多年后还萦绕耳

第六场 ———— 微型剧情B

边。林乐瞳不由想,这岁月,怎么过得,不着痕迹,不见波澜,一周是一天,一月是一周,一年是一月,生命的加速度让意识恍惚。这么想的时候,她已来到空气剧场。街灯次第亮起,远远地,林乐瞳看见一个高大男子正朝她走来,尽管光线昏暗,她还是一眼认出那人就是齐峰。

　　散场后,齐峰提议吃点夜宵。剧场西侧有家刘记煎包铺,齐峰点了两碗牛肉粉丝汤,一份韭菜鸡蛋煎包,一份牛肉煎包,他胃口大开,连吃几个,直夸好吃。林乐瞳低着头,包子被捣烂了,韭菜、粉丝缠绕着,扭结着,就像她的情绪。

　　"最近怎么样?"齐峰望向她。

　　林乐瞳感受着关切的目光,话语刹那涌向喉间:"昨晚做了个梦,梦见城市闹灾荒,我加入了逃难者的行列。我饥肠辘辘,但翻遍口袋,也摸不出一元钱。当时,我想,怎么会一无所有?然后,我又到一家公司做仓库保管,但连简单的记账也不会。"林乐瞳叹口气,"真是很沮丧的梦,梦的结尾你知道是什么吗?我乘坐电梯,电梯不断下沉,我对上面的人说,让我上去,他们漠然地看着我,一言不发。"

　　齐峰安静地听着,这个自尊又敏感的女孩,用梦境来表达她的苦闷。"不是很美妙的梦。"齐峰看了林乐瞳一眼,她瘦了不少,眼睑有点浮肿,记忆中那张清丽的面庞被雾气笼罩着,"未来有什么打算?"

"打算？"林乐瞳扬起手，让服务员拿来一瓶啤酒，自己倒了一杯，一口气喝光，"不知道，也许换个城市，或是换个职业。你呢？一直做这行？"她望向齐峰。

齐峰笑了："怎么可能？你猜不到我曾做过什么。"他换了一种广播腔，字正腔圆地念道，"今天的天气是零到二度，阴转晴，东风三到四级。"

林乐瞳忍俊不禁，笑道："播音员吗？"

齐峰点点头："我从传媒学院毕业，分到电台，做过一段新闻早班车的主播。那时，每天四点起床，六点播报新闻。我不喜欢这种刻板的工作，半年后，我进入市台做摄像，每天扛着几十斤重的设备，跟随记者东奔西走。有一年夏天，采访几个老科学家，电梯坏了，我爬到十五楼，汗流浃背，几近虚脱。"

"你是想告诉我，干每一行都不容易？"林乐瞳努努嘴。

"一年后，台里新开一档法制节目《24小时目击》。我从记者做起，最后做到了制片人。节目收视率很高，还频频获奖。"齐峰停顿片刻，"很多时候，到了某一高度，就会发生意想不到的事情。有一次，我们报道夜总会打架斗殴的案子，但没想到踩了雷区，这个夜总会是某市领导的公子开的。节目停了几期，而后时断时续，等新台长上任，以收视率不高为由，干脆彻底取消。"齐峰语调平和，仿佛在谈别人的遭遇。

"到处都充斥着不公平！到处都是外行领导内行，谁也不知道，什么时候一不小心就踩到了雷区！"林乐瞳有点愤愤不平，她不顾齐峰的劝阻，又喝了一杯啤酒，"你知道吗？我很郁闷，不，是迷茫。想突破又无法突破，若止步不前，又心有不甘。跟我同期进广告公司的女孩开了公关公司，另一同学任大型综艺节目的编导。而我呢，躲在家里睡大觉！什么也不想干，现实的一切都让我提不起劲儿。我不知道该往哪儿前行，再换个工作或地方，或是，干脆转行？看不清方向真令人痛苦！"

齐峰点点头："每个人都会经历这样一个阶段。我做法制节目时，投入了自己的青春和激情，我喜欢那种随时在案发现场的感觉，每天都紧绷着弦，无比亢奋。然而，突然有一天，从这种状态中抽离出来，我感觉猛地踩空，很长一段时间，都无法适应。"

"那你是如何调适的？"

齐峰耸耸肩："学会妥协，对不完美妥协！"

林乐瞳大失所望："妥协？为什么要妥协，我不想服输，也不愿服输！"她的声音太大，旁桌的人纷纷侧目。

齐峰对他们抱歉地笑笑，向服务生招手结账。"我们出去吧！"他对林乐瞳说。

林乐瞳站在户外的圣诞树下，长及脚踝的米色羽绒服更衬得她身形修长。她高昂着头，一副桀骜不驯的样子："你很在意他人的想法，不是吗？"

齐峰温和地笑笑："不是在意，我从来不想因为自己的所为对他人造成困扰。"

"假如别人的行为影响到你呢？"

"我希望以合理的方式解决。"

"有合理的方式吗？"这话像是问他，又像是自语。

齐峰走近她，轻语道："一切都不可能按照你所设想的模样呈现，你要学会以自己的方式与世界和谐共处。"

8

整个冬季并不漫长。齐峰时常带林乐瞳参加各种活动。齐峰对她说，很多时候，想不出解决方案，可以放空自己，暂时不做任何决定。春节前夕，齐峰带林乐瞳去鹰酒吧玩。酒吧是电视台同事开的，后现代风格，红、黑、灰色调，巨大的金属拳头从穹顶伸出，砸向坚硬的水泥地面。酒吧设了一个观影区，放映的是1949年英格丽·褒曼主演的《火山边缘之恋》。片头跳出一行字："素来没有访问我的，现在求问我；没有寻找我的，我叫他们遇见。"林乐瞳看后若有所思。

林乐瞳走出观影区，齐峰和几个男子正围着一短发女子聊天。她高且瘦，小麦肤色，颧骨微凸，双眸清亮通透。她侃侃而谈："我的纪录片暂定名为《消逝的，正在消逝的》，这是向西蒙娜·薇伊致敬的片子，我希望能表达出她所说的——目光永远注视着完美的纯净。"

"西蒙娜·薇伊？恕我寡闻，我只知道西蒙娜·波伏娃。"

一个矮胖男人说。

"西蒙娜·波伏娃吗？"女子面露不屑，"除了《第二性》，她让人津津乐道的无非是跟萨特的情感。西蒙娜·薇伊和她截然不同，薇伊是真正具有希腊精神的哲学家，她将生命体验和哲学思想结合在一起，以肉身的在场体验人世的苦难。当波伏娃风花雪月时，薇伊却在葡萄牙工厂当劳工。薇伊在信中写道，到处是纷乱的眼睛，来自无名的群众的眼睛，他人的困苦深深地透入到我的灵魂和躯体中。二战期间，薇伊积极参加法国抵抗活动，即使在美国重病住院，也坚持按照德军占领区的人均配额进食，以此共同体验国家、民族乃至人类的不幸！"

"她或许是圣徒，但是，谁不想像波伏娃活在声名中？"矮胖男人道。

"声名吗？"女子声音高扬道，"你越追逐声名，声名越将你抛掷身后！"

"哈哈，我忘了，这儿不正有人像西蒙娜·薇伊一样，以肉身的在场体验人世的苦难？"他语带讥讽，女子似有不悦，气氛瞬间冷凝。

齐峰忙打破僵局，举杯道："向中国的西蒙娜·薇伊致敬！"

"中国的西蒙娜·薇伊"？她是谁？林乐瞳将疑惑的目光投向齐峰。"岚晴，一个有着罕见精神力量的人，"他看了一眼林乐瞳,"你可以跟她聊聊。"

正巧,几天后林乐瞳在朋友家宴上再次遇见她。和酒吧的侃侃而谈不同,岚晴一直沉默不语,眉头紧紧拧在一起。她走到露台抽烟,林乐瞳跟随其后,主动打了声招呼。

"你也是电视台的吗?"岚晴转过脸,林乐瞳敏锐地发现她的颧骨处散落着细碎斑点。

"不,曾经是做创意的,未来,还不确定做什么。"林乐瞳停顿一下,她忽然很想跟岚晴聊聊自己的想法,"我不想顺由惯性下去,希望有新的尝试。但是,谁也不知道新的尝试是不是一次错误的选择。"她舔了舔有点干涩的嘴角。

"因惯性而厌倦,因尝试而胆怯!"岚晴如此干脆,一下子揪出问题的核心,"如果是我的话,"她果断地掐灭烟,"就做一次尝试,因为,你所认识的世界不过是被框定的世界。为何不试着砸碎固有的壁垒,去看看更广阔的天地?"

岚晴转过身,双肘撑住阳台栏杆:"我以前在电视台工作,是综艺节目的导演。当我制作完第100期《明星寻宝》后,顿生餍足感。于是,我问自己,还想继续制作这类弱智节目,任由人生滑入无意义的喧哗与嬉闹中?为何不像孩子一样自由地探索真实,从既有的习惯中解放出来,不遵循任何规则,让灵魂自由舞蹈?"

"让灵魂自由舞蹈?"林乐瞳一怔,这不就是自己想说却没说出口的话吗?多少年了,她一直觉得自己是例外的人,无法与他人交融，这种隔膜感让她生涩地活着。如今，岚晴的声音让她感觉另一个自己跑出来和她对话，她们如此相像，只是岚晴远比她坚定、强大得多。

林乐曈无比兴奋，一口气讲完自己的经历。她一直试图摆脱各种俗定的观念和束缚，但现实对她发出太多拒绝的信号。难道，她所坚持的都是错误的？

"你为什么要在意他们的评价？"岚晴的声音高扬，"当你怯懦、犹豫、自我怀疑时，就陷入了他人设定的价值框架或认知判断。我决定辞职的时候，朋友家人都反对，他们说，如果你成立制作公司，或是加盟另一家上星卫视，我们支持你；但如果，你放弃人脉、资源，独自一人到穷乡僻壤做留守儿童心理干预，你一定会后悔的！"

"那么，你后悔了吗？"

"每个人的所思所求不同。有人追求人脉的累加、现世的声名，有人则追求生命的不同体验，有人人云亦云，自觉活在他人设定的条条框框中，这或许就是你所说的惯性。但我一直试图成为清醒者，当我面对选择时，会问自己，什么是转瞬即逝的，什么才是相对恒久的？"岚晴语调高扬道，"我很清楚自己应该做什么，而不是被各种声浪推向不喜欢或不适合的位置，发出不想发出的声音。没有人强迫我去关心那些留守儿童，是我的眼睛总追随着他们的身影，是我的耳朵总渴望聆听他们的欢笑，一切都是心之所愿。当我坐在惠村的高山上，看火车飞速驶向灼灼桃花的深处时,我在想,世界呼啸而去,你能留下什么痕迹?"

林乐瞳想,她能留下什么?她的创意、策划吗?还是制造各种美妙的谎言,欺骗一个又一个消费者?她的脸微微有点红,好在夜幕降临,没人看清她的面容。

"当然,我没有丢下老本行。我一直在拍纪录片,不是浮光掠影地记录,而是融入了自己的生命体验和认知。生命只有一次,要进入生活的内核真实地存在着。哈哈,他们不是嘲笑我以肉身的在场体验各种苦难吗?随他们怎么说,一个人目标高远,就不会深陷世俗的泥沼!"

林乐瞳仰望着她,她和梅若伶、佘怡曼,还有美容院的女人们多么不同。她们对每一道细小的皱纹耿耿于怀,几斤肉的增长令她们彻夜难眠。她们苍白的笑容总是那么不确定,她们恐惧衰老、被老公抛弃,恐惧不再成为视线的焦点。她们踩着岁月的薄冰前行,生怕一不小心,坠入冰冷的时光魔窟。

而岚晴呢?虽然她的眼角隐隐出现细纹,颧骨处散落着星点色斑,但是,当她侃侃而谈时,神情是那样令人着迷,那是灵魂由内而外散射出的摄人光芒。她有多大?三十,抑或四十?她一向能精准判断他人的年龄,这次却有点猜不准。她是如此生机勃勃,浑身上下洋溢着青春活力。十年、二十年后,她或许还是这样,某种内心的坚定让她的容颜固执地葆有原本的模样,她不想涂抹、修改,她的容颜和心灵已然形成完美的有机体!

夜已深,林乐瞳和齐峰走在街上,气温虽已降至零度,但她并没有感到寒冷。她走得很快,思维的快速运转也带动了步伐的速度。她的脑海里还在回想着岚晴说的话,当你面临选择时,想想什么是转瞬即逝的,什么才是相对恒久的。林乐瞳喃喃自语,转瞬即逝——青春的容颜,虚浮的声名,炽烈的爱情;相对恒久的呢?林乐瞳望向夜空,忽而觉得内心世界如此莹然澄澈,仿若那一轮皎月。她回转身,兴奋地对齐峰大喊:"我知道未来的路要怎样走了!"

9

岚晴的话仿佛一缕春风,令林乐瞳混沌的思维渐至明朗,宛若雨后初晴般清新如镜。她在日记中写道:"我们必须努力使自己不迷失方向,在原位中坚定地生存!"而后,她又画了一个大大的问号,问题是,有多少人能始终坚守如一,又有多少人能像西蒙娜·薇伊和岚晴那样,哪怕是在恶劣环境下也能坚守初衷?

"每个人很难按照既定规划走完一生。分岔路,循环道,预期之外的障碍物,还有自我体能的消耗、意志力及激情的消磨,等等,都会让你走偏或走丢。"这是高中时期,父亲跟她一次长谈时说的。那时,林乐瞳正面临文理科分班,父亲希望她读理科,但她执拗地要读文科。

"你认为你的选择正确吗?"她略带挑衅地看着父亲,在她眼里,父亲是失败的。常年累月在深山老林里没完没了地勘探测绘，枯燥、乏味。当其他同学夸耀自己的父亲时，她则默默无语。她并不爱慕虚荣，但是，她想象的生活是多姿多彩的。而父亲的画面是素色的，裹在风沙尘土里，周而复始地循环着。人生若是这般，也太无趣了。"我至少从未偏离！"父亲的回答很简短，昏黄灯光下，她看见父亲被风沙打磨过的肌肤，粗糙而有质感，颧骨处熠熠生光。

"我至少从未偏离！"这句当时让她嗤之以鼻的回答，如今细细品味，却令她陷入深思，她是否已偏离了初衷？她之所以选择广告这个行业，是因为她热爱创意。记得大学读《创意学》这本书时，其中一段话令她记忆犹新：想象力以多大的自由构造空间、时间和力量！把蕨化为灰烬，把灰融化在纯水中，再把溶液蒸发，剩下的将是美丽的结晶，他们具有蕨叶的形状。一张漂亮的创新蓝图。她渴望在创意的天地自由飞驰。可一切不过刚刚开始，她却陷入迷雾中，是什么扼杀了激情？当客户变成AE，变成创意总监的嘴脸，熬尽心血的创意在一次次提案会上被客户修改、否定时，当充满激情的工作变成机械的重复劳动时，当创意变成白菜价，在不对等的投入中，是否初始的怦然心动已不复存在？

"那么，父亲在那样艰难的环境中又如何做到不偏离？难道，是我不能容忍一点瑕疵，对环境过于苛责？抑或缺乏抗干扰的定力？一点情绪，一些突发事件，都会令我轻易放弃。所以，我并不是讨厌创意本身，而是讨厌所生存的工作环境，好比新焙的茶用生锈的器皿破坏了茶的清新。为何还要用生锈的器皿呢？不如，彻底打破吧！"林乐瞳在笔记本上写完这段话，猛地打开窗户，梅花的香气糅杂着昨夜雨后的湿润气息，喧嚣而密集地涌来，瞬间激活闭合的五感。

迷失—偏离—回归原位，她必须选择更适合自己个性的发展道路。林乐瞳闭上眼，回溯过去，回溯……第一次面试时，她写下——当她在黑暗的世界读懂自己，才发现，原来关闭视听，才会过滤纷扰，聆听自我。那时的她渴望——我传达了，你听到了，在万千嘈杂之音中你独独听到我的声音，然后，扩散，再扩散，越来越多的人都听到我的声音……啊，原来她是渴望思想的传播和共振，她渴望成为传播者。林乐瞳在笔记本上重重写下"传播者"三个字，她将脸贴在纸面上，不断自问：我能传播什么？会有人听吗？谁在听？

10

乔樱和谭潇正睁大双眼，仔细听林乐瞳说话。她俩是她在QQ空间认识的好友。乔樱是幼儿教师，有着蓬松的卷发，圆圆的小脸，身体软绵绵地靠在椅背上，像慵懒的小猫。谭潇是个自由作家，短短的头发，根根倔强地竖立着。她率性热情，每次聚餐，都抢先买单。周末，她们喜欢在翡冷翠约会，那儿的甜点别具风味：一款果冻状"巴黎恋人"，由甜橙和椰奶混融而成；"绿野仙踪"添加了抹茶和青柠,通体碧绿,沁人心脾。

乔樱最关心的是衰老问题,她常说的一句话是:"我将在我老之前死去。"谭潇对此颇不屑。乔樱将求助的目光投向林乐瞳:"你说哪种微整最有效?水光、电波拉皮,还是蛋白埋线?每天早晨我的脸是紧绷的,累了一天,回到家感觉脸都要垮下来。"

餐桌上的花瓶里插着一株粉色玫瑰,林乐瞳倒了点柠檬水,洒在花瓣上,水珠莹莹透亮。"这样是不是更娇嫩?"她问乔樱,然后,她取出玫瑰花,放在餐桌上,"等我们离开的时候,它已蔫了。"

乔樱有趣的圆眼睛盯着林乐瞳,一脸迷惑:"你想表达的是……"谭潇快速打断道:"你还不明白?微整好比洒水,是暂时的光鲜,没有根本效果。"乔樱的眼里透着失望:"难道就这样任由容颜老去?"

"其实,这个时代的人犯了一个通病——舍本逐末!女人若想容颜保持良好状态,需气血充盈,雌激素水平稳定。试想我们熬夜玩手机,饮食不均衡,即使花大价钱涂抹或注射,也很难达到理想效果。"

"那么,你的意思是都不要尝试?"乔樱还是有点不死心。

"科学保养还是必需的。"林乐瞳顿一下,"我说的是科学保养,而不是过度保养。商家为了赚钱,恨不得将EGF、胶原蛋白、玻尿酸统统注射进你的皮肤。试想皮肤能吸收得了吗?皮肤吸收不了,'速美'不成反变'速朽'!"

乔樱若有所思地点点头:"我每天敷两次面膜,水、精华、隔离、防晒、乳霜,一层又一层,还担心皮肤不够营养呢,没想到适得其反。"

"欧姿兰有个女客人,不仅脸上拍水光,全身也拍水光。一年消费几十万。一次,保姆给她打电话,说她儿子发高烧,她不急不忙地说,'等我做完美容再说吧'。但她的小情人,一个商场BA,让她帮忙完成业绩缺口,她火速赶到。她对儿子不闻不问,但对小鲜肉嘘寒问暖,常给他买各种高档补品,还恬不知耻道,'人家正在长身体呢'。"

"加缪的《局外人》,第一句话是'今天,妈妈死了。也许是昨天……'读时觉得世上怎么会有这种不知母亲何时去世的人,这个女人又何尝不是呢?她不是要整容,她最该整的是心!"谭潇猛一击桌子,杯里的水泼洒出来。

"是的,我们过分强调颜值,大喊颜值即正义,可曾想过,当我们渴慕容颜的青春再生时,是否彻底忽视了语言和心灵的青春再生?"

"说得太精彩了!我觉得肌肤要对抗地心引力,其实我们的思想更要对抗地心引力!"林乐瞳向谭潇投去赞许的目光。

"内心坚定的女性往往老得很慢,即或衰老,但容颜的特质很难改变。因为容颜的不老和内心的坚定是相辅相成的。这坚定有对事物的理解,对人性的领悟,精神繁茂自会滋养容颜。真正的不老女神,应有敏捷的思维、善于发现新事物的眼睛及旺盛的生命力。我们无法逆转时光,但可以使自己变得更美好!"林乐瞳眼前又浮现出岚晴的面容,她的双眸如此清亮明彻,仿佛洞悉世间万物。

"敏捷的思维,善于发现新事物的眼睛,精神繁茂自会滋养容颜……"乔樱喃喃自语,她的双眸忽一闪烁,"对呀,你可以开博客,将这些有趣的观点写下来,我想会有很多人关注。"

谭潇也点点头:"为什么不试试?这个世界总有一些人制造假象,另有一些人揭露假象,不能让真相逃之夭夭!"

林乐瞳被鼓舞着,是呀,为什么不把这些内容写下来?我需要某种抓手,前一段时间,我对自我价值产生怀疑,就像一块浮木一样,撤下去,又浮上来。我迫切需要将它嵌入,在嵌入的那一刻,才会觉得脚下的地不再松软,而是无比地坚实。

灵光倏忽一闪,一行行字仿佛显示在液晶屏上。"你们听听,第一篇这样写可以吗?"她语速极快,"真正的现代女性,不是塑胶脸,不用假体填满身体,不遵循某种潜规则,更不会将身体作为交换资本。真正的现代女性是怎样的呢?她们不会活在他人的目光中,而是将目光投射进自己内心,观照自我,继而观照他人及世界;她们积极生活,却从不透支生活;她们不愿成为流行符号的奴隶,也不愿被绚丽幻象蒙蔽;她们试图认清事物的本质,无论外界多么喧嚣,都葆有一片心灵净土;她们激发自我的各种潜能,以自己的智慧博得一方天地……真正的现代女性是自觉自省自信自立的！"

　　"真正的现代女性是自觉自省自信自立的……"谭潇和乔樱齐声应和着，她们的眼眸闪烁着光芒，一个人人可以发声的时代已悄然而至！

第七场

时光的魔液

1

梅若伶从未否认自己是冒险家。 她愿意赌,她拿一切冒险——自己和每个机遇、每个时机。

二十几年前,梅若伶将一枚硬币抛向空中,正面是去惠州,反面则留在贺南。连抛三次,三次都是正面。她义无反顾地开始了人生的第一次冒险。

十八岁的梅若伶不曾设想,自己会走得这么远,这么久。那一次的别离,似乎只是小女孩一次任性的游戏,她没有再回望一眼家乡,就扛起编织袋,坐上南下的火车。车上到处都是人。行人过道、座位下、车厢的连接板处、厕所里、开水间……但凡能落脚的地方，都挤满了人。卫生越来越糟糕。厕所失修，小便四溢，有人带的棉被被车厢里的尿泡涨了。浓烈的尿骚味，臭袜子味，大蒜味，腌菜味，混杂着无数人散发的汗味，如腐败沼气吞没每个人的思维。

深夜已至。惨白的灯光下，无数张相似的面孔脏兮兮，灰蒙蒙，汗涔涔。梅若伶和所有的人一样，蜷缩着身子，头枕编织袋，脸上覆着皱巴巴的报纸，毫无顾忌地发出沉闷的鼾声。

漫长的等待。突然，梅若伶仰起脸，正午的强光打上去，眉眼似被洗濯，粼粼闪着碎光，一览无余地灿烂。随后，无数张面孔纷纷从黑色幕影中钻出，如久闭暗室之人，乍见阳光，下意识地用手挡住刺眼的光芒——广州站到了！

梅若伶被成千上万的打工者推搡着，挤进候车厅。她在人群中到处询问去惠州的汽车站在哪儿，一个高高的胖子走过来："靓女，你去哪儿？太巧啦，我们的车去惠州，就停在前面，这行李太重，我帮你拿！"胖子拽着她的行李向前走。那是一辆半旧的面包车。车门咣当拉开，车内几个姑娘眼神恍惚，胖子和司机交错耳语："快，快，行了！"她的直觉如一簇火焰，忽地照亮黑屋隐藏的秘密。

胖子用力推着梅若伶上车，而她却出乎意料地一低头，侧弯身，一把拽过行李，踩着风儿似的，从胖子撑着车门的臂弯下一溜儿烟飞奔而去。一切发生得太快，就在眼皮上下闭合间，即将收笼的猎物突然逃了,胖子一愣,怕再有闪失,猛地关上车门。车打个趔趄开走了,卷起灰尘阵阵。梅若伶撒开腿狂跑,边跑边喊:"让一让,我有急事!让一让!"

当梅若伶再次回到候车室时,所有的热望受了惊吓,扑簌簌扇着翅膀,意欲逃走。但是,她不可能再回头,一切都还没有开头,或者开了个惊而不险的头。她的命运还不太糟糕,不至于就这样草草收场。她要冷静思考,要将摇摆的生命线头抻直,牢牢攥紧。

梅若伶不敢再贸然行进。她找到公用电话亭,终于拨通了叔叔家的号码,听着婶婶的声音,几近哭泣。不巧的是,叔叔和堂姐到东莞进货了,婶婶要她先找个旅社住下,他们将尽快派车来接她。也许一天,也许三天——"等待"这个词,在梅若伶随后的生命里渐被封存。她不习惯等待、守望,不习惯被人挑选,无论事业还是男人。她的一生是主动出击的一生,她是天生的猎手,判断精准、出手迅猛,很少有猎物从手边溜掉!

三天后,等到了堂姐的梅若伶,犹若找到亲人的失散小孩,趿着拖鞋,流着鼻涕,哽咽着扑进堂姐怀里。正午的日光兜头直射,她穿件深红灯芯绒外套,斜挎大号的帆布包,在烈日下行走。如在舞台上,黑暗的幕景,只有一束追光,前路黑漆漆,但周身是光亮,那是从内心深处迸射出的光亮。

那是1987年,她定格的最初影像。

2

时隔多年,梅若伶再次站在广州火车站——这熟悉而又陌生的地方,只是站立的姿势迥异。

二十年前,她如河面上的浮藻,随水流走势,漂浮着行走;二十年后,她挺直了腰板,牢牢地,如木桩钉在地上。每一次行走,都在城市的街衢,留下清晰划痕。

梅若伶身穿粉紫绣花旗袍,发髻高挽,昂然走进毛琦飞的公司。穿过曲折的长廊,她锐利的眼神投向会议室,液晶显示屏在滚动播放毛琦飞的演讲:"概念从何而来?从幻觉的期盼中而来。概念不是界定事物的性质,而是营造一个契合消费者的虚幻空间……概念营销赚的是时机的利润。一切高附加值的产生,就在不可知到可知的这一阶段。所谓'犹抱琵琶半遮面',神秘色彩可以增加产品附加值。但是,没有永恒的秘密。一旦秘密被识破,变得透明和可操作,还有什么高额利润可言?"

梅若伶看完第三段视频时,才见一个娇小女孩走来招呼道:"不好意思,毛总刚刚开完会,现在您可以见他了。"梅若伶抬眼看墙上的时钟,已是三点半。

穿过狭长甬道,眼前豁然开朗,几株芭蕉翠绿欲滴,一只鹅黄鹦鹉啾啾鸣叫。女孩推开移门,轻语道:"梅总来了。"梅若伶环视四周,素净的白,一壁是书柜,另一壁是肆意泼墨的苍山碧野。

　　一袭白色中山装的毛琦飞并未回头看梅若伶，他正凝视鱼缸："是你在看鱼，还是鱼在看你？"这话像是自问，又像在询问梅若伶。询问无果，毛琦飞才缓缓转过头，在梅若伶眼里，这是一张睿智的面孔，他的眼睛在启迪你的心智，他的嘴巴就是答案。

　　梅若伶将厚厚一沓资料放在檀木茶几上。毛琦飞只瞄了一眼，依然把玩着手上的念珠，半晌，才缓缓冒出一句："你想做成什么样的企业？"

　　"当然是又大又强！"

　　"世界上只有两种企业：一种永远在模仿，在追随；还有一种永远在创新，在引领潮流、创造神话！"

　　"对，您说过，有人在缔造神话，有人在追随神话，而更多的人是在消费神话！怎样才能缔造属于自己的神话？"

　　"神话有两层意思。一是传输或推广的某种概念或产品玄乎离奇，具有神秘的蛊惑性，既超越现实层面，又满足人们潜意识的贪念。比如，发明攻克世界顽疾的神药，或是某人拥有驱邪消灾的超能量；二是，当超越现实层面的神话在权威媒体上亮相并广而告之时，令人信服的真实之光自会无限发散。所以，神话并不真在！"

　　神话并不真在，但又要制造神话，梅若伶被二者的逻辑关系弄晕了。

毛琦飞意识到梅若伶的迷惑:"举个例子,某人号称有绝世神功,他不会在街头展示,而是来到电视台演播大厅,钻进设有双层水缸的魔术道具里,表演水下憋气,时长达两小时之久。当主持人高喊挑战成功、公证员见证其真实有效时,一个身怀绝技的气功大师就此诞生。如果不是媒体的放大给了观者一个参照错觉,他能成为气功大师吗?"梅若伶若有所思地点点头。

"一旦他们成了神奇的气功大师、妙手神医、天才作家……无数人争相购买他们的保健品或书籍……在这个充斥符号的世界,人们只是在消费一个名字,一个作为价值、符号运作着的名字。"毛琦飞逼近梅若伶,两眼放光,"所以,你只有成为视觉偶像,才能成就神话般的企业!"

"我吗,成为视觉偶像?我不是娱乐界的人啊。"梅若伶不确定地看着毛琦飞。

"难道只有娱乐界才有偶像吗?你放眼看看吧,娱乐界的包装术不正在各个行业蔓延?妙手神医、气功大师、畅销作家、亿万富豪,哪个不是按照娱乐界偶像的模式包装的?哪个不是由投资商、制片人、导演、编剧、化妆师、庞大的粉丝,形成环环相扣的功用性利益链条?"

"那么,怎样才能成为偶像?"梅若伶急切地问,在他面前,她似乎是个小学生,等待老师解开一个又一个谜题。

"神话需要广为流传,偶像需要深入人心。偶像的魅力取决于粉丝的力量,换言之,粉丝有多强大,偶像才有多强大!这就要巧妙地将粉丝对偶像的崇拜转为对偶像的自恋式投入。"

"偶像的自恋式投入?"梅若伶茫然地看着他。

毛琦飞并不急于回答,而是反问道:"为什么很多人迷信气功大师?难道忍着饥饿,跪在坚硬的石板上,念诵大悲咒就能得道成仙?"梅若伶依然如坠迷雾,不得其要领所在。

"因为,气功大师满足了人们长生不老的贪念。所以,偶像与粉丝必须基于一致的利益诉求点:长生不老,青春永驻,一举成名,一夜暴富……粉丝的所思所想就是偶像的所思所为。你想俘获偶像的心,就要分析、研究其好恶,并满足他们潜在的欲望诉求,抛下动人的诱饵——那么,你知道她们的所思所想吗?"

梅若伶若有所思道:"青春、美貌、嗯,还有……爱情。"

毛琦飞点点头:"有一点接近,但还不够准确。知道女人为什么喜欢买宝马,穿YSL,涂LAMER,买限量级的包包?这里起作用的不再是欲望,而是将自恋和社会名望联系起来的一种赋值。她们渴望通过消费尊贵身份的衍生品,进入奢华消费的团体。贵妇梦才是众多女人共同的梦想!"

"所以,我们需要一个好故事,没有故事的广告就像一个裸奔的女人!"梅若伶扑哧笑出声,随即竖起大拇指,"毛大师,您太有才了!"

毛琦飞依然面不改色,他翻了翻梅若伶放在案几上的资料,"埃及艳后的故事极具诱惑力,她不仅出身高贵,艳绝一时,还有荡人心魄的爱情故事,满足了女人对自己的一切幻想。"毛琦飞沉吟片刻，"不过，一个故事还不够，我们还需要另一个故事。人们为什么喜欢灰姑娘的故事？钟声响了，十二点到了，灰姑娘能否等来王子的马车？故事虽滥俗，但屡试不爽。究竟是什么样的魔力令人百看不厌？"

"嗯，因为每个人都憧憬爱情的到来……"

"不完全正确。正确的是每个人都憧憬奇迹发生，命运的瞬息改变将在钟声敲响的那一刻！"毛琦飞两手撑住案几，盯着梅若伶，"你的故事不也充满奇迹吗？一个成功的美丽女人，赤手空拳，独闯异国，最终赢得一片天地。成功者本身就是一个让人欲罢不能的美妙故事！"

梅若伶两颊绯红。她一直认为毛琦飞高高在上，当他吐出美丽二字时，她竟有受宠若惊之感："说实话，我的故事真够写一本小说，还能拍电视剧，绝对畅销！"

毛琦飞摇着折扇，悠然踱步："你跟埃及艳后，两个不同时空的人物，双生花，一今一古，一中一西，一实一虚；埃及艳后的故事，满足人们对爱情、美貌、权力的梦想；而你的故事，满足人们成功和冒险的欲望；双线并行，故事有趣，细节生动，让舆论的巨大声浪操纵受众的冲动和幻觉，一旦你的故事成为传奇，成为公共事件，盲目崇拜的心态将助长价值呈几何级数的递增，到那时，哪怕一根稻草你都能卖到一根金条的价钱！"

梅若伶不由心动。

3

毛琦飞站在窗前，看着梅若伶离去的背影，嘴角漾起一丝不易察觉的微笑。他留意到当他夸梅若伶美丽时，她的眼睛陡然亮起来，她依旧脱不了庸常女人的窠臼，虚荣且好胜。既然她喜欢场面，就给她做得轰轰烈烈，像打造明星一样打造她。至于效果，那不是他所关注的了。还有什么遗漏的吗？他抬头仰望天花板。从小，他就喜欢望着天花板想事情，似乎无穷的答案都写在上面。

幼年的一场大病，让毛琦飞休学整一年。他躺在草席上，数梁上的椽，一根、两根，一直数到四十八根，再数回来。奇思妙想在梁柱间腾云驾雾，这就是人生的奇妙之处，当身体不能沉湎于外界的声色犬马，感官却有着非同一般的灵敏。

他是个古怪的孩子，黑黑瘦瘦，站在人群中，极易被忽视。然而，那双冷冷的眼睛，定定地瞅你一眼，似能看透你的心魄。他玩伴较少，休学一年后再跟班，年龄上就与他人有些距离。而滞后的心理阴影，让他更沉迷于个人世界。他曾对蚂蚁的世界有过强烈的兴趣。他制造各种险情，泼水或者用泥巴垒筑堤坝。他看着蚂蚁惊恐逃窜，然后用一根树枝阻挡它们逃生。制造灾难，同时，他也会拯救它们。他是它们命运的主宰者！

我为何生存？这个问题曾困扰了他很久。他高大健硕的哥哥、淘气可爱的妹妹，他们都拥有至亲的爱。唯独他，完全被遗弃，被忽略，甚而成为至亲的一个负担。每一年，母亲都会为他抓药，他看她的眼神，就知道她的懊悔："我为什么要生你呢？"

他看着田地里勃勃生长的向日葵，湿漉漉草地上扑棱着翅膀的小鸡，门前池塘里游来荡去的小鱼，每一种生命，其归属和存在的意义在哪里？初一课堂上，毛琦飞突然问老师，人为何而生存？老师一愣，好好学习，天天向上！同学们都哈哈大笑，男孩子见到他耻笑道，掏出你的小××，自然知道你为何而生存。他鄙夷地看着他们："总有一天你们会知道我有多牛掰！"

毛琦飞心气虽高，但只考上了普通专科院校读市场营销。专科第三年，他开始打工。某天，他给一家小型广告公司送快餐，老板在咆哮："你们都是猪脑子，这么简单的广告语都想不出来！"他多了个心眼，将扔在地上的废纸捡起，团好装进口袋，或许是一次机会呢？这是一则内衣广告，他想了想，写下"女人的心情，她始终了然于胸"。他至今还记得那个老板的表情："是你，真是你？好的，实习期三个月，合格转正！"

毕业后，毛琦飞顺理成章地留下，成了专职文案。他所在的公司是小型广告公司，每个客户都摆出一副专家的口吻，评点策划方案。在一次与客户的沟通中，客户拿着他辛苦数日创作的稿件嘲讽道，这也算创意吗？他气愤地拍着桌子，既然你什么都清楚，还要我们做什么！他理所当然地被开除。

之后毛琦飞被某大型广告公司聘用，他发现非常普通的创意,披上大型广告公司的华丽外衣,即能卖到惊人的价格。公司老总曾是4A公司的设计总监,出过几本书,均装帧精美,每页寥寥数语,配以两三幅图片。有一次,毛琦飞旁听了老总和客户的交流,整场谈话,双方很少涉及广告策划,而是聊风月,谈禅学。他略感诧异,后送客人出去,听见他们窃窃私语:"人家获奖无数,一看就是大师,谈多了,反而显得我们太外行。"毛琦飞顿悟,与其包装别人,不如先包装自己——从形象、语言甚至思想,让人感觉到正宗的"大师范儿"。

他打算向李奥·贝纳、大卫·奥格威、乔治·葛里宾、威廉·伯恩巴克、雷蒙德·罗必凯等大师学习,将其优秀的广告文案抄下来,钉在白板上,每天坚持改写一两篇。他认为,会复制是聪明人的做法,复制比创新节省成本。有多少客户会寻本求源呢?大师们或许也是看了别人没时间或没机会看到的书,然后稍加佐料,价值翻番地贩卖。最初的创意多少还融合个人的情趣、思考——我只为你而设计,渐至转变成流水线式的策划——没有思想的存在,只有利益在闪光。

那一年,机缘巧合,毛琦飞出了本书——《金点子背后的故事》。他采访业界鼎鼎有名的策划大师,借名人出位,挤进知名策划人的行列。他热衷参与评奖活动,为了获奖,甚至不惜重金贿赂评委。他深谙一点,评估价值便是创造。唯有先评估价值,然后才有价值可言,未曾经过价值评估的存在之核,不过是个空壳而已。

他成立了策划公司，遵循"快速复制+名词创新"的原则，以最快速度出了一本又一本策划书。他频频接触媒体，时时曝给他们感兴趣的话题。每次见记者，他一袭白袍，一副清心寡欲、淡泊名利之态。他妙语连珠，哪怕跟记者共进午餐，也能成为他表演的机会。偶尔，他也穿插几句高明的玩笑，比如，定位是个屁！定位的道理非常浅白，就像上厕所前，一定要把拉链拉开一样。其实，这句话出自乔治·路易斯。

　　当他把广告视作女神膜拜、满怀纯真激情时，他被遗弃、耻笑；而当他把广告视作老妪不屑一顾时，他却被尊崇、景仰。世界不正充斥着各种匪夷所思的事吗？

　　随着名气渐长，毛琦飞开始明星走秀般四处演讲。最初，他的演讲过于拘谨，台下听众反应平平。于是，他反思，演讲状态中的人，需要另一种姿态、另一种语言，要让另一个疯狂的演讲者窜进体内，以一种激情、一种恣意，燃起全场火辣辣的气氛！

　　他一个城市一个城市地连轴演讲。有时，二十天跑十个城市，上午讲三小时，下午再讲三小时。常常两三点睡觉，六点起床。可一旦登上讲台，似有小火龙流窜全身，他即刻投入疾风骤雨般的演讲。他在台上声嘶力竭地呐喊："有人在缔造神话，有人在追随神话，但更多的人是在消费神话，我们要成为神话的缔造者！"他挥舞着魔棒，将观众的激情飚至高潮！

4

虚拟比真实更昂贵！

当毛琦飞对梅若伶说出这句话时，她不再心动，而是一阵心疼。

广告费远远超出梅若伶的心理预期。毛琦飞分设A、B两个团队，A团队负责梅若伶的形象策划，撰写梅若伶传记是重头戏，书名定为《永不言弃》。毛琦飞对创意人员说："要将梅若伶的故事写成心灵鸡汤式的成功学范本，激发人们潜在的欲望，转化成奋斗的动力，冲向事业巅峰。" B团队负责金丝定格术的策划及推广：电视、平面广告、户外广告、网站、社交媒体同步进行"寻找21世纪埃及艳后"主题活动，之后召开专家研讨会，认证金丝定格术是21世纪尖端抗老技术；最后举办全国招商加盟会、VIP答谢会，届时将与珠宝服饰、豪宅名车、名表名包等做捆绑营销。

梅若伶之前跟本地几家广告公司合作过，她俨然是甲方姿态。如今，她意识到自己陷入乙方的地位，很多事情她无法控制，也控制不了，每天只是忙不迭地在制作成本清单上签字。厚厚一沓策划方案放在桌上，梅若伶粗粗一看，大部分是市场调研，真正有含金量的内容少之又少。她打电话给毛琦飞抱怨广告预算过高，他回应道："您是想达到最佳效果，还是想敷衍了事？每天败下阵的广告不计其数，就是因为他们做得不温不火、不痛不痒。您不会希望您的广告也是悄悄地来，悄悄地去吧？"

梅若伶一时没接上茬，只听毛琦飞接着说，"有事见面聊吧。"

毛琦飞约见的地点是五星级酒店的咖啡吧。他依然一袭白色长袍，袖口和前襟均绣有龙的图案。他面露神秘之色："待会儿我给你引荐一个人。""谁？"毛琦飞捂住嘴，凑近道："凤飘飘。"梅若伶在记忆中快速搜索着："难道是那个演《山茶花之恋》的女明星？""Yah，她可是殿堂级的女演员。"毛琦飞意味深长地点点头。多年前，梅若伶看过那部影片，女主梳着粗黑的发辫，羞涩地低着头，站在山茶树下深情吟唱。"今天你请她来，难道？"梅若伶顺着毛琦飞的视线望去，一个窈窕女子高昂着头走来。她戴着宽边大墨镜，身穿墨绿修身小西装，腰间系赭色大丝巾，金色郁金香盛放其上。身后紧随一年轻男子，扎马尾辫，裹黑色半裙。奇特的香水味扑面而来。毛琦飞迅速起身，拉开沙发座椅："飘飘姐，您请坐。"凤飘飘摘下墨镜，皮光油亮，眉眼紧绷绷地吊着。她四下环顾："还好，这儿没什么人。上次在重庆被围得里三层外三层，怕了，真怕了。"

"您放心，这儿绝对清静，不会对您造成困扰。介绍一下，这位是广告主梅总。凤飘飘老师，殿堂级演员，将成为金丝定格术的形象代言人。"

"什么？"梅若伶身体猛地绷直。她朝毛琦飞使眼色，他并无察觉，正沉浸于跟凤飘飘的热聊中。梅若伶记得，上周毛琦飞的公司提交了电视广告片的制作方案，她说再研究研究。

没想到，他们竟然真的要开拍，还请了演员做形象代言人。虽说已过气，但价码肯定高得吓人。梅若伶浑身直冒冷汗，面色暗沉下来。

凤飘飘兴致盎然："欧耶！我突然有个Good Idea，明年走戛纳红毯，不妨穿埃及风格的战袍，材质最好是纯金的。怎么样？这样一个令世界瞩目的机会，你们不要错过呀！"毛琦飞连声应和："当然不能错过。"凤飘飘悠闲地轻拍沙发扶手，梅若伶留意到她的手指枯瘦如鹰爪："你心中的埃及艳后该是怎样的呢？"毛琦飞说："大众心中的埃及艳后肯定是伊丽莎白·泰勒演的美艳绝伦的形象，而您当之无愧就是中国的伊丽莎白·泰勒。"凤飘飘对这样的恭维很受用，夸张地笑起来："那谁是恺撒，谁又是安东尼？"凤飘飘的目光投向毛琦飞，他尴尬地笑着："梅总，您认为呢？"凤飘飘终于望向梅若伶："金丝定格术真的有用吗？我一直抗拒这种介入性的项目，我更——崇尚天然养颜。"梅若伶见她面容僵硬，笑起来都很节制，生怕挣裂虚假的面具，不由嘲讽道："金丝植入比拉皮让你显得更自然！"气氛瞬间冷凝。毛琦飞立马讨好："飘飘姐，您那是清水出芙蓉，天然去雕饰。"凤飘飘哼哼假笑两声，盯着梅若伶，从上到下，仔仔细细地看一遍："梅总，你想必还没做金丝吧。或者，做了，也就那样！"梅若伶刚想反驳，隐形人般的男助理竟发出细细女声："是呀，我还以为怎么神奇呢，也就小儿科啦。"说着捂嘴嗤嗤笑起来。凤飘飘徐徐站起，手轻搭男助理的胳膊，像个女皇般高扬着头:"今儿暂且到这,我还有很多事,具体细节你们跟我的助理沟通!"

钢琴声越来越嘈乱,弹得又快又急,全然没了节奏。

"完全没必要!"毛琦飞阴沉着脸,率先发难。梅若伶刚被凤飘飘奚落一番,一股怒火正腾腾往上冒:"我是甲方,应该对任何事情有绝对知情权!我压根不知道你请了个过气的老演员做形象代言人!"毛琦飞斜倚在沙发上,叼起雪茄,烟袅袅升起。"能请到凤飘飘,等于您中了六合彩。那些流量明星的费用是她的十倍,但效果只有她的万分之一。广告也是在钓鱼,下什么样的鱼饵,钓什么样的鱼。我们做过市调,她在四五十岁年龄段的女性中具有绝对号召力,这不也是你的目标受众?再说,她愿意屈尊为你的招商会助力,你多招一个加盟商,投入的成本不分分钟赚回来?"毛琦飞磕磕烟灰,"不过,话说回来,万一她不爽,毁约了,我还真不知找谁,到那时,梅总自己费心吧!"梅若伶本是要兴师问罪的,被毛琦飞一通抢白,竟有点悒悒然,万一惹恼了凤飘飘,她到哪儿找合适的代言人?

钢琴声叮叮咚咚乱响一气。梅若伶转身望去,一个小男孩正在手舞足蹈地弹琴,钢琴师呢?哪儿去了?

梅若伶一阵茫然,没了主角,戏怎么演得下去?

5

主角倒没有轻易辞演，但提出要商业片导演之父路鼎执导。凤飘飘说，只有一流的导演才能拍得出她的风华绝代。广告片如期完成，梅若伶看着片中艳光四射的"埃及艳后"不由联想，真实的埃及艳后是怎样的？

没有谁了解真正的埃及艳后，难道她真如传说中那么肉感妖媚？人们在柏林博物馆发现了一个迥异的埃及艳后——克利奥帕特拉，长且高挺的鹰钩鼻，面容严峻，毫无媚态，服饰朴实简单。她是如何让恺撒大帝和安东尼拜倒在石榴裙下的？是凭借过人的聪慧还是奇特的妖术？更有趣的是，铺天盖地的广告写道，年已五旬的埃及艳后拥有少女般的容貌，但据史料记载，埃及艳后死时年仅三十九岁。

梅若伶无意在历史的尘埃里探究真相，她所想象的当然是伊丽莎白·泰勒饰演的埃及艳后，风情而妖冶。借着伊丽莎白·泰勒折射的光芒，她觉得自己也愈发地艳光四射。她的妆容和服饰有了变化，比如眼影选择金色或铂金色，手腕上套着十几串埃及银手镯，孔雀蓝嵌金丝大披巾从肩直裹到了脚踝。梅若伶徜徉在众人艳羡的目光里，感觉自己越来越美了。但是——她还缺点什么，埃及艳后有安东尼和恺撒大帝，她呢？梅若伶忽而莫名有点空落落的。

她爱过谁？那个何光楠？眉眼清秀得像个女孩，说话细声细气。那年夏天，她站在树下，他问她，要不要一起去俄罗斯？她有点茫然，在她二十岁浅短的记忆中，触角最远的是广州，她和堂姐在逼仄凌乱的服装摊上，飞快地选货装货，卖力地讨价还价。而俄罗斯在哪儿？白茫茫一片，人烟稀少。她犹豫着，刚想拒绝，何光楠鼓动道："难道你想在这个小档口卖一辈子尼龙裤？坤哥说，只要踩上俄罗斯的土地，你想赚多少钱就能赚多少钱！"

他们一同踏上俄罗斯的旅程。坤哥非常谨慎，在去俄罗斯的火车上，一路提醒大家谨防小偷。他用螺丝刀卸下车窗，将钱塞进窗框缝里。即将抵达莫斯科的前一晚，坤哥把钱分成五份，藏进特制背心的小口袋里。坤哥说，每个人带的是双份的钱，一份是生者的，一份是死者的。梅若伶更多了个心眼，担心羽绒服会被划破，干脆将钱捆绑在双腿上。

从天堂到地狱，简直梦境一场。他们的钱还没捂热，同伴华的羽绒服便被黑毛子用刀划破，他的钱瞬间被偷走。他号啕大哭："我还没来得及享受，钱就投到汪洋大海了！"华在莫斯科待了一个月，打道回府。梅若伶和何光楠同样屡遭劫难。到莫斯科的第二个月，他们回家途中，被两个警察塞进警车，带到黑漆漆的小树林里。两个警察分站两边，手持冲锋枪抵住他们的腰部，不停地哗啦哗啦拉枪栓。每拉一次，梅若伶就双腿剧烈颤抖，牙齿咯噔咯噔地响。好在何光楠会点俄语，几番交涉后，最终塞了卢布才算了事。经不住折腾的何光楠，待了五个月也逃跑

第七场　　时光的魔液

了。一个胆小鬼！她怎么会喜欢？

她爱过她的老公季扬吗？那天，她在莫斯科大市场卖服装，正打算早点收摊回家，季扬走到她身边，操着一口浓重的东北口音："不戴帽子，冷不冷？"她在薄雾般的哈气里瞅了他一眼，粗犷、敦实。季扬摘下军棉帽，戴在梅若伶头上。那顶帽子油渍渍、臭烘烘，但有着浓烈的男人气味。

在孤独的异乡，梅若伶迫切需要一个男人，就像饿了要吃，渴了要喝，冷了要保暖，是一种本能的需要。她渴望在寒冷小屋燃起小小火炉，听着他粗重的呼噜声，睡个安稳的美觉。那是爱吗？不，如果不是季扬，而是另一个男人走到她身边借她一顶帽子，她也会毫不犹豫地戴在头上。

是的，她不爱他，甚而讨厌他，讨厌他的粗鄙和好色。季扬常去夜总会，喝了酒就在她面前满口胡话："你也应该去瞅瞅，那些跳钢管舞的俄罗斯妞儿，那身段贼跷了，跟橱窗模特一样儿一样儿的。今儿一洋妞裸着身坐我腿上，这妞儿种够纯，金色长发像老家小马驹的毛贼亮贼顺。她又是摸又是掐，怎么也不肯走，我的血都要喷出来了。哈哈，你猜她为啥赖在我身上不肯走？"

梅若伶知道，他在演戏，这点酒对他来说，不过是在牙缝里漱漱口。他是在向她示威，他的世界广阔得很。只要有卢布，有美金，一茬茬漂亮的鲜嫩的女人，标着价格，排队等候着被他购买。她算什么，一个逐渐枯萎的女人！梅若伶抓起枕头狠狠砸向他，季扬哈哈大笑："千万不要以为她稀罕我。她是要卢布要美金啊，那骚妞儿眼里只有钞票，别看她们脸蛋子美得天仙似的，每一场的收入很可怜，全靠小费……"季扬话没说完，就倒头大睡。

那晚，梅若伶做了个梦。在黑黢黢的夜里，她和季扬在桥墩下拉着板车摸黑前行。突然，路灯一盏盏亮起，一溜儿的俄罗斯舞女飘浮在半空，她们身着红色比基尼，抬起长而白的大腿，翘起，放下……梅若伶从她们高翘的腿下走过，闻到了那独特而浓烈的气味，不禁一阵呕吐……

自此，她开始下意识地拒绝跟季扬亲热。久而久之，两人关系越来越疏淡，更多时候，他们像生意伙伴。回国后，他们都有各自的情人。自从儿子到美国波士顿读中学，季扬干脆搬到江北开发区的别墅，只有逢年过节或是儿子回家才搬回来住。他们按照自我的节奏有条不紊地生活，有什么不好呢？

还有——钟韦良，梅若伶一想到这个人，牙齿就咝溜溜发酸。

在梅若伶急驰的人生中，有那么一个阶段，情人就像漂亮的衣裳左一件右一件。但她和钟韦良的那段感情，却好比汽车行进沙漠时陷进沟坎，越陷越深，直至彻底被湮没。

钟韦良是江城大学社会学系教授。两人第一次相识，是在工商联举办的思学会上,他给女企业家上课,侃侃而谈,几个小故事穿插更是妙趣横生。梅若伶凝神细听,渐渐觉得钟韦良不仅讲得有趣,样貌也别有风味。他虽不算大帅哥,绝对是气质男一枚,魅力都潜蕴在骨髓里。课一结束,梅若伶主动邀约,一来二去两人渐生情愫。

　　他们有过一段甜蜜期。钟韦良的俏皮话一套一套,比如,他说梅若伶像川辣火锅,够辣够爽!梅若伶逼问道:"那我是不是你认识的女人中最好的?"钟韦良沉吟一会儿:"真没哪个女人像你这么能赚钱,能折腾……"梅若伶有点不满:"难道我不是最漂亮、最性感的?"于是,钟韦良用他非常好听的广播音说了一大段话:"你不仅美丽,而且聪明能干,聪明美丽就罢了,你还特别善解人意,如果硬要说有缺点,那就是——太完美了!"梅若伶心满意足地依在他的臂弯,我还缺什么呢?金钱,美貌,一个丈夫,一个情人……

　　气质男总是一副若有所思状,这在梅若伶眼里全是浓浓的男人味。梅若伶能忍受他的若即若离,却不能忍受他妻子的存在。她的那瓶子醋总是晃悠,随着情绪东摇西摆,又不能溢满,否则这流溢的醋就是毒液,会腐蚀掉他们之间的情欲。

　　常常两人卿卿我我时,钟韦良妻子的电话就打来,手机里传出的声音是温软的。梅若伶执意要看她的照片,他推三阻四,但终拗不过梅若伶的执着,只好将手机里的照片给梅若伶瞅一眼。他妻子看上去不难看,最令梅若伶可气的是,竟翻到两人深情相望的照片。梅若伶怒不可遏:"你们这么恩爱,你找我干什么?骗子,骗子!"

她梅若伶不是傻子,她比谁都清醒,不得不提防着,多少男人盯紧自己的裤带,以为一松一解一摩挲,她肥白的臀部就能荡出金钱。性和钱是两码事,她从不会搅和在一起,这是她竖立的理性栅栏。

梅若伶贪恋的不仅仅是他的肉体,她还要他的心,跳动的热烫烫的心。但心在哪儿,难道悬挂在空瘪的气球上?她的目光越来越狐疑,当钟韦良向她借钱买房时,狐疑变成咄咄逼人的追根究底:你究竟为了什么要跟我在一起?!

钟韦良先是有点迷惑,被追问几遍后,明白梅若伶质疑他背后的真正意图。他一言不发,穿上衣服,闷声走了。于是,有好几天,两人不再联系。梅若伶心神不宁,欲望啮咬着她,实在熬不住,只好主动打他电话。他没接,梅若伶干脆一不做二不休,冲到学校。钟韦良吓得手足无措:"梅总,您怎么有空来啊,请到办公室坐。"梅若伶愣了一下,疾步走进办公室。门一关,她厉声道:"你什么意思啊,你不想见我就明讲,你以为我若伶是死乞白赖的人吗?当初,可是你一个电话一个电话追着要跟我好的,我若伶对你怎么了,你要这样对我,简直伤自尊!"最后三个字的发音竟跟宋丹丹相似,钟韦良忍不住扑哧笑了:"你小声点,这是我的工作场所,最近真的很忙,乖。""乖"字虽轻轻吐出,好比一根针落在地上的动静,但在她心里却如一股暖流,冰冷的心瞬间被搓热了。梅若伶嗔道："我又不是泼妇，不跟你讲道理，你也该明白我对你的心，是真的好，以前你那么盼着每周一次的见面，现在是一拖再拖。我能没有想法吗？"钟韦良不置可否，梅若伶不解气，狠狠掐他的胳膊，钟韦良叫起来，梅若伶哈哈大笑，阳光下，她的眼角纹清晰可见。

有了肉体关系的婚外男女，想断就像拔丝苹果，牵牵扯扯，越拔丝越长。他们依然保持每月两到三次的幽会，不再吃饭、K歌，而是待在梅若伶的别墅，做一次勉为其难的肉体运动。没有了偷情时的狂野刺激，做爱变成不得不完成的任务。压力和疲惫在心里磨了茧，厚厚一层，触觉也迟钝许多。某天，钟韦良对她说，上次回家开车打个盹儿，险些出事。这是拒绝的信号。梅若伶明知这感情的寡淡，但她依然不肯放手。对她而言，情人是滋养容颜、永葆青春最上乘的营养品。

钟韦良开始借故有事不赴约，比如赶课题、开会，比如应酬。每次，梅若伶都问得非常仔细，什么时间，什么地点。梅若伶听出他声音里的不耐烦，难道他有了新欢？另一头，季扬正跟情人打得火热，如果说以前是公平的交易，多少还能保持一点心理上的平衡，而此时的梅若伶发现跷跷板这头的自己失重了，她无比恐惧从高处重重摔下来。梅若伶试探钟韦良："假如我离婚了，我们会结婚吗？"钟韦良避开她的眼神，支支吾吾道："你和他没必要闹到这个地步吧？"梅若伶恨恨道："难道除了你钟韦良，集美貌与智慧于一身的我还找不到其他男人吗？！"

怀疑、逼问，直至变成歇斯底里的宣泄，梅若伶比以往任何时候都嫉妒他的妻子。她常常率先发难："你老婆弱智吗，她从不怀疑你有外遇？干吗不主动提出分手？要不然，就是你撒谎，背地里还不知怎么对她好呢，两面派！"她控制不住用恶毒语言咒骂那个无辜的女人。钟韦良气愤地瞪大眼睛："你更年期提前啊，你有病！""好啊，你还是更在乎那个女人，我一说她，你就护着她，还咒我更年期提前，那我被车撞死，你总该满意了吧？好，我现在就死给你看！"说着，梅若伶打开车门，往外跳。钟韦良箍住她的胳膊，揪住她的头发，狠狠地朝方向盘砸去："你简直是神经病，你是地地道道的女魔头！你毁了我的生活！"咚咚砸下去，梅若伶憋着气，脸涨得紫红。牙齿在唇上咬出深刻的印痕，眼泪乱七八糟流着，睫毛膏、粉底液，全部搅和在一起，好似一幅后现代油画。

6

梅若伶叹口气，新鲜的情感在哪儿呢？

中秋将至，梅若伶请台湾供应商吃饭K歌，还叫上了李博海。她将油黑水亮的头发梳成长辫顺溜盘上，外套金丝钩边黑色斗篷，内里是玫红蕾丝低领衬衫。女孩们众星捧月般围着她："梅姐，您今天打扮得好潮好美呀。"

台湾人起先还彬彬有礼，几杯洋酒下肚，原形毕露。一个台湾人跳到玻璃茶几上，扭摆着肥胖的臀部，女孩们尖叫："碎了，茶几要碎了！"他反而更加兴奋，干脆解开腰带，任裤子滑脱，露出花色短裤。年轻女孩娇嗔着："No，No。"另有一个女孩挑衅道："干脆脱了！"台湾人又故作扭捏，"别，别，我害羞！"他提着裤子，摇晃着下来。

电击乐咚咚响起。女孩们的身体通电似的，一截一截扭摆。路晓嫣甩开一头波浪长发，蛇一般扭动腰肢。她不断瞟向李博海，今天公司同仁都在，只好佯装跟他不熟。偶尔转身，她冲李博海眨眨眼，做个心形手势。另一个台湾人拽着新来的咨询师跳舞，两人如牛皮糖一样粘在一起。一曲终了，他们跌跌撞撞倒在沙发上。

只有苏珊是冷静的。她坐在点唱机前，不停地问："梅总，您想唱哪首？"梅若伶先唱了首俄罗斯老歌，又觉得一人唱得无趣，便拉着李博海："我们合唱一首《神话》吧。"唱到"让爱成为你我心中，那永远盛开的花"时，梅若伶凝望着李博海，眼里闪着粼粼碎光。"啪！"破碎的声音，有人在扔酒瓶，梅若伶夸张地笑起来，沉甸甸地撞进他怀里。李博海一低头，那春光迫得他眉眼无处可逃。他忙站起，说喝多了，出去走走。

走廊上到处是玻璃，五彩玻璃反着光，彩玻镶嵌的裸女凹凸着。他伸手触摸，冰冰凉凉，忍不住一顺溜儿地摸下去。他不小心走进了女厕，一屋子女人，一屋子的颜色，都在烟雾里。其中一女人毫无顾忌地穿胸衣，对他呵斥，闲人莫进！他忙折转到男厕，身体猛一抖，感觉小便在飙飞，飙飞到天花板，天花板上的裸女冷冷地笑着。

待李博海回到包间，除了梅若伶，众人皆散去。疑惑间，梅若伶诡异一笑："小李，我没喝酒，我们一路吧。"

梅若伶虽没喝酒，但车开得时疾时缓。拉挡时，梅若伶的手在李博海腿上摩挲："好点了吗？"她的衬衫纽扣没扣好，路灯一闪闪打上去，似有手在暧昧地抚摸。李博海嗯一声，其实，他清醒得很，梅若伶的每个动作、每个表情都像放电影，一幕幕在脑海里回旋。他早已看出她潜蕴的意味，当她问及他有无情人时，那一瞬，他已从她软绵绵的语调捕捉到几许暧昧。烛光勾勒出梅若伶的侧面，竟生出奇特的魅惑，他隐隐感觉有细流在涌动。不过，这种感觉瞬息即逝。纵横职场多年，梅若伶这种富婆他见多了，她们对男色就像对美食有着持久的兴趣，却从不执着于某类食物，浅尝辄止，食多嫌腻，都是挑食的主儿。李博海也不想给自己制造麻烦。并非他的情感领域神圣不可亵渎，做这一行，逢场作戏的事儿多了去，他只是不希望在商业关系上添加枝蔓，他内心的野性还没耗干，还刺刺燃烧着。但是，倘若她再暗示，他是顺水推舟还是佯装不知？

车猛一停，梅若伶打开车门："怎么样？看看我新买的别墅。"声音出奇甜腻。

7

梅若伶有二七一十四处房产,有出租的,有空置的,都是漫不经心地打理着。这有点像买时装,看好了,买来穿了没几天,即闲置下来。有的房子久未打理,散发出令人窒息的樟脑味。偶一打开,一屋子的灰尘在跳舞。

这是栋欧式建筑,独门独院。偌大的挑高客厅并无几件家具,正中摆一张墨绿牛皮沙发,斜角一株滴水莲,叶子已枯黄。枝形水晶吊灯自高空悬垂而下,照彻整个房间。

梅若伶提议李博海冲下澡,他犹豫片刻,走进卫生间。挂杆上的毛巾是湿的,有人来过?疑惑阴郁地爬上来,如百叶窗上一格格移动的光影。水声哗哗,他的思想黏附在墙壁上,有点像屎壳郎,腥嗒嗒地黏附着,他厌恶地扭过头。

冲完澡,李博海走到客厅,没有看到梅若伶的身影。他啪地关灯,屋内黑漆漆的,窗外灯火明灭不定。他哗地拉上厚实的窗帘,梅若伶还没现身。李博海坐在宽大的沙发上,两腿不停地交叠,跷起,放下,又跷起。

"怎么不开灯?"

梅若伶的声音如利刃,"咔嚓"捅破黑色幕布。李博海猛一惊,灯光会让他无比清晰地看到自己光裸的双腿,腿上的汗毛孤零零地竖立。他试图躲闪,后面是垂挂的罗马帘幕,遮住了冰冷落玻和璀璨夜景。

"我不清楚开关在哪儿。"他讨厌强光,不能这么毫无遮掩地裸露在她面前,他尚未准备就绪。

他就像一个临时演员,被导演匆忙拉来救场。帘幕拉开,台下鸦雀无声,面对黑压压的观众,他紧张得说不出一句台词。他手心渗汗,他该说什么?台下观众正安静地等待着他的表演,他不仅要流利地说出台词,还要演得情真意切,感人肺腑,肝肠寸断!

灯亮了。

她走向他,一步一步,越来越近。他该怎么办?握她的手,或者,搂她的腰,还是亲吻她?没有剧本,也没有导演,但是明晃晃的灯光逼得他要做出手势,一个关键的手势。他扬起右手,僵硬地,却直接扯开了梅若伶的浴袍——浴袍不管不顾地滑下,在灼目的灯光下,梅若伶丰硕的双乳飞弹出来。

"你这么猴急啊,你怎么这么猴急啊……"潮濡濡的梅若伶如胶一样粘住他,热乎乎的湿气熏了他一脸。李博海尴尬地应着。那随意拉开的裤链,向下试探却不容拒绝地抚摸。他的意志在粗糙的岩壁上打磨,渐渐圆润,有了颤抖的滑翔。

他几乎梦游般做着疯狂的动作,疯狂地掩饰内心的焦灼和迷惑,当他谢幕时,出乎意料地,掌声如雷鸣。

"你那个东西比我想象的厉害。"声音柔嫩得可以掐出水。

你想象?难道她早就设想过今天?李博海内心挣裂一个口子,他的肉体无知无觉地匍匐着,他的自尊却时时夹击着他,自己是什么？梅若伶的猎物？早早就准备美餐一顿的猎物？

在李博海的意识里，这是男人占据主场的世界。少年的李博海认为，女人永远背对男人，面对着炉火的光亮，光晕中勾勒出温暖剪影，那是关于母亲的记忆。而后，李博海又认为，女人是柔软的，是黏附在血性身躯上的漂亮羽毛。女人的袅袅声音，因被压在坚实的身体下，那喘息有一丝柔弱的请求。女人渴望被强壮的臂膀箍牢，及至无法呼吸。不透气的安全感，瞬间，获得。

但现在，梅若伶却箍牢了他。当然，不是用强壮的臂膀，而是气息，无所不在的气息，细细密密地在他肌肤里织了网，动一动，血液阻滞，呼吸急促。

李博海的思绪浮藻般漂浮，恍惚间，梅若伶狠狠地咬了他的肩膀，扎扎实实地留下一排牙印。

8

林乐瞳的指甲正嵌进齐峰的掌心。那是他们进入塔克拉玛干沙漠的第二天。风卷黄沙扶摇直上，齐峰紧拽住踉跄的林乐瞳，她牢牢地抓住了他。

沙漠探险之旅是林乐瞳的偶然之举。当齐峰提及他和驴友计划探险时，林乐瞳竟脱口而出："我也要去！"齐峰疑惑地看她一眼："这绝不是游山玩水，而是一次真正的探险，你的意志力和体力将遭受前所未有的挑战，行进的艰辛和危险远远超出你的想象。"

"你以为我是一时冲动吗？我真的不是心血来潮。"林乐瞳认真地看着他，"我的父亲是地质工作者，我读小学时，他已去过那里。他拍的照片压在玻璃板下，那是秋天的塔克拉玛干沙漠，胡杨木是金色的，很美……我一直想问父亲，为什么胡杨木能在沙漠生存？它不像其他植物需要水分吗？父亲总是匆匆来去，疑问也随着岁月渐渐消泯。"

晚上，林乐瞳在QQ空间留言："为什么我会选择新的探险？当思维被钢筋水泥凝固，当肺叶塞满废气，耳膜充斥电视、电脑的声响，我闭上眼，现实的墙壁消失了，沙漠以其丰富的形态包围着我，柔软如母体，催眠般层层聚拢。风起了，我感受到沙漠特有的气息，纯粹的炽热。"

徒涉远比林乐瞳想象的辛苦。风沙无孔不入，嘴巴、鼻子，乃至身上每寸肌肤都会粘上沙粒。攀爬沙脊则更为吃力，她明明奋力向上，脚却深陷松软沙里不由自主坠落。好不容易爬升一步，一不小心又后退两步。林乐瞳绝望地看着一个又一个沙丘，层层叠叠地连缀着，分不清哪是起点，哪是终点。她不由得想，当父亲在荒漠上独自行走，面对寂寥星空度过漫漫长夜时，他会想什么，恐惧、孤独、绝望？还是觉得自己如盐碱地的一粒微尘，随时会被风吹走或掩埋，不知身在何处？

晚上，搭帐篷露营。沙漠的夜晚实在太冷，连湿纸巾也冻成了冰块。林乐瞳站在火边将其烤化,然后擦脸及指甲缝。脚疼得厉害,脱下袜子,磨出两个血泡。林乐瞳拼命地挤,还是不成功。齐峰走过来,问她是否需要帮忙,林乐瞳犹豫着,勉强嗯一声。她的脚搁放在齐峰腿上,圆圆的,肉肉的,脚趾紧张地弓起。齐峰用针轻轻挑破血泡,她咿呀叫一声,齐峰快速裹上创可贴。长这么大,从来没人如此体贴地关心她,一股暖意涌上心头。

这是爱情吗?林乐瞳摇摇头,爱情应该是悸动,是小鹿乱撞,是分分秒秒不愿分离的难舍难分。而齐峰不同,他如此安静地进入她内心,似是生命里必然的存在。他了解她的困惑、迷惘,甚至能敏感地察觉她情绪的那么一点涟漪,忧伤或愤怒。当她彷徨时,只要他出现在身边,她就感觉整个人笼在暖暖的光中。她依赖他,信任他,但又害怕他的趋近。她本能地保持距离,生怕过度的亲密会破坏此刻的和谐。

帐篷外有人唱起歌,苍老的男声裂石穿云般冲向天际:

情人啊,你是来把我瞧瞧,还是来把我烧烤?
莫不是要让熄灭的情火,又在我心田里熊熊燃烧?

第二天,他们遇到了沙尘暴。狂风大作,天色突转灰墨,地面凭空出现一道巨大的风障,风吹流沙像破堤的洪水迎面而来,推搡着林乐瞳一股猛地向前跑。一个踉跄,林乐瞳跌倒在地。她捂紧防风口罩和冲锋衣帽，沙子还是无孔不入地钻进身体的每个角落，浑身肌肤被沙粒硌得生疼。

林乐瞳崴了脚，只好趴伏在骆驼上，一颠一颠地前行。溽热的沙漠风吹过，她舔舔干裂的唇，无比沮丧：我成了累赘，远没有自己想象得那么坚强。而父亲在这样的恶劣环境中，究竟走过多少路，经历过多少九死一生？模糊记忆里，他在塔里木盆地无人区做地质调研时，曾在沙漠中迷路中暑差点回不来；还有一次，他在内蒙古阿拉善盟时没电没水没信号，世界陷入一片漆黑，他不断背诵济慈的《每当我害怕》："此刻，在这广大的世界的岸沿，我独自站定、沉思，直到爱情、声名，都没入虚无里。"两眼有点濡湿，她不敢擦，生怕沙粒掺进眼里。

晚上，林乐瞳梦见父亲牵着她的手，在田野里行走。风吹起了口哨，田野翻卷起金色波浪，温柔的歌声从云朵里传来，麦浪和着节拍，催眠般，哗、啦、啦……父亲在她耳边轻语："我在寻找那些和声，那些共鸣。"

第五天，林乐瞳一行人走出胡杨林，又翻了十几公里的沙丘，终于看到连片木桩。门板和房屋的一半都埋在沙里，房屋墙体是用芦苇、红柳等结编而成，内外敷泥。夕阳下的大佛塔是倒钵式浮屠塔，与印度佛塔风格相近。领队告诉大家："这就是1901年英国探险家斯坦因发现的尼雅遗址。有人认为，尼雅的废弃是由生态环境恶化、尼雅河下游干涸造成的。但探险家沿着尼雅河往上游走，却一直没有找到人类文明迁徙之后的遗存。这支古代文明是彻底毁灭了还是远走他乡，至今还是个谜。"

齐峰仰望着十几米高的佛塔："唯有这古老的佛塔知道谜底。"

林乐瞳不由发出感慨："无论谜底是什么，它已消失，只是消失时的姿态各不相同罢了。"

齐峰点点头："个体的死亡，民族的消亡，文明的消失，一切都倏忽即逝。"

林乐瞳围着佛塔转了一圈，颇有点失望："这就是传说中的东方庞贝古城吗？什么也看不到……"

"你想看到什么？"

"正在进行的场景。时间让往昔的一瞬凝固，让这种消失有了倏忽即逝的惊惧的感觉。然后，按键，凝固的一切又都生动鲜活起来！"

齐峰忍不住笑出声："童话般再现吗？"

林乐瞳有点不服气："难道你不盼望奇迹的出现？我从小就渴盼奇迹的发生，总是怀着美好的愿望，踏上每一次征程。然而，奇迹迟迟没有发生，渴望奇迹的心情也像沙漏一样随着岁月都漏尽了。或许，有一天，我会对自己说，我不想有任何的变化，就让时间像脚边的狗一样安静地蜷伏，让手插进绒绒的毛皮中，感受时光栖息的温暖，哪怕仅是片刻。"

林乐瞳的双眸明澈如湖水，齐峰无法不被这双眼睛所吸引。

她的内心绝不像看上去那么冰冷,可为什么她不自然释放出原本的活力和热度?她的过往发生了什么?或是,她惧怕什么,再次被伤害吗?"我们每个人原本都应热烈地拥抱这个世界……"他下意识地叹口气,转过头不再看她,语调有些克制,"或许,奇迹会不期而至?"

"是吗?但是……一切都将转瞬即逝,奇迹发生了不也会猝然消失?"

齐峰忽然想抱住林乐瞳,生怕她会瞬间消失。一抹余晖出现在天际,她的面容被镀上金色的光芒,此刻的她是真切的,但时间在流逝,镀上光芒的面容成了无法忘却的记忆。

这广袤的天地,只有他们两人,彼此感知着对方的气息。热风袭来,她的头发凌乱了。有什么会发生吗?一直以来,他喜欢她渗透一切的勃勃生机。虽然她时而激情澎湃,时而低迷沮丧,但是,她激发了一个更富活力的他。齐峰渴望走近她,听她的喁喁絮语,看清投射进她眼里他的形象。但是——当他表达的瞬间,隐秘的美妙感觉是否会即刻消失?长久以来,他已习惯将情感火苗藏匿深处,任由它静静燃烧,而后,自行熄灭。他惧怕情感的炽热火焰,让他无所遁逃。那双冷漠的美丽眼睛,总在漆漆黑夜间,瞬息闪现,让他的心微微悸动。

齐峰蹲下身,将一把沙子攥在掌心,紧紧地攥住,复又松开。混杂了他汗水的沙,瞬间被风吹走。是的,距离会让她在广袤天地吸收充沛阳光,如葵花般灿烂盛放。更何况,这种距离对他是多么地安全，他可以随心所欲地想象，没人惊扰他，任由这想象之花勃然盛放！

在尼雅的最后一晚，林乐瞳做了个梦。

一些氤氲模糊的人影，穿梭来去，发出低沉的叫喊声。她跟随他们前行。忽而一阵风起，人影打个旋儿消失了。风沙过后，眼前的景象仿佛被洗涤般清晰如镜，鳞次栉比的房屋，碧绿的尼雅河蜿蜒流淌。窗户半掩半闭，屋内传来隐约的歌声。咿呀推开门，院里立着一架木纺车。纺车上还挂着一团未织完的白色丝线，纺纱女似刚刚出门。林乐瞳再往里走，大厅内却有一口色彩艳丽的棺材。她屈身一探，棺材是敞开的，一位着红底绣金波纹羊毛短裙的少女平躺着，颈上戴着五彩串珠，头下垫着红色丝绸枕头。突然，少女徐徐而起，眉眼渐渐明晰，双目深凹，鼻梁高挺，嘴唇鲜润若滴水玫瑰。她双手高举，吟唱道："是谁在呼唤我？"

9

谁在呼唤？

公元前33年，埃及艳后用一根根金丝熔铸了金色的不老神话，一个凝固而永恒的微笑。

清晨的阳光再次照在两千多年前的埃及艳后脸上，这位传说中的美女聆听过多少次死亡殿堂中回荡的风啸声,又是在什么时候,她面对燃烧的太阳,永远地闭上了双眼?

直到某一天,人们喧哗而至,才惊扰了她迄今未醒的长眠——为了发现一些未知的东西,为了揭开埃及艳后青春不老的秘密。

舞台灯光渐渐变暗,投影屏上出现了一组新闻图片,画外音再次响起:"1984年,埃及政府首次向科学界开放了它的古墓。来自英、法、俄、美的科学家对埃及古墓进行了联合考察。打开封门,走过十几公尺长的倾斜墓道,众人争先来到那扇神秘的墓门前。考古学家卡特手持探棒在墓门上捅开一个小洞,先伸进一支蜡烛,然后又伸进头去。开始他什么也看不见,只觉得墓中一股热气冲得烛光闪烁不定,慢慢地墓内景象才从雾气中显现出来……异兽雕刻、塑像、黄金——到处是闪闪发光的黄金。卡特惊得目瞪口呆,站在他身后的人急不可耐,连声催问:'看见了什么没有?'卡特克制住激动的情绪,反复喃喃:'看见了,看见了,美妙绝伦!'"

舞台灯光瞬间亮起,海浪声从四面八方涌聚而来。一艘紫帆银桨的镀金大船徐徐驶来。凤飘飘斜倚在鎏金的美人榻上,身披宛若凤凰羽翼的金色披肩,头戴祖母绿鸟形头饰,左手臂箍着蛇形图案的金钏。一柱光打在凤飘飘的脸上:

水亮的缓缓绽开的娇唇;

金色的微微抖颤的睫毛;

魅惑的娓娓道来的表情……

画外音再次响起:"此刻的我们也发出和卡特同样的惊叹,美妙绝伦,美妙绝伦!此时埃及艳后已经三十九岁,可她的肌肤仿若少女般光洁细嫩。而另一位埃及女王娜芙拉悌悌直到五十六岁仍拥有无瑕美肌。历代埃及女王永葆无敌童颜秘诀是什么?"

舞台上的埃及艳后缓缓站起,大屏幕上不断闪现她的面容,观众窃窃私语:这不是凤飘飘吗?

主持人:"正如你们所见,这位正是当年《山茶花之恋》的主演凤飘飘女士。听说您最近准备复出,能否透露一下您将出演一个什么样的角色?"

凤飘飘:"我将出演三十岁的职场女子。"她莞尔一笑,高昂着头,身体微侧,右手轻插腰间,扭成S形。

主持人:"我可是看着您的戏长大的,但现在我俩站在一起,竟毫无违和感。哇哇,大屏幕上就是您的定妆照?诸位,飘飘姐的肌肤是不是吹弹可破?毫不夸张地说,即使如此近距离地看,飘飘姐的皮肤也很紧致且零毛孔!我听到台下的惊呼声,你们是不是和我一样,迫切地想知道,究竟是何种神奇的美容术让您做到真正冻龄的?"

凤飘飘:"你问得太直接了。说实话,这应该是秘密。但是,独乐乐不如众乐乐,我很乐意分享我的美容秘笈,请看大屏幕——"

画外音:"埃及女王永葆童颜的秘密何在?金丝!考古学家

在她们皮肤里发现大量纤细的金丝，正是这些金丝被植入人体表皮之下，延缓了皮肤的衰老。我们分享这个神奇秘方，不仅让诸位青春永驻，还能让你们轻松拥有财富！"

一个月赚100万！一年狂赚1000万！

青春可以定制　人生可以为所欲为

音乐再次响起，主持人声音高扬："下面，我们有请美尔康美容集团董事长梅若伶女士上台讲话！"

铮铮锵锵。

梅若伶大步跨上舞台。她确定该怎样表演，每走一步，从未有片刻犹豫——铮铮锵锵，她步伐的节奏，也是她内心的节奏。

一束光打在梅若伶身上，她一袭玫瑰色嵌金丝刺绣长裙，头戴红宝石蛇形金冠，妆容夸张且妖艳。梅若伶高昂着头，难道她不更像埃及艳后？她具有美貌、财富和智慧。那个凤飘飘算什么，一个蒙了灰尘的花瓶而已。她得意地笑了："我先考考大家，一个想法变成现实，需要多长时间？"

她一开口，就让空气活了！

"这个世界每分每秒都会诞生上亿个想法，但有的想法在下一秒来临前就变成泡沫，还有的想法，被盖子捂住，一同被带进了坟墓。而我梅若伶，只要一个好的Idea汩汩冒出，即刻付诸行动！在这个高度竞争的光速时代，面对突如其来的机会、变局，赌的是什么？赌的就是速度！拼的就是时间！这个世界变化之快超乎你的想象，目标实现之快超乎你的想象，机会稍纵即逝，你比别人慢半拍，有可能要花五年、十年，甚至一辈子的时间去追赶！"

炽烈光束中，梅若伶高举双臂，激情呐喊："一个月赚一百万！一年狂赚一千万！打开财富大门的钥匙就在你们手里，只要你们勇于打开这道大门，梦想的财富就会从天而降！让我们一起欢呼吧，欢呼奇迹如约而至！"

第八场

旋转的飞轮

1

两个世界,她破茧而出,从真实到虚假。

梅若伶的面孔随处可见,电视里、户外广告、杂志上。她的表情,承载着城市的四季、晨昏、记忆,却永远光滑鲜嫩地微笑着;她的眼神,热切、灵活,搜寻着你顾盼的目光——佘怡曼一抬头,灯箱广告里的梅若伶正在笑,眼里满是嘲弄,怎么样,你做得过我吗?你走了,我生意反而更好了——"呸!"佘怡曼啐了一口。口香糖恰巧粘在梅若伶的眼睛上,她冷冷一笑:"让你看,让你像瞎子一样看不见前行的路!"

呵,前行的路?佘怡曼突然顿住,茫然四顾,她能看清自己前行的路吗？

　　这一两年，她一直铆足劲跟梅若伶明争暗斗，但总被梅若伶棋高一着，将一军。欧姿兰的生意一直没有起色，她踢走了林乐瞳，转而跟东南广告公司联手，虽说拿了不少回扣，但广告公司太不上心，既无策略更无创新。她收了别人的钱手软，一面觍着笑脸哄潘云，一面让广告公司抓紧出创意。广告公司姓严的经理长着一张瓢儿脸，一笑眉眼全挤在一起："佘总，我们已经尽全力了。您若不满意，可以考虑换一家。"佘怡曼气哼哼道："找我的广告公司多如蚂蚁，不要以为就你家可以合作！""话可以这么说，但是，"他吹口烟，烟雾里的眉眼透着一股狡黠，"做您的单子我只冲量，真心不赚钱。"佘怡曼听出他的潜台词，没有哪家能给这么高的回扣。她按捺住火气，声音细了几分："好歹你用点心思，否则我没法跟那个人交代。""那是，那是。"他哼哼笑着，听着竟有几分嘲讽的意味。

　　那个人——潘云，这段时间，像偏执狂一样张口闭口夸梅若伶如何有本事、美尔康生意越做越红火，话末了瞅一眼佘怡曼，不是有人说是她成就了美尔康？这酸溜溜的话像根针刺戳她耳膜。虽说离开了美尔康，可她还是为梅若伶的霸气所窒息，甚至在梦中，她的声音都能刺破蝉翼般的梦境，尖锐而突兀。

　　更可气的是，玻尿酸换骨粉一事，不知梅若伶怎么知晓的，还掌握了板上钉钉的证据。先是媒体曝光，紧接着工商质检轮番来袭，后来邢斌动用了上层关系，此事才草草收场。那一刻，她

第八场 ——— 旋转的飞轮

清楚知道跟潘云的蜜月期彻底结束了。

潘云看似愚笨，疑心病却很重。昨天，她竟过问广告费一事，已确认的广告发布全部取消，佘怡曼心急火燎道："不做广告怎么有营业额？"潘云绷着一张脸："做多做少都一样，不需要增加不必要的开支。再说，我可不想这里成了某人的小金库！"潘云说得如此直接，难不成她掌握了确凿的证据？佘怡曼依然抱有一丝幻想，勉强笑着："潘总，凡事要讲求证据，我没有功劳，也有苦劳呀。"潘云冷冷道："你非要我说得那么明白吗？功劳苦劳我不知道，但是，我最恨家鼠！"佘怡曼怔在那里，眼泪像水龙头一拧哗哗直流。前段时间两人亲如姐妹，潘云还收了她送的爱马仕方巾。一出事潘云立马翻脸，一点儿不留情面。临了，她试图拽潘云的手。潘云迅速地闪开，好像她的手有细菌似的，哪怕她哭干了眼泪，也换不回潘云的片刻怜惜！

既然潘云如此绝情，佘怡曼也不能再示弱。她高昂着头走出办公室，前台的女孩快速交换着眼神，看到她一声招呼也不打。佘怡曼真想冲上去斥责她们，究竟是谁把情报出卖给潘云的？！她逼近她们，眼神像刀般锐利："是你，还是你？你们这些小间谍！"换了从前，她们肯定怕得将脑袋夹住，大气不敢出。但这次，她们都满不在乎地看着她，个个露出嘲讽的笑。她看见笑意不断波漾，手伸出来，犹疑片刻，终究没有挥过去。

啊，胜者为王败者为寇，不可一世的佘怡曼就这么灰溜溜地败下阵来。她怎能轻易服输？！她一甩头，额前的一簇头发像公鸡的鸡冠，斗志昂扬地高高翘着。

欧姿兰注定是待不下去了，她是另寻东家，还是休整一段时间？何去何从，佘怡曼尚不明晰。她停下来，站在地铁出口，不知该往左走还是往右走。她回转身，竟又劈面看见美尔康的广告，她恼恨地掉转头，不对，有什么吸引了她的目光？画面右角一行字引起她的注意："《永不言弃》——美容大王梅若伶传记在各大书店有售。"

传记？她当自己是谁？福布斯排行榜上的知名企业家？她也太把自己当回事了！虽说不服气，但佘怡曼被好奇心驱使着，一口气跑了几家书店，终于在一家书店买到那本《永不言弃》。她哗地撕开塑封，迫不及待地阅读起来：

那一年，梅若伶高考落榜，生活瞬间乱了手脚，非常规地运行。火车开了，湿暖的气息让一车的人昏昏欲睡。一个孩子将脸贴在车窗上，表情怪异地看着踽踽独行的梅若伶。此刻的梅若伶唯有天际的孤星陪伴，生存的本能将教会她辨明方向，增强体能。她知道，如果不想成为荒漠里的骷髅，就必须将自己锻造成一株胡杨木，无论烈日狂沙冰霜，依然生机勃勃地活着。

她想过放弃吗？有那么一刹那。但是，天性的冒险精神，让她再次跃上马匹历险。白桦林簌簌后退，风鼓

第八场

旋转的飞轮

噪着,坚硬的枝丫嗖嗖掠过,眼角、额头都留下划痕,那是历险的印记,有着甜蜜的伤痛。

有人喜欢生命之河波澜不惊,而有人却喜欢泅泳在激流险滩间,即或被礁石撞击,也要义无反顾地向前!因为,奇迹就在彼岸。只有游到彼岸,才会看到春花烂漫,看到奇迹——栖息于金光闪耀的枝头!

佘怡曼没法儿再看下去了,啪地合上书,神化,太神化了!她走出书店,将书扔进垃圾桶。她对梅若伶更加嫉恨,那种恨,就像锉刀围绕一个点不断地旋转。

暮色渐浓。佘怡曼慢吞吞地走着,她不想回家。家?她有家可回吗?她跟前夫扯扯绊绊了几年,他终因无力笼住她,任她高飞。她爽快地打包行李,扔下女儿,到外面另租房子,等待法院的判决。出门的那一刻,佘怡曼觉得全世界的男人都在等待迎娶她。

她交了几个男友,但玩归玩,谈到婚嫁,个个如缩头乌龟。她跟某商场副总交往一段时日,对方丧偶,虽说头微秃,肚略腆,但至少算金领阶层。她依然在圆谎,她前夫有了白人少女。她停顿下来,觉得这时需要一个凝重的停顿,体现她内心的愤懑及委屈。"孩子也归他吗?"对方小心地试探。她抿着嘴,低下头,泪珠儿一滴一滴有节奏地溅到餐桌上。对方递过纸巾,尾音微微上扬:"一切随缘。"

她似乎看见新生活喜滋滋的模样。换了发型,也学那些年纪小的女孩,上穿宽松的藕色毛衫,下着飘逸的粉色纱裙,裸足蹬白色帆布鞋。黑发直长垂肩,发尾略略烫染,眉眼细细勾描过,水亮的唇彩涂抹上,每次见面总是微微噘起,索要一个或深长或甜腻的吻。

然而,这种幸福像偷来的,总让她惴惴然,担心某一天某一时刻一个分手短信砸破她美妙的梦境。果然,半年后,商场副总提出分手。理由是他遇到了一个女孩,那女孩跟故去的妻子神似。他对她说,有的男人喜欢不同类型的女孩,而他是专一的男人,只喜欢一类女人,像他妻子的那一类女人。

她佘怡曼怎么办?一哭二闹三上吊?或者再用什么方法离间他们?世界这么大,还愁没男人爱自己?她砰地关上车门,头也不回地向前,"你不爱我自有人爱我!"

佘怡曼重新换回以前的发型,只是波浪卷得更大,发色更艳丽。她继续穿过膝长靴,包臀短皮裤,斜挎铆钉包,咚咚走在大街上。她频繁地参加各种宴会,跟各式男人约会。某次,她戴贝雷帽、穿杏色风衣站在电梯间,一个五十多岁的男人瞅了她一眼:"你很像个明星,对,对,就是汤唯!"佘怡曼眼眉上挑:"您说呢?"佘怡曼很快与他同居。她需要这个男人付公寓费、服饰费。她并不打算跟他结婚,他不过是暂时的栖息地。她终究要飞,她的天地广阔着呢!

是吗？她突然有点困惑，她还能飞吗，飞向哪里？佘怡曼茫然地站在十字路口。红灯亮了，绿灯灭了，绿灯亮了，红灯停了……

突然，她看到了什么，疾步冲过去！

2

那个女人怔在那里，目光呆滞，面色晦暗。

佘怡曼尖叫道："周姐，才多久没见你，怎么……这么憔悴！"

被唤作周姐的女人苦笑一下，转过身，似无意跟佘怡曼周旋。她往前走，佘怡曼紧随其后："这个点，周姐是去银行吗？如果有时间，咱们找个地方聊聊。"周洁站住，头也不回地道："我还有——急事！"说完，疾步向马路对面走去，消失在人流里。

佘怡曼望着周洁的背影，一种奇特的感觉攫住了她，为什么她会在此时此刻出现？她心有不甘，一定有什么隐情吧？她捏着嗓子给美尔康打电话，对方告知周洁已离职。佘怡曼若有所思，周洁是元老，又是出纳，以她的个性也不喜欢折腾，怎么好端端就离职了？佘怡曼灵机一动，给周洁发了一条短信："听说你离职了，像你这样的元老离职一定有难言之隐。何时有空，我们见面聊聊。"

接二连三地，周洁总能收到佘怡曼的短信。她从未喜欢过佘怡曼，但此刻，周洁竟觉得她的声音带来了一丝活气，哪怕介入喧闹和争吵中，也好过眼前这坟墓般的死寂。

但周洁没有回复。她现在什么也没有，只剩那么一点可怜的自尊。多年来的职业习惯，让她习惯了沉默，将所有的情绪都闭锁在黑暗匣子里，她以为这才是自我保护的最佳方法。她忠心耿耿，美尔康发生的种种人事纠纷，她看电影般一扫而过，从未细究孰是孰非。她只求在美尔康平稳度日。

可是，周洁生病了。当她晃悠悠地走进梅若伶的房间，流着泪说得了乳腺癌时，梅若伶紧握住她的手说："周姐，你是好人，好人自有好报，上天一定会眷顾你。我跟人民医院的院长很熟，我马上就联系他，我们找最好的医生，还怕治不好你的病？"

周洁点点头。梅若伶开始忙不迭地联系医生，最后抱歉地道："今天真不巧。几个主任医师不是在做手术，就是在外地开会。你放心好了，等明后天我再帮你联系。"

明后天呢？周洁没想到竟是迫不及待地交接。会计的理由是美尔康目前进入招商高峰期，业务繁多，耽搁不得。她隐隐有不祥之感，但依旧沉默着，当她交接完最后一册记账凭证时，手抖了下，窗外的夕阳惨淡得如同她此刻的面容。

化疗没完没了。儿子放学陪她，看到旁边病人桌上放着鲜花，嘟囔一句："美尔康没人来看你吗？"隔几天，会计拎个大大的果篮出现在病房。她慌忙起身，颤巍巍的身子瞬间挺了起来。会计将花篮放在床头柜上，说："梅总本想亲自来看你的，但你知道，最近招商活动正是关键时期，她实在抽不出身来。喏，这是慰问金。"她回瞄一眼搁在桌上的薄薄信封，约摸估出了多少钱。

会计走了，不祥的预感更加强烈，周洁嘤嘤哭泣起来，忧虑像织得细密的网，将身心密密实实缠住，肉破了，血流了，可怎么也挣不脱。她蜷缩着，抱紧，再抱紧一点，千万别被恐惧的风吹跑了。果然，第二个月工资没有按时打在卡上。她问会计，对方支吾半天，说工资单上没有你的名字，不好意思。待化疗结束，周洁去找梅若伶，却总找不到她，办公室的人说梅总忙着在各大三四线城市开加盟招商会。有一次，她好不容易拨通了电话，哀哀切切说她病快好了，上班没问题了，梅若伶依然是一贯的热情腔调："周姐，那太好了，你好好休息吧！现在记者正采访我，待会儿聊啊！"

挂了机，周洁怔在那里。她在美尔康工作了这么久，难道还不了解梅若伶？她会煽情，总会吊一块肉在你眼前晃悠，肉烤得焦黄，油一点点滴，可总也不让你吃到。她分分钟能让人激情澎湃，你的梦想是她的梦想，你的挫败也是她的挫败，你总是被她的话语感动，被笼在她营造的温暖氛围中。然而，这都基于你对她尚有利用价值。如今，她对于梅若伶，不过是已扔弃的垃圾。

丈夫回到家，依然头也不抬地看股市行情。他炒股多年，却总被套牢。周洁让他清仓，他永远满怀期待道，再等等，再等等,下一波牛市我就赶上了!儿子马上高三了,用钱的地方多了去,可是钱从哪儿来呢?

她需要钱,需要一份稳定的工作。但是,她已经四十五岁了,再找工作谈何容易?更何况……周洁撸起袖管,露出瘦骨嶙峋的手腕,她向空中摇晃一下,感觉生命的指针又向终点偏移了一点。

"我们是一群苍蝇,趴在窗台,外面的阳光无比美好,可我们看不清前方的路,不知该往哪儿飞……"儿子又开始了说唱,她第一次觉得儿子的RAP直入心底。

手机嘀嘀响起,又是佘怡曼的短信:"你为什么选择沉默?你不自救谁来救你?"

3

她们面对面。

这是位于街角的小型糕点店。橱窗里陈列着芭比娃娃造型的蛋糕。空气中弥漫着浓郁的奶香味,音乐是周洁不熟悉的法语歌曲,世界依然吹着粉色泡泡,那么慵懒、迷幻。

佘怡曼窝进沙发。她应该整过容,尖尖的下巴仿佛要掉下来,鼻梁更高,山根变宽,苹果肌过于饱满,与尖长下巴并不协调。灯光打上去,整张脸闪着透明塑料般的光泽。

周洁不喜欢佘怡曼,自始至终。她侧转身,望向窗外。

佘怡曼伸出手，冰凉的手指在周洁手背上轻轻一滑："我是关心你，才几年工夫，人都瘦得脱形了。"周洁明知佘怡曼是虚情假意，可瘦得脱形这话还是让她有所触动。有多久了，没有一个外人对她嘘寒问暖，哪怕仅是片言只语。

　　"你的情况我都知道了。说实话，我真没想到梅若伶做事这么绝！"佘怡曼仔细观察着周洁的面部表情，"社保什么的也断了吧？哼哼，她日进斗金，却舍不得从牙缝挤点钱。你替她卖命这么久，到临了还被剥皮卖骨！"

　　恨意再次被撩到嗓子眼，周洁一阵剧烈咳嗽。她捂住胸口，术后的胸还在隐隐作痛。

　　"你以后有什么打算？"

　　她能有什么打算？前路黑涯涯，她什么也看不见。

　　"我嘛，倒有个想法，或许能帮你点忙。"

　　周洁身体前倾，眼瞳里闪过一线光："什么想法？"

　　佘怡曼冷笑道："知道她出传记了吧？《永不言弃》！她当自己是谁？福布斯排行榜上的知名企业家？她也太把自己当回事了！"佘怡曼嘴角斜翘，她无法掩饰自己对梅若伶的嫉妒。

　　"这跟我有关系吗？"周洁不嫉妒梅若伶，她只恨梅若伶对自己无情无义。

　　"当她进入大众视线时，她就应该接受大众的检视。"这是佘怡曼早上刚看到的一句话，"也就是说，她既然给自己穿上漂亮外衣，我们就该撕扯下来，让别人看到她身上的疥疮！"

"疥疮？"

"对啊，一个女企业家竟然如此薄情寡义，没有爱心、没有诚信能算优秀企业家？！再说，她的所作所为公然违反劳动法，这样的人还能出传记？！"佘怡曼的话里冒着火药味。

周洁眉头紧蹙，她能相信这个女人吗？从一开始，她就知道佘怡曼居心不良，对方不是真心帮自己，只是在发泄对梅若伶的嫉恨。周洁口气有些生硬："揭了她的疥疮对我有何好处？"

"听过这句话吧，21世纪是分享的时代，也是共鸣的时代。只要你愿意分享伤心事，犄角旮旯都有跟你共鸣的人！有共鸣就有关注，有人同情你，没准儿，还有哪家爱心企业愿意聘用你！"

"有人关注吗？"周洁舔舔干涩的唇角。

"只要一个足够吸引苍蝇的爆点就够了！"又提到苍蝇，周洁皱起眉头，最近，怎么总有苍蝇嗡嗡在眼前飞，她的手下意识地挥了一下，"如果，被关注了，别人也会人肉搜索到我吧？"

"大姐，你的顾虑也太多了。人们更仇富，你一个可怜人，搜到你，又能怎样？"佘怡曼身体趋近，"干耗着是死，主动出击或许还有一线生机。她把你榨干，又扔弃了，你还能忍气吞声？好人做到底，今知网的小编跟我很熟，他们答应帮忙。怎么样，够意思吧？"佘怡曼眼眉一挑，觉得帮了对方这么一个大忙，难道还套不出点秘密？她歪侧着身，一双眼滴溜溜地转着："她账面上没问题吧？"

"你问这个干吗？"周洁警惕地道。

"没有,纯粹闲聊。我只是看她一直热炒金丝,总觉得哪儿不对劲。她下了这么大本钱,没有惊人的暴利,她会使出吃奶的劲儿?难道——你就没有发现啥猫腻?"佘怡曼伸出冰凉的手,试图热情地拉住周洁的手:"我都帮你这么个大忙,你还对我这么见外?"

"没什么。"周洁避开佘怡曼的目光。她犹豫着,她不该相信佘怡曼,但她至少让自己的恨意找到了出口,以前一直是捂着,盖着,现今被她轻轻一撩拨,黑色的,沉渣的,都汩汩冒出来:"只有一次……"

"什么,哪一次?"佘怡曼紧咬不放,"没关系,反正你也不在美尔康了,说出来也没人追究责任。"佘怡曼有节奏地敲击茶几,一声声,急切地催促周洁吐出心中秘密。

"嗯,做账时发现票据有出入。不同厂家进货,差价都很大。比如……"

"比如,什么?"佘怡曼两眼发光,秘密,她已经抓到秘密的尾巴了!

周洁心一横:"他们曾进过一批金丝,一根进价只有九块九。"

"九块九,My God,这利润简直疯爆了!"佘怡曼整个身子都要弹起来,她梅若伶胆子也忒大了吧,这九块九能是什么材质,植入皮肤中,不变色才怪呢!佘怡曼兴奋地抓住周洁的手,"你确定?"

"嗯,只有一次。"周洁有些慌乱。她开始怯懦了,她从佘怡曼眼里看到复仇的火焰，佘怡曼想做什么？她不该说的，她违背了职业道德，但是，梅若伶已辞退了她，她又何必忠心耿耿？周洁的声音更细弱了："没有证据，凭证票据都交接了。你就当我没说。"说完这话，周洁似乎明白了为何梅若伶急切地要她交接，或许是她知道得太多了。她下意识地叹口气。

"没有证据吗？"佘怡曼轻弹茶盏，"这个时代不需要证据，只需要制造舆论，在舆论的烟幕弹里谁能看得分明？"

"不需要证据？"周洁还是有点不明白，她越来越看不透佘怡曼。她望向窗外，一只黄色蝴蝶翩跹飞舞，悠悠飞了一圈，栖落在绿色垃圾桶上。

佘怡曼已听不清周洁说了什么。她的大脑正飞速转着，九块九的金丝这个消息简直太劲爆了，该怎么发挥最大作用？怎么爆，何时爆？一个大胆想法遽然跳出，她的两眼闪着诡异光芒，必须在最关键时刻，猝不及防地扔下炸弹，嘭，点爆！佘怡曼忍不住得意地笑出声，看你梅若伶还能嘚瑟多久？凭什么你翻手为云覆手为雨，我只能躲在阴影处自怨自怜？很快，我将让你从荣耀的宝座上滚下来！

她们走出糕点店。起风了，周洁忽然有点恐慌，一切是不是已经失控？

4

有多少人能控制自己前行的方向?

林乐瞳的目光正被一只栖息在树枝上的小鸟吸引。一阵微风掠过,它振翅飞去,树叶簌簌飘落。她的热望和希冀不也随着这枯叶纷纷落下?

一切设想都是美好的,然而,真正操作起来却困难重重。为了节省成本,林乐瞳打算自己制作网页,首先学习HTML,再学CSS,而后开始设计简单的静态页面。她常熬至深夜,迷糊浅睡几小时,又两眼惺忪地继续制作网页。栏目设计和内容制作更煞费苦心。林乐瞳希望受众看到真正本质性的东西。她对谭潇说,不要被眼前的纷杂树叶遮挡住视线。"树叶吗?"谭潇有点不明白。"嗯。或许表述得不够准确,应该是纷乱的声音,绚丽的影像,等等。"她盘腿坐在蒲团上,在大号笔记本上写下零碎的想法,斜斜排列的字远看有点像五线谱。

博客、微博同步更新。林乐瞳拟定了几个标题,最新博文是《谁偷走了你的美色?》,开头写道:"女人总是不满自己天生的模样。女人从洗面奶开始,就是无休止地折腾;女人从动第一刀开始即意味着要动十几刀。人们从创造第一个新概念开始,就是无休止的概念游戏……可怕的不是无知,而是虚假的知识。更可怕的是借助资本的力量,将伪知识变成知识,影响一代又一代人!"

但博客点击率并不高,微博粉丝也仅百余名。她有点沮丧,一切离预期设想相距甚远,她望向窗外,问题出在哪儿?

林乐瞳在聚会上将问题抛给谭潇和乔樱。乔樱早已不介入实质性的工作。她更像个孩子,对任何事情的热度不超过三分钟。乔樱歪着头:"是不是不接地气?或许,她们更喜欢的是这类文章,比如为什么原配总是斗不过小三。"她咯咯笑出声,"你们看,今天时尚微博大V的内容是:脱单秘籍,女追男的正确打开方式你Get了吗?公开抗初老+偷偷变美的小秘诀。昨天的微博是,深扒时尚博主的黑历史,一大波黑照来袭,换头?整骨?逆生长……"

林乐瞳不以为然:"这种画风明显偏离我们的初衷。还记得几个月前谭潇说的吗,这个世界总有一些人制造假象,另有一部分人揭露假象,这才是我们的核心价值。"

谭潇点点头:"我完全赞同你的想法,做一些有深度的内容。但是,在这个注意力分散的年代,人们的专注力和思考能力正被撕成碎片,很少有人能聚精会神地阅读。所以,才有了标题党,有了各种哗众取宠的惊悚内容。"

林乐瞳苦笑道:"记得曾看过一篇文章,大意是狂风暴雨般的创造力超过了吸纳力,文化生产的膨胀大大超过物质生产的膨胀,因此导致了堵塞,而文化领域的堵塞,要比经济和交通领域的更加惨烈。"

"真正有价值的东西也许早已胎死腹中?"谭潇永远那么淡

定,"对我们来说,一个人关注和一千个人关注区别并不大。关键是,我们已经发声了,写了想写的东西,说了想说的话。我们努力了作为了,难道你还奢求什么?!"

"我其实并没奢求什么,我只是,看不清楚未来的方向,我们的目标受众在哪里?我们精心制作的内容,殚精竭虑写的东西,我希望有人关注,有人思考,有人为之改变!"林乐瞳突然顿住,她想起,她曾问岚晴是否后悔去乡村,岚晴说,没有人强迫我去关心他们,是我的眼睛总追随着他们的身影,是我的耳朵总渴望聆听他们的欢笑,一切都是心之所愿。

既然一切是心之所愿,我又为何感到失落?难道我那么在乎回声,希望更多人关注我?当他人的回声仅如一颗小石子溅出一点水花时,我是如此怅然若失,难道我也渴望活在浮名中,活在喧嚣中?

5

林乐瞳迫使自己沉静下来,思绪初始是芜杂的,两个我发出不同的声音:一个我充满战斗力,对世俗的成功充满热望,试图以高明的策略巧妙地谋求一席之地;另一个我则对此不屑,巧妙就有遮蔽有技巧有手段,这种成功一旦与意义脱节,是否是心之所愿?林乐瞳摇摇头,她在电脑上敲下一行字:"你要求世界跟你同步,还是你跟世界同步?你想进入,又拒绝服从,难道你只有自我消耗，任由智慧之光逐渐黯淡？"

"为什么一个人躲在家里苦思冥想，走出来，听听风声、鸟鸣，听听他人的声音！"齐峰的声音打断了林乐瞳的思考。

风声，鸟鸣？她记得，小时候读过一首诗，"我居住在树叶里，安静中，夏天长大了"。那时的她，总喜欢仰头看各种树叶，有一种树，结着宝葫芦状的青果子，她幻想着，是不是有个小人儿蹲在里面？她一挤那果子，滴出了奶白色的汁液，她想，这是小人儿流的眼泪吧。她也喜欢听风声，听风在树叶上跳舞，风的舞步是有节奏的，时而徐缓，时而轻快，树叶被风的舞步激荡，哗哗哗，浩荡的，细碎的，啪嗒，树叶在风中凋落，一个完整的停顿。此时，一两声的鸟鸣打破静的片刻，清晨的露珠随着鸟鸣，一颗颗，从葱绿的叶子上滚落下来，在心里漾开一朵朵小莲花。

何时？她不再仰头看天空，看树叶在风中舞动的身姿，听鸟啾啾欢鸣的声音。她每天面对着电脑、手机屏幕，她的世界只有策划方案，很少悟天、地、花、鸟，万物生机勃发的刹那，她感知事物的触角早已迟钝。

林乐瞳走出房间，伸展双臂，为什么不暂时放空自己，到广阔的天地走一走，看一看，听一听他人的声音呢？

6

林乐瞳和齐峰站在门外，教室里已挤满人。一个瘦弱的青年男子站在前方,他的声音极洪亮,连站在门外的林乐瞳都听得一清二楚。

当今社会,不少人嘲笑杜甫,认为他没有自己的栖居之地,却还关心他人是否有广厦千万间。这样的人,不是痴人,就是疯子!

杜甫的潦倒不是他愿意潦倒,而是诗人的天性所致。大凡天赋异禀之人,都与现实世界格格不入。他们的性格、思维方式都过于敏锐、过于自负,他们不会逢迎、投机,最终被排挤,这是他们的宿命。杜甫,要么做个穷困潦倒的伟大诗人,要么就做个平庸官僚。这二者是很难平衡的。

……

为他人谋利的人,大多是苦行僧。一个人过于安逸,会丧失斗志;一个人与尘世太近,会缺乏思想;一个人过于追逐名利,其灵魂的声音将自行消匿。所以,有匍匐的人,有行走的人,也有飞跃的人。尽管空气稀薄,阳光炽烈,但那些飞跃的人的精神如长明灯,几百年、几千年都高高普照着那些匍匐的、行走的人,给他们以希望、启示和生生不息的勇气!

演讲结束,众人散去。林乐瞳由衷夸赞:"他讲得很有感染力,他是谁?"

齐峰摇摇头："不清楚。演讲者大多来自各行各业，有职场白领、学校老师、自由职业者，也有工人、农民。只要主题吸引人，谁都可以上台演讲。"

"真有趣，没有名人效应，还有这么多听众。你不觉得他们比所谓名人讲得更生动，更易引起共鸣？"

"当然！真情实感的肺腑之言才能打动人心。"

"悦心堂是纯公益的吗？"林乐瞳问。

齐峰道："创始人苏怡老师说，悦心堂是个精神交流的净水区。"

"难得！现在都是商业行为。我参加过一些所谓的女性教育机构，学费不菲。学员不是为了学习，而是寻求人脉。一轮培训下来，没学什么，反而认识好多保险公司和珠宝销售的同学。"

齐峰点点头："学员寻找人脉，讲师更有利可图。那些听成功学的学员很少成功，教成功学的讲师倒个个成了亿万富翁。有个国学大师演讲时说，佛字解读成'人'和'＄'，佛也爱钱！"两人都情不自禁地笑起来。

几天后，林乐瞳见到了悦心堂创始人苏怡。她年约五十岁，瘦瘦小小，浑身散发着幽幽的陈皮气息，走路像踩着棉花轻悄悄的。

她们坐在桂花树下，石凳上飘落一层嫩黄的桂花蕊。风一吹，花香满襟。

"怎么样？你有没有兴趣也讲一讲？"

"我吗？"这意外的邀请令林乐瞳有些无措，"我没有演讲经验。"

苏怡浅浅一笑："演讲经验并不重要。在悦心堂只有两个专业演讲师，大部分演讲者来自各行各业，他们分享人生体验和感悟，甚至分享自己的生活和职场困惑。这里不是表演场，不是作秀台，而是让独立个体发声的平台。"

她望向远方："知道第一个站上讲台的是谁吗？她是一个普通母亲，她十九岁的儿子跳楼自杀了。她怎么也想不明白，给了孩子应有的一切，为什么他会自杀？当孩子抱怨生活无趣时，她只当是一个玩笑。事后，她一直后悔，当时，为什么不多抱抱他，多倾听他说话，多了解他内心的真实想法？为了不让其他母亲重蹈覆辙，她勇敢地走上讲台，对她们说，生活需要更多的拥抱、交谈、欢笑，还有和解，自己跟自己及世界的和解。"苏怡的声音很轻，但句句入心，"每个人都有闪光点，都有自己独特的人生体悟。我觉得你非常适合年轻群体。年轻人不能总是沉迷于网络游戏中，需要走出来，听听真正有价值的声音！"

林乐瞳依然不太确定，自幼她就害怕面对陌生人，面对他们或漠然或嘲讽的眼神。她也不习惯当众演讲，担心话语刚脱口，瞬间被风吹走。

"我的所思所悟，或许他们认为只是毫无价值的絮絮叨叨。刚才那个人很有感染力，而我，"林乐瞳耸耸肩，"我缺乏那样的激情。"

齐峰望着林乐瞳，她是那么矛盾，自傲和自卑奇妙地交织在一起。或许，很多人也兼具这两种特质，但她表现得更极端，一副凛然不可欺的模样，内心却藏着一个怕见光的小孩。她需要大人牵着她的手，轻语道，别怕，有我在呢。这话他当然不会说出口。但是，他透过林乐瞳更清晰地看见了自己，这些年，他不也幽闭在狭小的暗室？偶尔，打开天窗，看一会儿疾走的云，澄明的月。只是偶尔，他又匆匆缩进暗室。尽管密闭的空间有股潮霉味，但那是他熟悉的气息。何时他才能走出去？他不也跟她一样，渴望有人牵着他的手，轻语道，别怕，有我在呢。

他的目光变得格外温和："每个人都有自己的表达方式，你只要把你想表达的思想说清楚就可以了。"

树上的鸟啾啾叫起来，是林乐瞳从未听过的鸟叫声，宽扁、洪亮，叫声拉得很长。停顿片刻，另几只鸟也此起彼伏地鸣叫起来。她不由想，我的演讲是否会激起大家的共鸣，形成一曲快乐的多重奏？

7

林乐瞳决定试讲一场，演讲地点在郁华大学。

她早早来到学校，秋日的校园略显萧瑟，她走在学生中间，感觉和他们隔着一条宽阔的时间河流。天色渐暗，学生们三三两两走向食堂。一女生和两男生并肩走来,她大声争辩着:"为什么我的观点你们都不认同呢?!"林乐瞳笑笑,我们每个人是不是都很渴望别人认同自己的观点?食堂不大,菜品却很丰富。林乐瞳打了份豆腐泡烧肉,还有番茄炒蛋。她边吃边观察周围的学生,待会儿她要面对他们开讲,他们将有何反应?她如何才能激发他们的兴趣点?

主持人是个高挑女孩,秋末了,她还穿件紫色连衣裙。台下学生有百余人。一开场,演讲稿就飘然落下,林乐瞳慌忙捡起,埋头念稿。声音越来越干涩无力,她自感陷入了一种自说自话的僵局。念到一半,她开始脱稿演讲。一旦直面台下百余人,她的思绪更易被打断,无法集中。她注意到两个女生离座了,于是想好的话从嘴边溜走,还有几个学生低头玩手机,浮现出的词汇又沉入海底。她也穿插一两个段子或故事,试图活跃一下气氛,但是,学生们反应平淡。面对偌大的场地,她感觉自己像漂浮在无边无际的大海上。她试图来个漂亮有力的收尾,结果,话语却像棉絮四下飘散。

演讲终于结束,林乐瞳快速走出礼堂。齐峰已在礼堂外等她,他从包里掏出保温杯:"冰糖雪梨水,润润喉。"林乐瞳有点愕然,没想到齐峰心思如此细腻。她抿口水,道:"我太啰唆,总想表达得更好,但适得其反。场地太大,找不到聚焦点。当你面对很多人时,犹若身处茫茫大海上,看不见一艘救援的船。演讲应直入人心,是围炉对话。声音既是给每个人听的,又似只进入某人心中，否则，就会像高悬空中的气球，越飘越远。"

他们继续朝前走，林乐瞳依然沉浸于演讲的情绪中："我站在那儿，忐忑不安。那么多双眼睛注视我一个人，随便一个动作、口误，都会引起某人的不屑或嘲笑。当有人发出不耐烦的轻咳声，或是窃窃私语，任何一个破坏性的声音都会打断我的思路——你该停止了，你无法引起大家的共鸣，你的观点已经Out了。一旦思绪被打乱，我就无法集中心智。"

齐峰笑道："你杂念太多。演讲现场会出现各种状况，有人离场，有人轻咳，甚至发出嘘声，你都要做到不受其干扰，若太在意周围事物及他人评价，反而不知所措。"他停下脚步，"想象自己乃一武林高手，隐于山林，敛气凝神修炼武功。间或有风吹草动，有小儿嬉戏，更有路人嘲笑，但大师应岿然不动，专心练功，否则一岔气，将功废人毁。"

林乐瞳沉默不语，他总是对自己期望过高，岿然不动是多么难以达到的境界！她不由微微叹口气。

8

回到家，林乐瞳站在镜前，试图以标准的腔调，好看的姿势，朗读完一篇文章。但是，她发现动作和表情都很不自然。她是在表演自己，而不是在跟听众交流。

有一天，她边散步边默念文稿，文稿于反复默念中，越发生硬呆板。她望着风中舞动的树叶，不由想，为何不让思想如这树叶般舒展自如？她喃喃自语，你要忘记呈现在眼前的一切，聚精会神关注内心涌流的一切，将投射的目光返至心灵深处。她闭上眼，看到一行行字跳出来。它们原本就在那里，只是被尘土掩埋了。如今，它们手搀着手，雀跃道："看我一眼吧，大声地把我说出来，让更多人知道我的存在！"林乐瞳惊喜地发现，她原来有那么多新鲜的思想，她抚摸着它们，那么轻，那么柔，就像抚摸一个刚出生的婴儿的脸。

阅读、思考、随时记录零碎的想法，林乐瞳仿佛又回到学生时代。她常去离家较近的小书店，那儿书籍并不多，但是阅读环境宜人，光线、音乐，甚至桌椅的设计都恰到好处。林乐瞳窝进散发草木清香的藤椅，拧亮纯白的弧形台灯，听着德彪西的《遐想》，思绪从四面八方涌来，渐渐铺满整张白纸。

当然，不是每一天都这么心神愉悦。当林乐瞳第二次演讲时，面对听众提的问题，她竟然大脑一片空白。她含糊其词，敷衍了事。事后，她为知识的匮乏感到羞愧。多年来，她只局限于专业领域的知识储备，对非专业的知识涉猎甚少。甚至有段时间，她有了餍足感，好像什么都吸收不进去，觉得那些内容不过尔尔，这种轻视也影响了对新知识的吸收。

再像大学时代那么笨笨地做读书笔记？资讯的零碎、芜杂令她苦恼。在搜索资料时，她往往要花费更多时间剔除糟粕，精力已消耗殆尽。前几年，林乐瞳还将资料分门别类地塞入文件夹，如今资讯都在手机里，一旦纳入收藏夹，就有一种认知误区：我归档即拥有。但这仅是浮于表面，并未深植于心。难道没有更便捷的占有方式，让纷至沓来的知识分类储存，一旦按动开关，自行跳出？当然，这不是她所能解决的。当务之急，林乐瞳必须集中心智思考——下期的演讲主题是什么？

9

林乐瞳将备选题目写在小纸条上，粘贴在白板上。但仅隔几小时，她又撕下来，粘贴上新的题目。她看着那些主题，不断自问：我有迫切想沟通的欲望吗？这是我内心涌流的想法吗？不能是高高在上的空洞说教，更不是炫技式的表演，而是挖掘我成长经历中的各种困惑，与他们共勉。

她转过身，面对一群大一学生。跟第一次演讲不同，她没有身处大礼堂，而是小教室。她跟他们的距离只有几米，能清楚地看见他们的面容和表情。

林乐瞳先放了一段音乐："这是德沃夏克的第九交响曲《自新大陆》。我第一次听是在小学二年级。那天，飘着雪花，电台里正在播放这首曲子，我久久聆听，仿佛看见浩瀚的海洋，粼粼波光散射迷人光芒。长大后，每次听到这首曲子，我都会想，未来的我如何面对未知的世界？何处才是我的栖身之所？我是被涌动人潮推着前行,还是,独上西楼,望尽天涯路?"

林乐瞳转过身,在白板上写下"人生规划"四个字。

在成长的过程中,我们无法回避这个问题,你希望成为什么样的人?你将如何成为理想中的自己?当你有了理想、目标,是否能按照初衷始终走下去?倘若遇到挫败、阻碍,你是按照既定目标前行,还是改道而行,另辟蹊径?

我们在确定人生目标时,往往有"一览众山小"的豪迈。你充满雄心壮志,渴望拥有声名、财富、权力。但是,前行的路或密布陷阱,或障碍重重。执行过程中也会受各种因素影响,社会潮流、家人干预、行业前景等,比如,前几年是经商热潮,这几年又是公务员热。你是在潮流里翻转、滚爬,还是坚守初衷,一如既往地前行?

我认识一个女孩,她读的是设计专科,在班上并不出色。毕业后,她在一家手机公司任职五年,潜心钻研,设计出盲人专用手机。她因此获奖,并被公司派送英国深造。那些读书时比她优秀的同学呢?他们缺乏抗干扰的定力,不满意薪酬、环境,总在不安分中折腾,待时间忽忽而过,才恍然发现,自己的人生已成定局,无力再扭转。

……

时间是有加速度的。对于在座的每个人，时间眼下是徐缓的河流，哼着小曲，漫不经心地流淌。但是，再过几年，时间即会奔流不息，波涛汹涌。我们的肉身将不由自主地被裹挟，在喧腾中消耗及至枯竭。生命的河床并不宽阔，容不得太多次的转身和重复选择。所以，如果你尚未选择，就请慎重；如果确定，就请坚持；如果坚持，就请眺望——那一树繁花似锦！

　　落日余晖从窗户挤进一细溜儿，林乐瞳的脸上有夕阳跳跃的光晕。没有人想到开灯，同学们被她充满激情的演讲感染着，忘却时间正踮着脚尖悄悄溜走。

10

　　这几个月林乐瞳过得充实而快乐。她已经成为悦心堂的正式讲师，每周授课一到两次。她面对的多是女性，有学生、上班族，还有全职妈妈。最初，她还担心下一场专题无内容可讲，没想到新鲜话题层出不穷，学员们总能提出有趣的问题，进而生成新的主题。林乐瞳也请来谭潇做嘉宾，她们常对各种社会案例加以分析，论点往往针锋相对，引发学员们开放式的讨论。

　　互动环节常常变成学员宣泄情绪的时刻。某次，一学员问林乐瞳，当女人知晓丈夫有第三者时，是佯装不知还是公然摊牌？

第八场 —— 旋转的飞轮

"当然是公然摊牌!"林乐瞳脱口而出。

女学员反问:"摊牌也许就意味着离婚。如果离婚,孩子肯定受伤害。长期做全职母亲,已经与现实世界隔离,以我四十岁的年龄怎能再跟年轻女性比拼?"

林乐瞳有些不解:"那么,你真能做到相安无事?"

女学员流下眼泪:"不能,但我无能为力……"

"所以,女人必须经济独立,不能因为男人放弃自己的事业!"谭潇笃定道。

"不放弃又怎样?"另一短发女学员叹口气,"上班、带孩子,我每天像战士般冲锋陷阵。我希望老公能多帮一点,他却觉得一切都是我该做的。但凡我对他多点要求,他立马咆哮,说难道做得还不够吗?!我顾忌孩子的感受不想争吵,他却拍桌子大喊大叫,说不要以孩子为借口。我气得胸口疼,但还是忍着,婚姻到了这份上,连吵架的气力都没有了。"

短发女子的发言引发了更多学员的共鸣,一位女学员抱怨:"我耳鸣、脸上长斑,老公视而不见,我出车祸他也不闻不问,你们知道他整天干什么?一把年纪了,还通宵玩游戏,看玄幻小说。"另一长发女子说:"遭遇家暴怎么办?打110?警察会说证据不足。离婚吗?对方又坚决不肯。人最痛苦的不就是没有道路可选择吗?"

林乐瞳想起几个月前,她跟谭潇大谈女性应自立自强自觉自省,那时慷慨激昂、热血澎湃,如今觉得不过浮于表面,面对现实问题，她竟毫无对策。她将求助的目光投向谭潇，谭潇也一脸茫然。好在学员们争先恐后地发言，有支招宣泄的，也有冷静分析的，根本没给她们说话的机会。

终于，趁着讨论空隙，林乐瞳插了句话："我们换位思考一下，也许，你们的先生工作压力大……"

一女子打断她的话："工作压力大，我相信，男人在外失控，回家施控！我老公对我说，你必须对我言听计从，不得有半点忤逆！"

"男人既自尊又自卑，他们不愿承认失败，似乎推卸责任的一刻，才能获得自尊心的满足。他们无力改变现状，就选择漠视、逃避。当女人提出要求时，他们火冒三丈，因为，女人强迫他们直面现实的窘境！"说话的是一名中学老师，她业余时间研读心理学，已获得心理咨询师三级证书，"一旦你对男人放弃幻想，反而活得轻松。你渴望他安慰你，只能得到失望和烦恼；你渴望他帮你化解痛苦，只会更痛苦，他比你更缺乏承受力！"

"难道因为他们脆弱，我们就该承受这些折磨？！"没有人再说话，每个人都感觉进入回形通道，奔跑着冲向前方，以为是希望的出口，结果，又折回原地。

林乐瞳和谭潇走出教室。深秋的夜晚凉飕飕的。林乐瞳吸口冷气，不由感叹："从青涩到成熟，是繁茂抑或凋零？"

谭潇依然是一贯的冷静:"何必感伤?有不好的婚姻,也有好的婚姻。当然,我相信不好的婚姻占多数。婚姻中充斥着漠视、怨怼,遇到的麻烦比想象中还多,总之都是死结。"她耸耸肩,"反正我是不婚族。"

"不婚族,你这么确定?"

"当然!我认为结婚意味着你的行为、语言都被另一个人所引导并改变。你将不再是你,而是变成另一个连你自己都觉得陌生的人。我恐惧自我的消失。"

"自我的消失?"

林乐瞳道:"我想,一类女性在为人妻人母的过程中,完成角色赋予的任务,逐渐放弃自我;另一类女性则在大众传媒的引领下,成为他们所设定的一员。虽然,她们都在说,要成为最好的自己,做回自己,可是,她们根本没有看清自己是谁,又如何做自己?"

谭潇点点头:"或许看清了,但是无能为力。毕竟,在生存和自我价值中寻求一个平衡点,是个漫长而艰辛的过程。"

林乐瞳望着夜空的半弦月,不由想起岚晴。那天,也是半弦月高悬天空,她听着岚晴的话,感觉呼吸到另一世界的清冽空气,混沌的思维顿时清明。此时此刻,岚晴在做什么?还是以肉身的在场体验那些痛苦?她忽而明白,之所以不能给学员们切实的建议,是因为她一直滑行于纸面的生活,从未真正深入生活的内核。就像她写的一则则广告文案,剥离一点创意的思想,多是在网上搜集资料,再拼接而成。世界越来越扁平化,生命原初的滋味早已丧失,不再滚烫、鲜活,而是变成跳动的符码,随着鼠标移动而移动。

她不仅有些自惭。明天,她将拜访苏怡老师。也许,苏怡会告诉她来自丰沛生活的真切体验。她不由加快了步伐。

11

这段时间,林乐瞳常去苏怡家蹭饭。苏怡本人烧得一手好菜,但她实在太忙,更多时候则由悦心堂的学员烹饪。他们来自五湖四海,烹饪的菜或辣或甜或咸,但无一例外,都是香喷喷热腾腾油滋滋的……

然而,林乐瞳对于食物的记忆是冰冷的。每天早上啃着冷馒头上学,寒风一吹,馒头在胃里变成坚硬的石头。上课时,胃剧烈地疼,她只好抵住课桌尖角,缓解灼烧的痛。晚上回家,林乐瞳常等继母和妹妹吃完,匆匆扒拉两口冷饭和剩菜。有一次,继母做红烧肉。她闻到香味忍不住溜进厨房,当闪着光泽的红烧肉被丢进嘴里的瞬间,她听到脚步声,一扭头就看见了继母冰一样的目光。自此,她抵制美食的诱惑,哪怕按捺住灼痛的胃,在寒风中啃个冷馒头,也不愿和她们共坐在一张桌上吃饭。

工作初始,林乐瞳尝试自己烧菜做饭。她煮一大锅牛肉,放在冰箱里,每天取出一部分,搭配番茄或土豆。吃到第四天,她看着烂乎乎的一锅,已没有一点食欲了。她越来越频繁地光顾餐馆,在各个城市,在大街小巷寻找美味佳肴。然而,只有在苏怡家里,她才品尝到想象中家的味道。

家的味道,并不仅仅是食物的味道。再美味的食物吃到嘴里,不过尔尔。让人倍感留恋和向往的是什么?是蒸汽扑腾、香味飘溢的瞬间,是吃饭时面对的一张张笑脸,一双双温暖的眼睛。在苏怡家的餐桌上,林乐瞳总能看到这样的一张张笑脸。他们彼此并不相熟,但是,因为悦心堂,因为苏怡,他们围坐在一起,畅聊人生经历、喜怒哀乐。蓝莹莹的火苗一闪一闪,火锅汩汩冒着热气,每张脸都有了自家人的亲切感。各种故事、荤素段子随着菜香飘出来,林乐瞳常被他们讲述的趣闻逗乐,笑得眼里噙了泪花。

有次,某女摄影师聊至兴起,竟跳起了新疆舞。大家也跟着舞动起来,他们在笑,在歌唱,在舞蹈,一切都跃动着喜悦的情绪。林乐瞳真切感受到朴素生活所蕴含的充沛激情。

一个内蒙古诗人敬酒时说,对于异乡的我们,苏老师的家好比温暖的蒙古包。长途跋涉的我们,远远看着蒙古包的一点亮光,会走进去,喝点酒,温暖被冻僵的身子。这酒,这炉火的温暖,将消释漫漫征途的风霜和饥渴。

是啊,当世界凝视你的目光越来越冷漠时,谁不渴望有个温暖的所在?谁不渴望自己的心声有人倾听,自己的欢乐有人分享?谁不渴望情绪如水畅流,汇聚成一条宽阔的洒满阳光的河流？

　　林乐瞳无比留恋如此美好的时光。她常常主动要求洗碗。虽然，她是那么讨厌洗碗，但这样，她可以拖到最后一个走，她想把这暖暖的气息捂得久一点。

　　她也喜欢坐在苏怡身边，闻着她身上散发的淡淡陈皮味。有时，她真想躺在苏怡腿上，让苏怡捋自己的头发，这样想象的画面多少次浮现，又被她强行按捺住。

　　或许，她渴望在苏怡身上寻找从未感受过的母爱。记忆中的母亲是冰冷的。有一次，她看到母亲披巾上的穗很可爱，用手去拉扯，母亲怒道："这披巾很贵的，你的手那么脏，不要乱扯！"她从未像别的孩子那样躺在母亲怀里，因为，母亲怕她弄皱衣裙。母亲的衣裙熨烫得非常平整，整齐地挂在衣橱里。她常凝视它们，有时驻足一两小时。幼小的林乐瞳常想，这些衣服没有生命，她呵护它们如同呵护娇嫩的花儿，而她的女儿不过是被随意践踏的小草。

　　林乐瞳七岁那年，母亲离开了家，只留下一封信，上面写道："我不是合格的妻子，也不是合格的母亲，但我想成为合格的自己！"林乐瞳久久看着信，问父亲，什么才算合格的自己？

　　一晃二十几年了，她在母爱缺失的世界里坚硬地生存着，要将细腻的情感磨削掉，否则敏感的枝丫生长出倒刺，会刺得浑身是伤痕。

弦上偶尔悬着一朵时光玫瑰。

正在熄灭。一朵，永远的一朵……

那会是什么呢？妈妈：成长还是创伤——[1]

然而，苏怡总唤起她对想象中母亲的渴望。是啊，想象中的母亲，是这样走路轻悄悄的，是这样目光柔柔地看着你，她懂你的怯懦、无助和担忧。当你畏怯时，她会温柔地揽住你："往前走，有我托着你呢。"这种爱熨帖在心里，无比绵厚深沉，像大海一样蔓延。她将你包围，但从不让你窒息。你无拘无束自由地游弋，因为，你知道无论风浪多大，总有安全的港湾可以停靠。

呵，林乐瞳闭上眼。她是不是对人或事总有不切实际的想象？她知道不能期待，但她还是情不自禁地攥住苏怡的衣角，她真想躺在苏怡的腿上，甜甜地睡一觉。

12

苏怡的家位于清河边上，老式建筑，灰色壁墙爬满了常青藤。林乐瞳推门而入，几个人正走出，他们笑呵呵地道："苏老师在院子里忙乎呢，你到屋里等她吧。"

屋内静悄悄。林乐瞳无事可做，想找几本书看看。她走进书屋，窄长格局，两壁是高高的书架，靠窗横陈宽大案几，案几上

---

[1] 〔德〕保罗·策兰：《冬》。

置一松柏盆景，郁郁苍翠。侧立一水晶相框，相框内一清俊少年面朝大海，风吹乱了他的乌发。他是谁？关于苏怡的私人生活，林乐瞳从未问及，只隐隐听说是离婚了。她有点疑惑，这少年应该是苏怡的儿子吧？她好奇地拿起相框，发现照片背面写有一段话："儿子，妈妈想你，每一天每一夜，耳边总是你的呢喃声。梦里，你拼命往我怀里钻，你绒绒的头发弄得我的脸痒酥酥的，可醒来，拥着的却是冰冷的枕头。"

她一惊，难道？一回头，苏怡正站在门口，脸上浮着淡淡的哀伤。"真的很奇怪，每次梦见他都是小时候的模样，"苏怡的目光望向远方，"还记得我曾给你讲过第一个登上讲台的人吗？那个人就是我！"

怎么会？！林乐瞳不由打个冷战，怎么会这样？让别人取暖，结果自己才需要被温暖。林乐瞳久久无语，跟苏怡比，她的那些悲痛算什么？可为什么她一直深陷其中？她认为成长中爱的缺失是紧紧裹缚住她的藤条，她不敢爱，甚至带着怨恨的情绪生存着。她自筑了城堡，陷入一个又一个密不透风的城堡中——我排斥他人，强硬地将他人推开！她低下头，她的世界真的很小，小到她总是无限制地放大那些痛苦。而苏怡经历了这些苦痛，又是如何自我修复的呢？

"每个人的一生都有断层。那时的我忙于事业，无暇照顾儿子。他从小就是个带钥匙的孩子，自己回家，做饭。我认为他已经很自立了，但事实并非如此。我们对越亲近的人反而越看不清,但总固执地以为,自己比谁都了解他们。"

"等他离开我,我才渐渐看清他,看清他的悲哀,他的困惑,迷惘,但——已经太迟了。"苏怡的声音越来越沉,沉到水底,水里有绿藻,它缠绕着话语,话语打了结,湿答答地要滴水。

"那段时间,我真的很痛苦。到处看心理医生,要预约、等候,结果,心结越来越大,大到当我面对心理医生时,竟不知如何表达。我意识到要自救,于是阅读心理学书籍,并试着写下自己的忧虑、恐慌和痛苦。克服恐惧的第一步就是直面恐惧。

"医心很难。但是,在这路上走下去,我发现很多女性都有类似的情况,于是萌生了创办悦心堂的想法。在悦心堂,你的情绪不仅有人分享,还可以听到来自各方的声音,好比从暗室走出,吹拂着清新的风,密闭的心自会打开。当情绪陷入低谷时,需要分散注意力,需要各种思想的汇聚,才能疏导堵塞的情绪。否则死水一潭,只能发腐变臭。"

"那么,您已经彻底走出了低谷?"

"嗯,曾经恐惧、悲痛,生活似乎结了死扣。如今,死扣解开了,毕竟,生活再苦也能调兑出甜味。"苏怡的眼睛透着光,"当我活在他们之中时,我会忘掉自我,忘掉烦忧和痛苦。"

林乐瞳回想,以前的我总把自己当成例外的人,我感到孤独。如今,我成了他们中的一员,这种融合带来了温暖的感觉。她点点头:"一种融合的快乐,是吗?"

苏怡淡淡一笑："对,不要过度关注自我。"

林乐瞳若有所思,我觉得自己被欣赏、被尊重,被冷落、被排斥,于是竖起高高的藩篱,遮蔽了阳光,四周的一切都为之黯然失色。这样的我失去了阳光、水分,将日渐枯萎。

"过度关注自我也是一种痛苦。你会深陷其中,不能自拔。如果你的心是向外的,自我的欲念、挣扎、愤懑都会烟消云散,反而容易获得平静的喜悦。"

风吹过,几片枯叶飘下,一只鸟鸣叫着飞过,风声,落叶声,鸟声,内心的涟漪声,形成和谐的共鸣。

13

人们在决定是否做一件事情之前,通常会出现三种情况:第一种为远方模糊的美景所迷惑,义无反顾地跨上骏马历险;第二种徘徊犹疑,在天平两端,称量过往和未来,谨慎地前行;最后一种则是退缩,往昔是个安全坚固的壳,缩进去,不再伸出探知未来的触角。

当李博海跟着梅若伶走向那栋欧式建筑时,有过一瞬的迟疑。然而,莫名的力量牵制住他,他没有退缩,任由自由的风推着他向东或向西。

或许,他对她心生好奇,一个正处盛年的女人,凭什么敛聚如此多的财富?抑或,他渴望进入她的世界?当他撩起厚重帘幕时，意外发现叱咤风云的女强人，竟半倚在床边，睡眼惺忪，睡裙的一角滑落，露出圆润双肩，那样的慵懒，竟令人怦怦心跳。

有了第一次，就有第二次。

第二次，他们在梅若伶位于南郊的别墅约会。已近黄昏，梅若伶没有开灯。她斜倚在飘窗的榻榻米上，窗帘在她身后形成舞台的布景。她拉开，又闭合，空间在闭合间发生奇妙的变化：拉开时，李博海看到两人浮于半空；闭合时，真实的两人相隔遥遥。

"你去过惠州吗？"

她似乎并不期待他的回应，只是用他所不熟悉的语调回顾另一种生活。她说这些的时候，跟白日所见迥异。她不再那么强硬，她的身影笼在幽暗光影间，有了柔和的色调。

她的描述将他拉回遥远的过往，他看到另一个梅若伶，青春、懵懂，一股脑儿地往前冲，"那时的我什么也没有，没有文凭，没有背景，没有专长，对于这样一个广大的陌生世界，我唯一有的就是永不回头的勇气！"

黑暗里涌现出画面。

远方传来火车鸣笛声。他仿佛看见覆盖在报纸下她的面孔，于车窗驳杂的光影间，那张脸穿梭于光明和黑暗间，漂浮地笑，又漂浮地期盼。

梅若伶从小巷蹿出来。她拎着一大包衣服，将一天的收入塞进腰包，感觉腰围粗了一圈。她的笑在灰昏空间绽出一线光亮，瞬间唤醒沉睡的记忆。

她走向他，穿越岁月的枝杈，走向他。

第三次，第四次……他跟她去每一套别墅或公寓，就像去探险，每一个房间都有不同的姿势和欢叫。他们在床上、在飘窗、在任何可以尝试的地方，半明半暗，半遮半掩。他对她的熟知，就在半明半暗，半遮半掩里，有了水一样涟漪地抖展。

没有人强迫他。当她躺在花团锦簇的床上，双眼迷离，张开丰厚嘴唇，不断发出呻吟时，他不得不承认，她对男人有种八爪鱼般的吸附力，只是过于强劲，吸附了他自然流淌的快感。她的每一次呻吟，都挣裂得他肌肉生疼。他的快感是硬生生迸射的，那不是顺应河流的方向快乐地奔涌，而是被堵回，有了被抑制的回流。

他是不是很堕落，靠周旋逢迎女人获得商业利益？他跟梅若伶的第一次，难道仅仅是一种偶然，他没有被她迷惑？然而，他却将梅若伶的行为认定为一种侵入，是她侵入了他的世界。他没有主动，是她带他去别墅，主动脱下他的外套，将雪白双乳亮在他眼前，发出甜腻却坚定的命令……

呵，他在回避什么，还想站在道德制高点？他不也利用路晓嫣获得各种情报？不，他摇摇头，他喜欢路晓嫣，虽然不能允诺她美好的未来，但彼此的相拥真诚而热烈。那天，路晓嫣还对他说："以后买个有院子的大房子，院子里种上各种果树。养两个孩子，两条狗。"李博海问："为什么都要两个？"路晓嫣嘟着嘴："两个不至于太孤单。"李博海忽而有些内疚，他能给路晓嫣什么？甚至连一份纯粹的感情都给不了她。

假如有一天，路晓嫣知道了他跟梅若伶的事呢？他的手下意识地抖了抖。都是半真半假的，可最终，谁也忍受不了假戏真做。这细细的勒绳越缠越紧，捆缚了四肢，也窒息了呼吸，剪掉吧！

但是，他又没有办法剪掉！

他跟梅若伶的生意越来越好做，付款越来越及时。梅若伶的人脉广，因着她的推荐，他扩大了业务范围。下一步他计划成立自己的公司，他需要梅若伶的人脉和资源，甚至还有资金。

是的，他渴求出人头地。这是不断上升的纤细钢绳，他全力攀援，钢绳摩擦出血丝，他也只舔一舔，血丝腥甜，吞咽下去，生成新的肌肉和力量。

内心的隐痛需用嬉笑掩盖。难道不是吗？

14

然而，今天，李博海却笑不出来。

李博海将车停在湖边。他看看手表，与梅若伶约定的时间已过去半小时，他发了短信，她说马上到。他扔颗石子，一只野鸭扑腾腾游走，划出圈圈波纹。

她为何约在湖边？李博海隐隐有些不安，按惯例，应该在梅若伶南郊的别墅约会。如今，改了地点，难道？……李博海正暗自思忖，只见梅若伶咚咚走来，他感到扑面而来的冷气："小李，我对你怎么样？！"

李博海猛一惊，梅若伶很久没用这种语气跟他说话了。这段时间，他跟她多半是卧谈。前几天，她还依在他身旁："你觉得我瘦了吗？"他只瞟一眼："瘦了。""你说真瘦了还是假瘦了，你说嘛——"少女的发嗲让人心甜，但中年女子的发嗲却腻得发腻，但他面不改色道："当然是真的。"他一向懂得讨好女人，善于从女人的言语和眼神感知她们的内心，他更懂得藏掖住真实想法，说出真假难辨的话。

没隔几天，她怎么突然变脸？李博海明显感觉有什么不对。他飞速地搜索各种可能性，应该没有破绽。他露出招牌式的微笑："梅姐，您对我那还用说？"他下意识地把你换成了您。

"既然你心里清楚，我也明人不说暗话，你有没有拿埃及艳后电视广告的返点？"声音被挤去水分，干涩得生硬。

李博海的心不由紧缩。这个女人太精明，精明得连地上掉一根针，也能准确找到它掉落的位置。她何必对区区返点小题大做？他和她终究只是利益关系，难道她对他动了真情？怎么可能！女人以为跟男人有了肉体关系，男人的身心都属于她，没想到老辣的梅若伶也如此幼稚。

"嗯，是有这回事。"

"小李,你别怪我小题大做!"梅若伶似乎吃透了他的想法,声调高扬,"我最讨厌别人背后搞鬼!尤其是跟我亲近的人,我希望你是透明的,至少对我是透明的!"

梅若伶就在他眼前,他可以闻到她头发的气息,混合了澳洲檀香的气息。那一次,他在淋浴间洗浴,她走进来,递给他一小瓶护发精油,她说:"这是我喜欢的护发素,我想分享我的所爱。"

分享我的所爱?他早该明白,她在不同场合扮演不同角色,每个角色的转换都没有过渡。唯一不变的是,她永远是甲方,无论商业抑或情感,她不能容忍一分一毫的失算。李博海嘴角微微翘起,露出一丝不易察觉的讥讽:"返点是代理公司给的,我想这是常规。"

"哼,你至少跟我言语一声呀,我压根儿就不知道这事,如果不是有人告诉我,我至今还蒙在鼓里!"梅若伶狐疑的目光扫向李博海,"你不会还有什么事瞒着我吧?"

李博海不由惊出一层薄薄的汗,难道她察觉到他跟路晓嫣的事?不,应该不可能,否则,她早勃然大怒了。她不过是攻心战,她在揣测他,试探他,逼他自行露出马脚。呵,他差点被床上那个饥渴的女人所麻痹。而今,幻觉的薄膜被撕去,绽开一道细小却丑陋的罅隙,他看清了她扭曲而冷漠的面孔。

李博海压住火,尽量放缓语气道:"我还能有什么事瞒着你?"

"我对你可是掏心掏肺的。你想要什么,我什么时候没有满足过你？"她盯着他，那神情就像对豢养的宠物。他不是宠物，他讨厌这样的眼神。李博海后退两步。他跟她的交往还有意义吗？一切不过是个荒诞的游戏，一个不断自陷的黑洞，他没有想到局面如此不堪。

"算了，我也不追究了，总不能让你吐出来吧。不过，营销策略也要调整，不能再这样铺天盖地打广告。广告播出费太高，这是'高射炮打蚊子，大材小用'，电视广告暂停！"

梅若伶真是想一出是一出。李博海本想说什么，转念一想，若此时他表达反对意见，她一定认为他跟毛琦飞也有勾结。他脸上依然挂着笑："您认为怎么好就怎么好！"

另一个声音在内心响起："你以为你是谁？！你以为能永远掌控一切？"愤怒的种子埋下，悄悄却急迫地发芽。他知道，迟早有一天，它会破土疯长！

15

梅若伶根本听不到李博海内心的声音，又有谁能听到他人内心的真正声音？每个人内心的声音都在各自封闭的小盒子里，没有回声，寂寞地无限循环。

没有人了解真正的他，知道他的微笑后面隐藏着什么。更没有人知道他的酸楚、愤懑与耻辱感。而事实上，他早已不再奢求他人的理解与共情。世上的人本就是独立的个体，唯有利益才能

第八场 —— 旋转的飞轮

将每个人短暂地联接,是的,唯有利益。

他咬着利益的金匙,扮演着讨好人的角色。他看着不同镜面里的自己,就像一只祈求主人怜惜的小狗,不停地摇尾乞怜、撒娇打滚,直到主人丢一块肉,才乖巧地躲在角落大快朵颐。

他知道自己可耻,但他并不恨自己,因为,那不过是演戏而已。刚入行时,一个老销售告诉他,做业务就是要学什么像什么,客户让我学公鸡打鸣,我就学给他听,咯咯咯,嫌不够,再咯咯两声,学久了,心反而变得冷硬。他将冰冷的面容隐藏于笑眯眯的面具之下,早已忘了该对谁说谎,该对谁说实话。他以这种真假不清的状态取悦他人,不需要喝彩、掌声,只需要被接纳进入精英人士的赛场,哪怕仅仅做一个场外的捡球员。

他模仿着他们,喝人头马,穿登喜路,夹着雪茄,说着他们喜欢听的话,表达跟他们相似的情绪。某一瞬间,李博海有短暂错觉,他和那个世界的人很像。然而,当他坐上客户的私人飞机俯瞰葡萄酒庄,听客户炫耀式地抱怨纳了五千万税时,他深知,自己永远无法成为他们中的一员。但是,利益的碎片依然闪着迷人的光芒,他乐此不疲地捡拾,或许有一天,经过无数次拼接,就能拼出他渴望的美妙新世界。

美妙的新世界?当梅若伶讲述自己的传奇故事时,总会将记忆的指针反复停留在那一刻——她在俄罗斯第一次赚到一百二十万时,害怕被房东发现,将从黑市换好的一卷卷美金堆放在浴缸里。她一遍一遍数钱,钞票在手中流水般滑动,发出音乐般的声响……她数了大半夜,手指浸染了钱币的味道,渗入肌肤、骨髓,这味道她一辈子都不愿洗掉。

　　李博海也渴望那一天的到来。从一无所有到日进斗金,这样传奇的时刻多么令人神往。他嗅着钱币芬芳的气息,义无反顾地冲向那个狂热的世界!

第九场

溃疡的碎片

1

　　梅若伶的眼泪瞬间扰乱众人的神经,这突然喷涌的眼泪,掺和着黑色睫毛膏的大颗泪珠,扑簌簌滚落下来,一滴,两滴……正如她的笑,极具爆破力,热辣辣地冒着火星。而她的哭,也如此迅疾、猛烈,寒凉之意直逼背脊,迫你喘不得气。

　　这个坚强的名女人,眼泪也是如此与众不同。

　　梅若伶最初试图躲开摄像机镜头,仅仅迟疑一秒,她就牢牢站在镜头前,足足三分钟。

　　这眼泪是真实的。

　　而这多驻足三分钟,却是商人的本能。

今天，她输掉了尊严，输掉了声誉，他们将她合围在墙角，并用刀尖抵住她的喉管，难道她还不反击？她要扳回一分，至少一分。她要对准高射炮似的镜头，让所有人通过镜头看到她的无助。她不是毒蝎女人，她要悲号着撕开伤口，展示被撕裂的痛楚。

她甩开了一切。臂膀和腮帮的肉剧烈抖动："都是谣言，都是谣言！一定是竞争对手恶意炒作，他们颠倒是非，混淆视听，他们想搞垮美尔康，我绝不会让他们得逞！

"你们不要一味同情弱者，不要被他们卖惨的假象蒙骗。很多弱者因为嫉妒成功者，自己无法拥有就要摧毁，以非正常手段摧毁，他们的攻击性更强！

"你们相信我，相信美尔康，就是相信你们自己的判断和选择。你们怀疑我，就是怀疑你们自己的智商和经营头脑！

"网络时代什么是真，什么是假，相信你们更有鉴别力。不要被毫无根据的新闻蒙蔽双眼，误导你们的行为。美尔康是良心企业，绝不会做出有损企业形象的事。我发誓，一定挖出造谣者，让真相浮出水面。还我，不，还美尔康一个公道！

"我的心很痛，我从事的是美的行业，我为之骄傲且自豪。我让多少人青春美丽、返老还童，这是善事，是让别人感恩戴德一辈子的伟大事业呀！我们做了好事还被人抨击、谩骂，这还有天理吗？我不能再说什么了，我的心真的很痛……"梅若伶踉跄下台。

第九场 溃疡的碎片

梅若伶瘫坐在车位上。气力抽丝般拔去了，冷气直往胃里猛蹿，无数次的闪回间，每个片段都结了冰凌儿，硬扎扎地戳进心里。

她万万没想到在加盟商庆典会的关键时刻，竟有人扔给她一个大炸弹，砰地炸毁了近半年辛苦积累的财富和声誉！

一切都没有预兆。这是个晴和的上午，加盟商和嘉宾都如约而至。鲜花、掌声、喝彩声，她坐在台上，看到那么多加盟商笑盈盈的面孔，内心充盈着愉悦，收获的季节终于到了。

然而，到了加盟商互动环节，突然，一个怪异的声音响起。那个混蛋在说什么？一字一句如刀刻在她心里，今知网、患癌女职员、九块九，这几个词仿佛来自地狱，阴森森的风刮得她头疼欲裂。"梅总，我本来很想加盟，但现在犹豫了。因为，我刚刚看到今知网的一则新闻，标题是《患癌女职员因揭金丝黑幕被辞退》，文中提到您给我们加盟商的金丝是镀金，成本只有九块九，对此事，不知您作何解释？"

"镀金？成本只有九块九？！你太黑心了！"一个个加盟商连珠炮似的指责、辱骂，还有人跳到椅子上，向她扔东西。她顾不得形象，啪啪拍着桌子，对着加盟商们不断大喊："他造谣，他造谣！"

这个人是谁？他怎么进入会场的？那个狗屁今知网为何要爆料？想敲诈勒索吗？患癌女职员，应该是周洁，那么木木的人能掀起轩然大波？不可能，绝对不可能，背后一定有黑手，究竟是谁在幕后操控一切？！

车呼啸而过。她的巨幅海报悬垂而下。在风的吹动下，海报的一角形成浅浅的折痕，恰巧压在海报上她的嘴角，折痕将嘴巴的弧线轻微地往下拽。她究竟是在笑，还是在哭呢？

2

梅若伶眼里的光一点点黯淡下去。仅仅转瞬，她的目光又咄咄逼人，闪着刀刃般锋利的光芒："魏东，是谁在幕后操控一切？！"

魏东是新来的办公室主任。他三十五六岁，圆脸，无框眼镜下的眼睛透着精明："今知网的记者叫苗晓梅，跟美尔康并无过节。她写报道应该只是为了博眼球，毕竟，知名企业，劳资纠纷，行业黑幕，都是刺激眼球的话题。爆料人叫许豪，名单上并没有他。他是拿了其他人的请柬进入会场的，目前手机一直关机。患癌女职员是周洁，这个，想必您已知道。"

"还是没看到谜底，苗晓梅，许豪，都跟我们毫无关系，为什么咬住我们不放？周洁，以她的智商，也就是被人当枪使！"梅若伶飞快搜索跟她有过节的人。嫉妒她的人太多了，他们在哪里，有种就亮相，当面锣对面鼓地对质，干吗像龟孙子一样躲着不出来！她一恼，将桌上的文件咣当扔在地上。

魏东迟疑了一会儿："梅总,您不能动气,当务之急是要想出对策。说实话,梅总昨天的悲情发言还是控制了局面,我很佩服。"

"难道你说我在演戏,以为我在那种情况下还能没心没肺地演戏?"

"您误会了,我很佩服梅总,一个人的伟大在于能从困境中迅速站起来,您没看到他们都被震住了吗?"

梅若伶摆摆手："我没心情听恭维话,加盟商们什么反应?"

"不太理想。他们都希望有个明确说法,好几个加盟商要求退加盟费。"

"加盟费绝对不退!如果退了,反而说明我们心虚,越到这个时候,越不能让步。不能让别人乘虚而入,看出我们的虚弱!"

"但是,事情闹大了不好收场,也有加盟商提出要请律师。"

梅若伶啐口唾沫："他们也太猴急了。事情还没有定论,就上房揭瓦,想造反了!你告诉加盟商,这是一荣俱荣一损俱损的事儿,大家都捂好盖子别让火星蹦出来。否则事态扩大,对谁都没有好处!"

"梅总,我倒有个主意,"魏东沉吟片刻,趋前一步,"现在有个说法,七秒钟记忆。嗯,就是说,每天都有新鲜事物出现,再刺激的新闻也不过转瞬即逝。吃瓜群众看完热闹,热情很快消退。所以,我们应该让事情继续发酵,以更刺激的新闻去掩盖旧闻,以乱治乱。"

"对,以乱治乱!"梅若伶飞快地思考着,扰乱视听,怎么搅乱?先编故事,编个什么故事?她猛一击桌,"有了!你先放风,雇水军,说周洁是商业间谍,为了搞垮美尔康,故意编造九块九的金丝新闻。这样我们才能彻底扭转舆论走向。"

商业间谍?魏东一愣:"我们没有证据,凭空捏造?这样做合适吗?再说……"

梅若伶看出他的犹豫,快速打断:"人家射来飞箭,我自然还以火炮。我们现在不是讲慈善、讲仁义道德的时候,是她作茧自缚,逼我出招。我的心血,我的努力,我所辛苦铸造的信誉,一夕之间都被她摧毁了,我成了众矢之的,这是她必须要付出的代价!"她站起来,"限你三天,揪出幕后黑手,打他个落花流水!"

魏东不再言语。他知道,他讲什么都毫无意义。此时的梅若伶像被激怒的母狮子,瞪着赤红的眼睛,随时准备撕咬她的猎物!

3

这是栋普通居民楼,褐色墙面因年久失修已斑驳脱落。魏东顺着窄长的楼梯上到七楼,一只黑猫蹿出来,冲他喵一声,快速溜走。

魏东按响了周洁家的门铃。连揿几下,屋内才传来嘶哑的声音:"你是谁?"

魏东觉得如果说是美尔康派来的,她肯定不会开门,灵机一动道:"抄煤气表的!"门吱呀打开,魏东看到一张黄旧的脸,这张脸上写满疑虑和惶恐。他侧身走进,微微鞠躬:"不好意思,刚才撒谎了,我是美尔康的工作人员。"

周洁警惕地看着他:"你们找我干什么?"

魏东笑笑。"梅总派我来是想跟你好好沟通的,"他一字一句道,"她认为你是被人利用了!"

周洁微微一晃,声音有些急促:"我有什么好利用的?我什么也没做。请你转告梅总,我根本就不知道发生了什么!"

"新闻里所写女职员明明就是你,乳腺癌,出纳,美尔康不可能有第二个这样的人。"

"是我又怎样?新闻里写的根本不是我的本意,他们断章取义,曲解了我的意思。我只是希望梅总公平地对待我,不能无缘无故解雇我,至少有补偿金或是……"

"那你跟梅总好好谈过吗?"

"没人理我,一直没人理我。我不知道找谁,劳动仲裁也不管。我一直兢兢业业,从不偷懒耍滑,耳鸣、心悸,我也不敢请假,害怕失去这份工作。做完手术,医生说休养三个月可以正常工作,我特别高兴,我还能工作,只要休养三个月,不,两个月也行,我就能回归岗位。可,还是把我解雇了。我能做什么?吐槽,只有吐槽。你们不愿听,网上总有人愿意听吧,总有人伸出援助之手吧？你说，我做错了什么？！"周洁语调急促而激烈，她憋了这么久，他们终于能听听她的苦衷了。

魏东不由心生恻隐，尽量放缓语调："你没有做错什么。梅总一直忙于加盟商的工作，会计并没有把你的情况反馈给我们，这是我们工作中的失误。请你谅解。"

周洁眼角有些湿润，虽是简短几句，但那句"请你谅解"温热了冰冷的心："我没想到事情会变成这样。压根没想到。当初，她只是说帮我呼吁一下，但谁料到，他们别有用心，把我推向更黑的深渊……"她下意识地攥紧沙发把手。

"他是谁？"魏东身体前倾，他快要抓住那个躲在幕后的操控者了，他一定躲在幕后得意地笑，以为没人知道他的存在。

周洁犹豫着，说还是不说？她并非不想说出佘怡曼的名字，而是本能地意识到这是最后一张牌，这张牌丢出去，她将无牌可打。

"现在是你陷入舆论的旋涡，是你被人议论、被人攻击，是你成了众矢之的，而那个人却躲在幕后，正为自己的阴谋得逞而偷笑，这公平吗？我绝对相信，你的初衷不是这样的，但是，当别有用心的人将你的诉求断章取义后，一切矛头都指向美尔康金丝造假。你想想，这是不是有预谋的圈套？你完全没有必要护着他，是他把你送上了舆论的绞肉机，你不能任由他宰割！"

舆论的绞肉机？周洁猛一哆嗦，她按住胸，钝钝的痛，如今，却像重锤敲砸心房。她大喊："你别再说了，我身体不好，受不了！"她的耳朵里又出现讨厌的嗡嗡声。她想赶走这恼人的声音，猛地挥手："那个人叫佘怡曼，你去找她，你去找她！"说出"佘怡曼"三个字时，她重重喘口气，甩出去了，一切都甩出去了！

佘怡曼？魏东对这个名字并不熟悉，她跟梅若伶有什么过节？他不便多问，他不能再打扰这个可怜的女人。

魏东掩门而出。在楼道里，他又看到了刚才见到的猫。它蹲在废弃的花盆上，扭头瞅他，眼神似恨又似怨。魏东不由一惊，匆匆下楼。

户外阳光明媚，人们大声喧哗，似乎只有敞开嗓门说话才能表达喜怒哀乐。而周洁呢？自始至终她的声音都压得低低，他要竖起耳朵才能听清她说的一字一句。哪怕最后那一瞬间，她喊出佘怡曼的名字时，声音也似在闷罐里，字头字尾晃得厉害。

4

宣泄完了，世界的秩序会改变吗？

从小到大，周洁的父母都教育她，喜怒哀乐不可形于色。他们的家静悄悄的，母亲安静地打扫房间，外面有人大声喧哗时，她摇摇头，说"没教养"。弟弟吃饭声音大了，母亲敲敲桌子，提醒他小点声。

在家里，周洁希望自己如隐形人般生活。在学校，她坐在最后一排，独来独往。中学同学聚会，如果提及周洁，大家都说，那个谁谁，话不多的那个。

她不希望引人注目，引人注目意味着烦恼、混乱，意味着将有不测之事降临。父亲对她说："枪打出头鸟。你要安静地守在巢穴里，偶尔探头张望一下外面的世界即可，只有自己的巢最安全温暖。"父亲对周洁说这话时，已病入膏肓。他伸出手，轻轻拉住周洁的手，那是她从小到大，父亲第一次牵她的手。

周洁从母亲口中隐约得知父亲的星点往事。一个意气风发、前途无限的青年，被人怂恿，参加了企业改制，结果，不仅自毁大好前程，还丢了饭碗，生命的轨迹就此改变。从高峰坠入低谷，彻底砸碎他曾经所笃信的一切。

你不要自作主张，只要随着人流前行，准没错。这是母亲的教诲，粗粝的生活早已打磨掉她对外在世界的好奇和热情，她只希望永远有条不紊地"活着"。

周洁对世界好奇的嫩芽早早被掐断了，同时掐断的还有对自我的认识。她喜欢的或许是母亲喜欢的，她憎恨的或许是父亲憎恨的，而她父母喜欢或憎恨的又是大多数人喜欢和憎恨的。他们默默穿行于人群中，面无表情地机械前行。

她不喜欢财务，但母亲认为好就业，于是，她大专读会计专业。毕业两年后，母亲催她结婚，常说"女人过了二十五就是腌菜帮了"。周洁按照母亲的意愿嫁给了她同事的儿子。她在电子仪表厂工作，一干就是十八年，下岗的那一刻，她感觉脚下的大地不断沉陷。她茫然地看着远方，她的巢穴呢？

几个月后，她应聘到了美尔康，看着富丽堂皇的大厅，喜悦的心情悄悄泛漾。她仔细地擦拭办公桌椅，慌乱的涟漪一点点平复了。她从不多言，也不多事，美尔康人来人往她只当看戏。她兢兢业业，加班加点从不叫屈。周洁以为这样做，生活的河流就能有条不紊地流淌着。

但是，为什么生活总有令人意想不到的转折？"但是"的后面往往是沮丧、痛苦和绝望。她没想到会再次失业，她像一片叶子，在浩渺的水面上，漂啊漂，没有方向感和归属感。

周洁闭上眼，她不敢想明天的事。

接连几天，周洁都躲在家里。她惴惴不安，不知未来还将遭遇怎样的不测。连续几天，风平浪静，她轻轻喘口气。第五天，儿子叫嚷道："妈，你看，这写的是你吗？"周洁反复盯着手机屏幕，目光仿佛被胶粘住，内鬼、阴谋、蓄意欺诈……这些字眼像一根根针戳着眼皮。她一阵头晕，跌坐在沙发上。

怎么会这样？怎么变成了她为牟私利，跟竞争对手佘某某联手，上演苦肉计，制造谎言，蓄意搞垮美尔康？！周洁的耳朵又嗡嗡直响，似有轰炸机在头顶上飞旋。她捂住耳朵，嗡嗡声变成梅若伶响亮而严厉的声音："你是商业间谍，我要控告你！"

不，一定有什么误会！当初那个叫魏东的不是说，只要揪出幕后指使，就没她什么事了？他的名片呢？她疯狂地寻找，终于在茶几托盘上找到名片。她赶紧拨打电话，可要么占线，要么让语音留言。她绝望地挂机，呆呆地望着墙角，一只蜘蛛正在垂死挣扎。

几天后，美尔康的律师函寄了过来。这是死亡的黑色请柬，她凄凉地笑起来，点燃打火机，纤薄的纸在飘飞的瞬息光亮一闪，连带茶几的桌布也跟着燃烧起来。她看着火势蔓延，并不焦急，反而有一种解脱的快感。儿子放学回家，看到屋内蔓延的汹汹火势，大喊："妈，你怎么不灭火！"她才恍然醒悟，忙从卫生间舀水灭火。火终究是灭了，地上满是灰末，一片片，枯焦的，打着卷的，门一开，跟着风到处打转，像是灰色的纸钱。那一刻的荒凉蹿进她的内心深处，进去了，就再也没出来。

5

佘怡曼的电话在某个早晨吵醒了昏昏欲睡的周洁。电话那头她声嘶力竭地喊："你怎么出卖了我？！"

周洁一蒙，不知如何应答。当初佘怡曼擅自做主让今知网发了新闻，又故意在招商庆典会上爆料，她一直想找佘怡曼理论，结果对方玩失踪，根本联系不上。如今，她深陷泥潭，佘怡曼又冒出来，还牙尖嘴利地骂她！

周洁捂住隐隐作痛的胸口，一字一顿道："既然做了就不怕别人知道！"

佘怡曼阴笑两声:"怎么样,见个面吧?咱们总得见招拆招吧。"

周洁走在街上。阳光有些惨淡,她感觉每个人都在议论她,嘲笑她。他们叽叽喳喳,唾沫飞溅。她低下头,加快脚步,她要从密集的人群中走出,从恼人的声音中走出。突然,她碰到了什么,猛一抬头,只见佘怡曼站在跟前,一脸不耐烦:"这么慌张,像遇见了鬼!"

她怎能如此笃定?好像一切事情都跟她无关,她只是纯粹的看客。周洁掖了掖外披的针织衫,声音有点颤抖:"她要控告我,你有什么好办法?"

"嗤,我有哪门子好办法!"佘怡曼快速前行,看到一个石凳,"坐这儿谈吧!"她双手环抱,跷起二郎腿。一只瓢儿虫在她鞋面上爬行,她一抬脚,瓢儿虫掉落在地。她站起,用尖锐的鞋跟狠狠碾碎它。

这是街心公园。临近黄昏,几个老人在下棋。不远处有几个大妈起劲地扭着秧歌。"嘭嚓嚓!"红色的腰鼓,飘扬的绸缎,如乍开的艳丽春花。

"当初,你说的不是这样。你干吗要爆料?我说了没有证据……"周洁抿着嘴,嘴角裂开口子,有血丝渗出,"我只想争取我的权益,绝不像今知网写的那样。"是的,从一开始就是错误的。从蛋糕店见面那天开始,她就错了。她应该含着泪,躲在自己的巢穴隐忍着。或许，她还能再筑一个巢，现在，她能到哪儿筑巢呢？

"你那点事，在千万条信息中早成肥皂泡了，记者写新闻需要爆点，懂吗？"

"我不想成为炸药。"

"谁能有后眼！"佘怡曼的声音突然变得凌厉，"难道我没损失？她已发了律师函给我，还到处散布我的谣言。好几家公司都不敢聘用我！想当初，我可是为你鸣冤、为你出气的，现在，我做了好事却背个恶名，我能甘心吗？！"佘怡曼一步一步走向她，周洁步步后退，感觉喉管被扼住，几近窒息。

"清清的河水，白白的云朵，尕妹妹好比山上的杜鹃花，红艳艳……"扭秧歌的大妈又唱起了陕北民歌，歌声越来越响亮。

不知为何，周洁听了，眼泪竟不争气地流下。生活原本是这样美好，清清的河水，白白的云朵，红艳艳的杜鹃花。可她却陷入暗不见底的黑洞，没有阳光、空气，只有老鼠发出细碎却恐惧的声响。

"哭有用吗？互联网上永远留着你的案底，你走到哪儿，都删不掉不清白的历史！全世界的人都知道你是商业间谍，你能躲哪儿，躲到太空吗？！"佘怡曼的眼里闪着邪恶之火，她的脑海浮现出梅若伶、潘云的可恶嘴脸。她没法咒骂她们，只能将怒火宣泄到眼前这个女人身上。她是弱小的，毫无反击之力，就像那只瓢儿虫，任她随意践踏！

"我是清白的,我不是商业间谍!" 周洁反复嗫嚅。她一向害怕出错,更怕被人揪出错误。刚工作时,现金盘点时有几块钱的差距,她都脸红心跳,好像贪污了公款。自此,她做账格外仔细,小数点后的几位数她都斤斤计较。如今她的名誉有了污点,她怎能容忍?

"你清白?谁能证明你是清白的!"佘怡曼一个激灵,一丝邪念闪过,"只有一个办法能证明你是清白的!"

"什么办法?"

佘怡曼诡异一笑:"你死了就能证明你的清白!当然——最好再附一封控诉梅若伶的遗书!"

"我死了?"周洁默念着。她并没觉得佘怡曼歹毒,而是感觉密不透风的黑幕被掀开一个小缝隙,她好像能呼吸到一点清新的空气了。

死亡,并不可怕。当她被诊断出乳腺癌时,这种预警时时响起。她想过无数次,深坠死亡之谷,无知无觉地飘飞。有时,她看到地上飘的落叶,会小心避开。也许,未来死后的自己会幻变成这片落叶。

周洁的目光寒凌凌的,佘怡曼有点害怕,转过脸道:"死不死是你的事儿,跟我无关!"话音未落,周洁已经头也不回地前行。

6

一直以来，周洁都生活在父母设定的模式里。他们反复叮咛，你必须在我们划定的圈子里活动，不得擅自逾越；否则，你的双脚将被荆棘刺痛。荆棘的刺痛感只是暂时的，但恐惧荆棘造成的刺痛感却是持久的。

周洁笔直地僵硬地前行。

她不知道该往哪儿走。对面行走的一对情侣捂着嘴偷笑，斜对面走来的老头为何一直盯着她看？那个牵着小狗的女人也在笑，难道，他们知道了一切？

父母要求她安静地活着，如今她却成了人人喊打的过街老鼠。所有人都知道她做了坏事，那些莫须有的坏事就像嗡嗡作响的小飞机，在头顶不停地飞旋。

她又能躲到哪儿去？佘怡曼说得对，互联网上永远留着案底，那些喷子不仅谩骂攻击，还会人肉她、她的儿子、丈夫甚至母亲、亲戚……到处是密不透风的高墙，她没有能力抗争，没有人相信她，更没人去了解事情的真相。他们肆无忌惮地谩骂、攻击，发泄着自己的戾气。不，他们不是在发泄，而是向她投掷飞刀，刀刀正中心脏。她的血已流干了，衰弱得说不出一句话。

也许，佘怡曼说得对，只有死亡才能证明自己的清白！

只有死亡才能冲破这无形的铁墙！

周洁一步一步走上楼顶。这栋高楼，就在她家对面。每晚，她看见高楼闪烁着各种激光图案，忽紫忽蓝，最后变幻成振翅欲飞的血红大鸟。

呵，红色——小时候，她多么渴望拥有一双红色皮鞋，母亲说，红色太扎眼，黑色才是安全的颜色。但她喜欢红色，喜欢红的热烈、红的奔放、红的通透……她不喜欢黑色，黑色是遮蔽、掩盖、隔离，是裹着无数梦魇连绵不断的幔帐。

如今，红色的大鸟正向她飞来，它在召唤她，它将载她飞向那个热烈、奔放、通透的世界，那里只有欢笑、鲜花和一抹嫣红的晚霞……

起风了。周洁一步步向前、向前，肢体失去了平衡……她在坠落。大地离她越来越近，她看见一个倒立的世界。白云在地上浮动，高楼有着水波纹的倒影，那只振翅欲飞的大鸟奄奄一息趴伏在地上。人们踩过它滴血的翅膀，快乐地前行。她即将触碰大鸟，听见大鸟嘶哑的哀鸣——

我要飞，我要飞回我的巢……

7

周洁自杀了！

梅若伶腾地站起，这个木木的女人为什么总把自己拽入泥潭！她按住突突跳动的太阳穴：怨只怨你自己，是你先搅局的。

你没有胆量承担搅局的后果，就该安安静静待在角落里。现在倒好，白白搭进一条性命。只可恨便宜了那个该死的佘怡曼，她像一阵风消失得无影无踪。不过，她也别想在美容行业混下去，现在谁都知道她是个吃里扒外、心狠手辣的腹黑女！

下一步该怎么办？梅若伶冷静思考，首先要引导舆论走向，控制网络舆情。周洁自杀跟之前的纠纷无关，而是她有病，比如，抑郁症。其次，她要尽快提升美尔康的美誉度，企业家协会和消协联合举办的十佳美容企业评选在即，她得早早运筹谋划。

事不宜迟，梅若伶赶紧拨打企业家协会会长夫人万蓉的手机，对方笑声朗朗："三缺一，就差你了！"

四个女人聚在麒麟会所的包间里。阔大包间，中间设一麻将桌。万蓉坐在梅若伶对面，滴粉搓酥的圆脸饱饱坠着，平日眼眉倒是低垂，眼角偶尔上扬，却是一副斩钉截铁的冷硬。

"小梅最近在忙什么？"

梅若伶刚想回话，名叫李婷的女人抢先道："最近总看到美尔康的新闻，好像什么金丝造假呀！"

梅若伶恨不得撕烂她的嘴，但面上依旧笑着："网络时代谣言满天飞，你若信了，只怪自己智商不高。"李婷被抢白一句，不服气，刚想反驳，只听万蓉高喊："和了！"

牌声噼啪中，众人纷纷赞她手气好。万蓉有点得意："说实话，我从没手背过。别人炒股总输，我玩儿似的炒，赢了车，又赢了房。"

"那是，您是我们的人生导师。您炒股我们跟着，您买房我们也跟着，凡事紧跟您准没错，绝对成大赢家！"梅若伶忙不迭地恭维。

万蓉笑道："小梅这话说得还比较靠谱。你们哪个跟着我吃过亏？我给你们指引的哪条不是光明大道？想当初，我劝小梅买房，人家前脚听了，后脚就付款，现在，你们问问人家有多少套房子？说出来吓人，十三套！"另两人发出轻微的啧啧声。万蓉悠悠叹口气："还是自己做生意好。想买多少买多少，不像我们家老杨，多买一套就被盯住，难啊！"

"谁叫他位置高，下面盯的人多。"李婷忙不迭地插话。

"对了，你女儿上常青藤学校不也是听我的吗？她想学什么专业并不重要，名校名头才重要。进了名校，才有机会进入高大上的社会阶层。你要告诉她，人生最重要的是身份、地位，只有站在金字塔的顶端，才能一览众山小！"

李婷连连称是："万姐指导有方，不能顺由孩子的性子。她想学的专业不是常青藤有啥用，只有进了常青藤，才能接触到精英人士，钓到金龟婿。"

万蓉微微颔首："人生在世，要学会享受，不仅会享受，还要享受最好的。昨天，我干女儿带她七岁儿子看房子，她对那小孩说，你以后不是买一栋别墅，而是买一排别墅。瞧瞧，人家多会教育，从小就培养小孩有雄才伟略！"于是，众人又是一番赞叹。

一盘麻将结束,服务员递上石榴汁。万蓉抿一口。"喝这个真能养颜吗?"她瞟一眼梅若伶,"小梅,瞧瞧,你皮光水滑的,又做了什么好项目?我那几个姐妹都问我你那儿怎么样,光我一张嘴说好,人家也不信。什么时候拣个日子,你给她们上上课。这些女人也不知怎么的,一把年纪了,还想着变年轻,也真够贪心的。"

梅若伶身子凑近:"谁不想做资深少女呀?台湾那个亿万富婆,老成那样,不还梳麻花辫,穿洛丽塔公主裙,人家一辈子不都活在童话世界里?"

"全是假的,真能回去吗?我才不信这些,老就老了,做什么妖怪,还被长舌妇惦记着。一个人什么年龄什么样,上次一个人教我面部提拉术,每天要做十分钟,受不了,嫌烦。每天吃好睡香就是福!"

"您那是天生丽质,有几人有您这样的好底子,不打针不敷粉,皮肤像打了水光似的雪白粉嫩。如果人人都像姐姐这样,我的店非关门不可。"

万蓉一乐,眼角绽放了菊花瓣。李婷撇撇嘴,冲另一女人做个鬼脸。

临了,梅若伶待那两女人走出,挽住万蓉的胳膊,附耳低语:"万姐,上好的水貂皮大衣,包好搁在您后车座上,绝对合着姐姐的身量。"

万蓉心领神会:"小梅,是不是又有事找我了?"

梅若伶的整个身子黏上去:"万姐,马上要开始十佳美容企业评选了……您懂的。"

此时的梅若伶装进小一号的衣服里,眉眼也缩小了一号。她懂得什么时候屈下身子,低下眉眼。在别人眼帘下,看得清水波流转、月盈月缺。

还有什么被遗漏的吗?

梅若伶转过身,逐一跟卫生部门、质检部门打好招呼。各大媒体的广告都不能少投,赶紧将开裂的墙缝糊好,将所有的污垢冲刷进阴沟里,让真相自行腐烂。

每天都有新闻发生,或骇人听闻,或血淋淋,一场风暴来袭,摧毁了一切。正因为随时会被摧毁,我们可以不断制造新闻,以更刺激的扼杀刺激的,以更血腥的扼杀血腥的,以更痛楚的扼杀痛楚的——隐藏一个真相,浮现一个假象。

依然敞亮的店堂,依然穿梭不断的客人,依然是抑制不住兴奋的笑声,有什么被改变了?真实的黑色岩石安静地栖息在浩渺大海中,阳光洒在水面上,有鱼欢快地跃起,那是幻觉闪耀的粼光。

8

不，还有一件事，她必须尽快解决，那就是揪出内鬼！

谁会料到老实巴交的周洁竟跟她唱对台戏，那么，其他人呢？梅若伶的眼睛像雷达四处搜寻，谁跟谁在窃窃私语，谁又无故旷工，谁又跟客户私下联络……每个人都是一团谜，让梅若伶好一阵琢磨。

琢磨久了，理不出头绪，梅若伶决定鼓动员工之间相互揭发。她在晨会上说："此次开展批评与自我批评，是希望你们能在批评中更好地认清自己的问题。只有经历过风吹雨打，才能茁壮成长！"

员工休息间挂个上锁信箱，信箱渐渐满起来。打开一看，都是某某迟到、某某对客人态度不好、某某无故旷工之类的芝麻小事。梅若伶将这些揉成纸团，一个个丢进垃圾桶。但是，心中的疑虑还是挥之不去，总感觉有什么被遗漏了。

下午的时光眨眨眼就过了。梅若伶伸个懒腰，打算下班，门咿呀开了，苏珊探进个脑袋："梅总，我能进来吗？"

苏珊神情有些诡异，关上门，还不放心，干脆将门反锁。梅若伶深觉诧异："你干吗反锁门？"

苏珊疾步走近，靠近她："梅总，有点事想汇报。"

梅若伶身子侧歪一边："有事说事，别凑那么近，唾沫星子溅我一脸。"

"嗯,"苏珊清清喉咙,"是这样的,我不知这事算不算违规,但总觉得有点异常,既然异常,我觉得有必要汇报。"

"你别磨磨叽叽了,有话快说,我待会儿还要出去。"

苏珊低下头,沉吟片刻:"我说了,梅总千万别说是我说的。嗯,就是路晓嫣,她,她好像在跟李博海交往。"

"什么,李博海?!"梅若伶脸色陡变,好在已近黄昏,办公室的灯也没开,苏珊看不清她的面色。

"是,汇美通的李博海。"苏珊再次强调。

梅若伶一言不发,她必须冷静思考,苏珊所言是真是假。毕竟她跟路晓嫣一直明争暗斗。苏珊伶牙俐齿,做事沉稳,但过于老成反显得有心计;路晓嫣外形出众,心直口快,但业务能力不及苏珊。最近,两人在争夺VIP客人时有摩擦,梅若伶看在眼里,并不调和。她一向认为,员工之间适当斗争更有利于企业管理。

那么,苏珊是因为嫉恨路晓嫣故意编排这个桥段,抑或确有其事?

"你,有证据吗?"

"嗯,"苏珊肯定地点点头,"有一次,我在法拉糕点店看见他们两人,"她声音压得很低,轻得像是自语,"他们手牵手,特别腻的那种。明眼人一看就是……"

梅若伶不想再听下去了,她无力地挥挥手:"我知道了,你出去吧。"

待苏珊走出,梅若伶再也无法遏制怒火,啪地将桌上的文件夹猛掼在地。背叛！他们为什么都背叛了我！这世界谁可信，谁能信？我那么信任李博海，原来他是个利欲熏心的小人。我一直把他当作小老弟，即或并未爱过他，但自有了亲密关系后，对他的防备心已荡然无存。没想到，他竟滥用我对他的信任！还有那个路晓嫣，我待她不薄，她背地里却跟李博海偷腥，还捂得严丝合缝。人心啊，人心，真是坏透了！

跟李博海交往的场景一幕幕清晰浮现，从哪里开始露出了破绽？对，那天，在翠拢阁吃饭，他怎么知道金丝推广不利？他漫不经心地提及毛琦飞，好像算准了自己对毛琦飞感兴趣，他又是怎么知道的？难道？梅若伶不由打个冷战，难道路晓嫣早已和李博海里应外合？那个李博海，他到底还有多少事情瞒着自己？梅若伶忽然意识到，从一开始，那双笑眯眯的眼睛永远蒙着一层薄纱，她从来就没有看透！

梅若伶倒吸一口凉气，那么，李博海跟毛琦飞又是什么关系？难不成他们早有预谋，联手唱一出引君入瓮的好戏？李博海推荐了毛琦飞，她在毛琦飞的渲染下，投下重金做策划，于是，家喻户晓，加盟商活动进展得如火如荼……似乎一切都在她的计划中。可是，中间总有哪些地方不对，对！投入产出比，如此巨额的广告投入早超出她的预估，但她已无法控制，掌舵的不是她，而是毛琦飞。她只有绞尽脑汁，尽快回笼资金，唯一的办法就是降低成本。当然，她不会做得那么明显，第一批货都是18K金，而后真假各半。她观察市场的反应，一切都静悄悄的，似无人察觉。至于消费者，即使有反应，也要等个一年半载，再说，又如何证明出现的皮肤问题跟金丝有关？她万没料到，佘怡曼、周洁竟坏了好事，曝光了金丝成本，麻烦滚雪球般到来，而李博海不正是这一切的始作俑者吗？！这帮可恶的人都藏在暗处使阴招，让她不知不觉跳进他们挖的大坑，一个黑不见底的大坑！

不，现在还不能动气，要镇定。目前仅是猜测，还没有证据。证据，该从哪儿搜集？找路晓嫣？不，会打草惊蛇。那么，找毛琦飞？他像泥鳅一样狡猾，能说出实情吗？更何况，最近一直没有他的消息，他在干吗？疑惑间，梅若伶拨打毛琦飞的手机，关机。再打公司电话，秘书说他去了德国，多久后回来不知道。猜忌的裂口越撕越大，毛琦飞为何这时出国？难道是怕事情败露，避风头？她不能再猜疑，她要看清云里雾里的真相，必须跟李博海来一次正面交锋！

9

此时的李博海正和路晓嫣逛庙会。

路晓嫣专注地看糖画制作，一溶一抹，一丝一拉，花鸟鱼虫，飞禽走兽，随着缕缕糖丝的飘洒，栩栩如生地呈现。她买了个凤凰图案的糖画，舔一口，回头见李博海正看她，不由咯咯笑出声来。

这段时间，她和李博海渐入佳境。她本是抱着玩玩的心态，但玩着玩着，竟被爱的蜜汁粘裹，她吮吸着爱的甜蜜，痴痴幻想着未来。没有房子就租呗，没有大院子大豪宅不也一样快乐地生活？她已打算为未来努力攒钱。虽说是杯水车薪，但希望的火苗一点点炽燃，内心无比充盈快乐。她的歌声时不时响起，脚步也格外轻盈。腰间的小饰物叮当作响，那是逛庙会时李博海送的小礼物，一个小白兔用银色铃铛串联着。他说："它一响，就提醒你，我永远在你身边。"

这真是一种美好的感觉。李博海攥紧路晓嫣的手，她半依在他怀里，撒娇道："我可是玻璃心哦，千万别让我伤心。否则玻璃渣碎一地。"李博海轻撩她的长发，两眼含情："怎么会呢？掉了玻璃渣先扎我！"

两人一路欢语，不觉已至晚上九点。路晓嫣喊饿，指着一家成都串串香说："就这家吧。"她是重庆女孩，嗜辣，一口气点了毛肚、豆皮、藕片、鱿鱼二十几串，不消片刻，十几根竹签已摆放在桌上。李博海吃了鱿鱼串，辣得灼心，猛喝一口凉茶。手机突然响起，他一看是梅若伶的电话，犹豫片刻，摁掉。短信随即发来，有事商谈。李博海瞬间没了食欲。

路晓嫣察觉到异样："有事吗？"李博海心不在焉地摇摇头。他正揣测梅若伶为何找他，最近美尔康是非不断，先是爆出金丝造假，又说有内鬼恶意报复，再后来，周洁自杀……那么，梅若伶会不会也对他生疑了？

李博海试探道："美尔康最近怎么样？"

路晓嫣噘噘嘴:"嗯,自从出了周洁这茬事儿,梅总变得疑神疑鬼,设个匿名举报箱,真搞笑!"

"匿名举报箱?"李博海眉头一皱,难道梅若伶知道了什么?他有些心神不宁。

路晓嫣伸出食指在他眼前晃晃:"走神了?你说,周洁为什么自杀?真的是抑郁症?"

"的确诡异。不过,她自杀了,人们的视线已不关注金丝真假,反而被这种无间道的剧情所吸引了。"李博海顿一下,"巧妙的遮蔽术!"

"难道,梅总真的用九块九的金丝?"路晓嫣瞪大眼睛,"不至于吧?这会砸美尔康的牌子啊。"

"梅总从不按常理出牌,你不能以常规的思维揣测她。"

"那么,周洁也不是因抑郁症而死?莫不是……"路晓嫣捂住嘴,她不敢想象那个可怕的场景。

李博海笑笑:"那倒也不至于,我觉得周洁自杀可能就是,怎么说呢?"他顿了顿,"你知道我读中学时,学校在山区,条件很差,每次冲凉要自己拎一铁桶水到浴室,从打水的地方到浴室要走一两百米。关键是,那根本不是浴室,我讲这个可能会影响你的食欲……"

"没事,我已经吃完了。那不是浴室,是什么?"路晓嫣的双眸透着好奇。

"是厕所!有一次,我刚用肥皂和水将身体清洗干净,一转身,吧唧一下,踩到了粪便,摔个狗吃屎。整个夏天,我都感觉体内散发着一股粪便味。也就是从那时起,我特别渴望清洁的美好生活。"

路晓嫣没有笑,她在想,她对这个男人了解多少?他的成长过往,他所经历的痛楚和挫败,她究竟了解多少?

"所以,当身心渴求清洁,生活却向周洁泼去了粪便时,那种沮丧感会在瞬间击垮她!"

"清洁,粪便,"路晓嫣若有所思,"你是说网络的粪便?"

"聪明!"李博海刮了下路晓嫣的鼻子,"我们每个人或许都会不小心沾上粪便。有人会被气味熏晕,有人冲个澡就没事了。以我对周洁的了解,她是个思维闭塞的人,这种人会无限放大他人的声音,一个猛子朝黑巷走去,再也无法折转回来!"

"哇,你也懂心理学!"路晓嫣由衷钦佩道。

"皮毛而已,做销售必须要了解客户心理,才能对症下药。"李博海不由想,他对梅若伶的心思又能揣摩多少?那个女人复杂又善变,分分钟都能变个主意。此时的她在想什么?周洁自杀,金丝秘密曝光,她会不会将怪罪的绳索套在他脖子上?

10

他们飞速驶向树林的深处。

车停在一处废弃的工业园区。两三栋包豪斯建筑孤零零地竖立着。偌大空地杂草丛生,造型怪异的雕塑漆面已脱落,几只麻雀叽叽喳喳地飞来飞去。

梅若伶两手环抱,踱来踱去。"曾经他们也让我投资,承诺高额回报,幸亏没有投资,否则真金白银变成废铜烂铁。"梅若伶转过身,目光咄咄,"我那么信任你,你不会让我努力经营的一切也变成废铜烂铁吧?"

李博海有点诧异,但依然笑眯眯的:"梅姐,我不明白您说的意思。"

他还在笑?曾经令她赏心悦目的笑,如今却令她胆寒。这张面具下究竟是什么嘴脸,是不是像恐怖片里的恶魔,背过身后,露出狰狞的本来面目?

梅若伶不由攥紧拳头:"你应该明白一切,装糊涂装怂算什么真男人,从你介绍我认识毛琦飞开始,你就该明白一切!"

她终于要彻底撕开温情的面纱了!李博海收住笑,道:"你想垄断,想称霸,毛大师不过顺由你的想法,在成全你。难道你不渴望做大做强,一呼百应,你不渴望成为神话一样的企业吗?!"

"呸!大师个屁!除了一张嘴,他做了什么?"梅若伶啐口唾沫,"不是他的点子制造神话,而是我的金钱制造神话!你知道我砸了多少钱?这些钱够我再开一家美尔康了!结果呢?漫天飞的谣言,让我成了众矢之的!闹出这么大的动静,毛琦飞应该有一整套危机公关方案,难道只知道要钱?!"

她正一步步将自己推向危险的悬崖,李博海深吸一口气,必须保持冷静,不能掉入她设置的陷阱。他故作轻松道:"目前的事只是偶然事件。"

"偶然事件?"梅若伶声调拉高,"那么,你跟路晓嫣也是偶然事件?"

李博海猛一惊,她是掌握了确切证据,还是……

"你不要再遮掩了,"梅若伶的声音冷冰冰,"人证、物证我都有!"

为什么他跟路晓嫣的事从梅若伶嘴里冒出,就散发着腐败的气味?李博海心一横:"既然你这么认为,我也无话可说!"

"那就是承认了啊!荒唐,太荒唐了!世界那么大,你为什么非要跟我身边的人发生关系?那你跟我算什么,你当我是什么?!"话一说出,梅若伶自己都有点后悔。她占了劣势,难道她还渴望他的真情?

当担忧真的变成现实,李博海反而变得平静,还能怎样?她不过是个女人,他不想再屈服,决定强力反击。

"交易!"

"交易?"梅若伶没想到他回答得如此干脆、果断。她被激怒了,难道她没有魅力?再说,做交易是在同一层面、同一段位上的,他只是个小人物,是她的玩偶而已,有什么资格说出这样的话!

"你配跟我做交易?你不过是条逶迤在地的蚯蚓,难道你以

第九场 溃疡的碎片

为靠这些龌龊伎俩能一步登天,成龙成凤?你永远要记住,社会的秩序是恒定的,鸡鸭各有各的窝。你是蚯蚓,就该老老实实地吃腐败的食物,臭烘烘的粪便,然后钻进阴森森的泥土里,不要钻出来被人踩踏!"梅若伶发泄着,用最恶毒的语言咒骂他,这么长时间她的情绪被堵压着,她对他那么信任,他却在背后算计她。不,所有的人都在算计她,周洁、路晓嫣、毛琦飞……整个世界都中了邪地算计她!

李博海直视着梅若伶,她羞辱他,咒骂他,难道他还有必要藏掖自己进攻的利爪?

"蚯蚓?梅总不要忘了,若干年前,你不也是蚯蚓吗,不也是逶迤在地被人踩、被人碾碎?你难道忘了,当年是谁背着蛇皮袋坐火车南下,是谁从黑市开始,在闷热难当的塑料棚一美分一美分地讨价还价?你的记忆力不会老化到忘记这些辉煌往事吧?那些臭烘烘、脏兮兮的味道,或许你比我更加熟悉。

"谁也不知道明天谁在谷底、谁在巅峰,谁也无法预测未来谁走得更远更久。当你无法预测的时候,就不要轻易摧毁,也许你摧毁不了,却树立了一个新的敌人!"

"你!"梅若伶冲上去,拽住李博海的衣襟,他伸手一推,梅若伶一个踉跄,摔倒在地。李博海轻蔑地看她一眼,疾步前行。他听到身后撕裂般的吼声:"你毁了我,我也要彻底毁了你,我要让你永无安身之处!"

李博海越走越快,干脆奔跑起来,穿过树林,绕过蜿蜒小溪。风飕飕吹过,夜色越来越黑,城市离他远去……透明的灰暗里,李博海仿佛看见了自己的身影:他在寂寂山谷里绝望地攀爬;他在炙热的午后安装隔音板,汽车鸣笛声如电锯般割裂神经;他站在高高堆垒的碗碟中,他的裤管湿答答地直滴水……

我不是为了失败才来到这个世界的,我的血管里也不总是流动失败的血液。我要一砖一瓦地建造自己成功的殿堂!

这声音咚咚敲砸在他心上,自始至终,从未间断!

11

每个偶然事件都如同破裂的玻璃,孤零零地散发出微弱的光芒。可是,一股奇异的风,将偶然的碎片瞬间黏合,形成了一面多棱镜。

周洁自杀了!

林乐瞳听闻后猛一惊。虽说在美尔康交集不多,但临走领工资时,周洁对她抱歉一笑:"真不好意思,因为是你主动提出辞职,所以,这个月的奖金被扣除了。"尽管没领到奖金,但周洁的笑还是令她心头一暖。当时,她想,这是美尔康最后一缕清风了。连续几天,林乐瞳都无法释怀,那个见谁都温和一笑的周洁怎么会卷入是非旋涡?更令人揪心的是,她为何选择纵身一跳?压垮她的最后一根稻草是什么?

在悦心堂的课堂上,林乐瞳决定以周洁为例,讲一讲"真相与伪真相"。

她将网上有关周洁的前后新闻分成A和B投影到白布上,问学员们:"你们认为哪个是真?哪个是假?认为A是真相的举右手,认为B是真相的请举左手。"

学员们交头接耳一番,纷纷举起手来。林乐瞳数了数,认为B是真相的占2/3。林乐瞳问其中一个学员:"你为什么认为B是真相?"

她咬着嘴唇想了一会儿:"虽然B的报道略显离奇,感觉有点像无间道,但是新闻铺天盖地。而A呢?基本只有一个标题,内容都是寥寥几句。"

林乐瞳点点头:"我们在对当事人和事件不了解的情况下,往往以所获知信息量的多少来判断真假。当铺天盖地的假信息席卷而来时,真实信息往往会被掩埋。同样,娱乐信息占据热搜榜前列,也势必淹没更有价值的信息。倘若大脑每天都在摄入无效或虚假信息,不仅影响我们的认知和判断,还会重构对自我和世界的看法。下一个问题,为什么我们不容易看到真相?"

有学员举手道:"因为写新闻的人也有七情六欲,也有各种私心,他们或想制造爆点,或被某些资本利用。"

林乐瞳点点头:"对,身处大众传媒形成的拟态环境中,我们所看到、听到的,都是被过滤、被剪辑的,甚至是杜撰出的伪真相。如今人人掌握麦克风,只要有一台电脑,会PS,可以随心所欲发布各种假新闻,甚至发布第三次世界大战的新闻。在信息爆炸的时代,真相反而更难被看到。

"第三个问题,深陷信息迷雾,我们该如何判断真假?你们要相信自己的逻辑能力和判断力,谁、何时、何地,做了什么,为何那样做?只有充分评估证据、信源及新闻的完整性和倾向性,才更容易接近真相本身。我们再回到周洁事件,疑点重重,金丝造假的新闻为何被删除?为何周洁是商业间谍的新闻铺天盖地?这说明后续发布新闻的人更有操控媒体的实力。所以,不是谁的声音大谁就掌握真理,因为,真理和谬误往往处于不公平的竞争状态中。

"真相究竟是怎样的?周洁或许是被利用的,或许商业间谍是被杜撰出来的'事实',我们无从得知真相,但无法回避一个冰冷的结局——周洁自杀了!"

没人说话,只有投影机发出刺啦刺啦的响声。林乐瞳关掉机器,转身面对学员们:"周洁为何自杀?我想应该是网络暴力。网络社会有其开放性,更有其封闭性,二者互相促进构成密封的环形通道。周洁受到的是N次冲击波,信息发布时的第一次冲击,他人群嘲、谩骂时的第二次,甚至第三次冲击,讯息的N次释放,好比水滴石穿般腐蚀的力量。周洁没法屏蔽,因为干扰音太强大,没准儿有一瞬间,她认为自己就是假新闻里的那个间谍!

"很可惜,周洁只看到网络时代极强的渗透性,没有看到网络时代的另一面,快速的遗忘性——太多的记忆扼杀了记忆,太多的信息扼杀了信息,太多的痛苦扼杀了痛苦!其实,周洁只需转个身,就能获得自由!"

12

真的转过身就能获得自由?

林乐瞳忽而对今日所讲产生怀疑,她完全站在旁观者立场抽丝剥茧理性分析。假如她也处于周洁的劣境,面对飞刀般的诽谤甚至辱骂,她会做什么?真能像她所言的自如转身,看到另一片开阔的遗忘之地?

林乐瞳站在人行道上,张开双臂,有路人回头看她,小声议论,她的脸微微有点红。她迅速放下双臂,看看吧,你不也那么在意他人的声音、他人的目光?当周洁的世界充斥他人鼓噪的声音时,她只有沉陷于黑压压的信息废墟之中!

是的,必须让自我的声音无比强大,强大到足以屏蔽各种负面声音!林乐瞳重又举起双臂,一、二、三……她再次睁开眼睛,一个五六岁的小男孩正仰头对她吹肥皂泡,一个个彩泡飘飞,闪着光,她伸出手,伸向彩色泡泡,灭了,又一个彩泡飘来,世界涂抹上童话的色彩,竟透着粉粉的甜蜜。

为何不再坚持一会儿?只要坚持一会儿,就能冲破阴霾看到世界的另一面……

"可是——很多人是坚持不了的!"乔樱眨巴着眼睛,她的眼神流露出一丝无奈。

周日，林乐瞳、谭潇、乔樱在翡冷翠喝下午茶，她们已很久没有聚会了。乔樱正在热恋中，按照她的说法，进入家人设定的热恋模式中。她两手托腮："比如我，马不停蹄地约会，生怕成为剩女。这次，我下决心跟他交往，我妈很满意他的外在条件，同事们也羡慕他高富帅。在大家的羡慕嫉妒恨中，我似乎觉得他是我的真爱了。"

"他似乎是你的真爱，你自己没有一点判断力？"谭潇嘲讽道。

"我的意见重要吗？就像刚才乐瞳说的那个周洁，她的意见和判断重要吗？我们只有顺应、迎合，才能安稳地活着！"

"那只是一大部分庸众的想法！总有一些人敢于突破固有的认知壁垒。难道他们说你是剩女你就是，为了摘掉标签，结个自己不想结的婚？！"

乔樱声调高扬："谁不是活在他人的意见中？前几天我买衣服，服装店员像看怪物一样看我，你为什么不做美甲？乖乖，若不粘假睫毛、涂红唇、做指甲，就意味着你Out了。这不，我赶紧做个雕花美甲，怎么样，够妖吧？"

"说到底，你根本不知道自己的真正需求！不做美甲又怎样，我有做或不做的自由选择，就像结婚或不结婚，都应顺由心声。他人鄙视的目光，你何必在乎？你越在乎，就越没有自我！"谭潇不屑道。

"活出自己、做真实的自己有那么容易吗？你终究不是活在真空中！"乔樱撇撇嘴。

林乐瞳本想插话，但觉得两人聊得很有趣，一直忍着，现在眼瞅着火药味渐浓，赶紧调和："其实，乔樱说得没错，做自己真的很需要勇气。我们生活的世界干扰音太强大了，稍不留神，就会彻底失去自己的声音。像谭潇这样的人，算稀有物种了。"乔樱瞟一眼谭潇，放松坐姿，又像猫儿般慵懒地缩进沙发里。

"所以，"林乐瞳双眸闪着灵光，"你们的谈话激发了我的想法，下期的主题，是不是将这些话题深化一下：是谁在控制我们的喜怒哀乐？为何负面的声音大于正面的声音？如何从这个喧嚣的网络社会抽离，保持自我的独立性？"

"嗯，有点意思，最近我正在看塞奇·莫斯科维奇的《群氓的时代》，他写道，当人们聚集在一起时，一个群体就诞生了，他们混杂、融合、聚变，获得一种共有的窒息自我的本性。他们屈从于集体意志，而他们自己的意志则默默无闻。"谭潇有过目不忘的记忆力。

"你们是不是太不接地气？我觉得，应该做得更好玩儿些，不要总是一本正经地讨论来讨论去。"乔樱貌似漫不经心地听，但每到一个感兴趣的话题，她又能恰到好处地接上茬儿。

林乐瞳坐直身子："对呀，为什么不尝试一下新形式？我们要求他人打破固有的认知模式，难道自己不也该搞点儿创新？"

13

正巧，学员中有人认识空气话剧社的导演，林乐瞳将想法跟导演一沟通，他拍手道："我们也想寻求突破，需要新的艺术形式反思当下。开放式表演+开放式讨论正是我们的特色。"

林乐瞳环视小剧场。舞台在正中，四面是观众席，演员可从不同入口进场。导演说："演员有时就坐在观众席中，观众也常会被演员邀请上台一同表演。我们之前演了不少契诃夫的剧，后来尝试将生活感悟改编成情景话剧。每一场都不墨守成规，总有新的剧情穿插和结局的巧妙改变。"林乐瞳看过几场，印象最深的是一个女性，性格渐至扭曲变形的话剧。最后一场戏，女主独自站在空荡荡的舞台上，空中交杂着孩子的哭泣声、丈夫的怒吼声，混入汽车刺耳的鸣笛声，声音越来越尖锐，然而，渐至尾音，凄凄笛声忽又响起，似女主隐隐的抽泣声。

林乐瞳不由想起悦心堂的那些女性，长长叹口气，生活不就像个巨大的涂改笔，将曾经清晰的面目涂改得模糊不清？又有几人能辨识出自己往昔的模样？灵感袭来，林乐瞳飞速写下情景短剧：第一幕《青春》、第二幕《记忆》、第三幕《死亡》。她将初稿递给导演，他略微惊讶："你写的吗？好像参透了人世！"

十天后，悦心堂的学员来到空气小剧场。众人就座后，舞台灯光亮起，一个巨大的手机模型徐徐升起。激光灯打在上面，各种图文信息不断闪烁。观众窃窃私语，怎么看不见演员？

忽而，刺耳的笑声响起。众人循声望去，从手机模型里钻出两个男人的脑袋："今天，有啥好玩的新闻？"两人向空中一指，天花板映出一行字：《搜一下》。

甲：他是谁？不知道？新闻里都是他？

乙：搜一下！

甲：她是谁？不知道，新闻里都是她！

乙：搜一下！

（两人的手从手机模型里钻出。）

甲：这个藤原里美是日本女人吗？小姐姐露点照挺惹火。

甲：搜一下！她是中国人，藤原里美是艺名！

乙：他们仨儿发生了什么故事？

甲：搜一下！

（两人的腿从手机模型钻出。）

乙：她控诉他劈腿，他道歉，藤原里美被骂不要脸。

甲：你认识他、她，还是那个假日本女人？

乙：不认识！

甲：他们有名吗？

乙：有名吧，要不怎么上了热搜排行榜第一？

甲：再搜一下！

乙：搜啥？

甲：为何他们仨儿上了热搜排行榜第一？

两人从手机模型里彻底钻出，一不小心，被模型充电线绊了一跤，摔个大马趴。

众人大笑。林乐瞳和谭潇走上舞台，坐在橙色转椅上。

林乐瞳：看完这个小品我特别有感触。国民沉迷于调侃、娱乐中，世界变成网络新闻拼凑的狭小纸盒，遮蔽了蓝天白云。人们看着新闻八卦，以为那就是生活本身。女人们按照明星们的范本设计自己，男人们向电视剧里的高富帅看齐，发出荷尔蒙十足的男中音撩妹……说到底，还是"楚门的世界"，冲来冲去，还是假的海洋、帆船，假的情感、面容。

谭潇：我们常说，时间去哪儿了，不都浪费在观看和评论上了吗？我们不仅观看明星约会、旅行甚至婚检，还乐此不疲地分析他们的言语、行为、微表情。明星在被观看和议论中名气渐长，而我们也渐渐从春走到冬。

林乐瞳：这是个观看和表演的时代，也是显微镜和放大镜并存的时代。观众在观看时，吐槽、宣泄不满，但又下意识地在模仿表演者。如今，三种类型的人居多：一类是表演者，一类是观看者,还有一类是模仿者。

谭潇笑:那我们站在舞台上,不也是表演者?

林乐瞳:至少我们有真实思想的流淌。很多表演者骨子里也仅是模仿者,所言所行并非出自本意,而是渴求媒体的聚焦,为了流量、点击率,上热搜。

谭潇:表演者在表演,观看者和模仿者则被带节奏地疯跑。他们都渴求被他人注视,这种注视过于炽烈,有时也会爆燃。比如明星慈善捐款,他们压根不想捐,或想少捐点,结果犯了众怒,不是名气下跌就是新片公映受影响。

林乐瞳:这就是观看者反作用于表演者。当表演者某些举动令观看者不爽时,观看者会发出嘘声,甚至砸场子。观看者越来越有控评操作权,权力之大甚至能让表演者走下神坛。

谭潇看到观众席有人举手:有人想发言,怎么样?不妨先听听观众的想法。

中年女学员:你们真说到我心坎上了,我儿子就是典型的模仿者。他模仿偶像剧里高富帅的语言、行为及癖好,张口闭口就是资源、人脉、视野。但他终日只知道玩游戏,等待靠山像神一样出现。他想象中的父母应该是上市公司的总裁,他只是来凡间游戏一把,顺便找个灰姑娘来段浪漫插曲,而后,子承父业,坐拥全天下!像我们这种平民都没资格做他的父母。

林乐瞳:你看,这是景观占位的典型案例。当他生活在由影像编织成的虚假世界里时,他会认为,月薪过万的直播网红,几亿片酬的一线明星，创业成功融资上亿的年轻精英，这些万分之一的个案，是生活的常态。一旦转身再面对现实，他会怎样，巨大的落差将诱使他不择手段走捷径，走向不归路。

谭潇：我们被一个虚假的世界俘获，最终迷失；那么，反过来，我又在想，为何会有如此多的模仿者？

林乐瞳：他们害怕被驱逐出共同体，而这个共同体是传媒和网络共同形成的闭声道。他人喝彩，你也要喝彩；他人流下感动的眼泪，你也要流下感动的眼泪。倘若发出不和谐的声音，你会被喷，直至销户或彻底隐身。其实，这个时代个人的自主意识反而被削弱了。

谭潇：怎么可能？我觉得这是众声喧哗的时代，每个人都有自己的独立见解。

林乐瞳：那不过是主演们的回声吧。因为你只有像主演们那么装扮、表演，才有可能成为替补演员，站在C位，日进斗金。

谭潇：这么说，个性化反而成了另类，做自己仅是漂亮的说辞？前几天看电视，几个模特在逛街，一边买名牌包包，一边说我要做自己。对她们而言，好像买限量款名包就是做自己。

林乐瞳：如何做回自我，自我在哪里？世界是由自我感受构建的，还是传媒信息重新建构的？人们的所思所想不是源自内心，而是另一个外在世界的强行植入。所以，你很难做自己，因为做他人，做众人眼中的榜样，才是最安全的选择。

谭潇：对，很多人都被强迫活成别人期待的样子，因为不那样做，就是失败者。现在的人生模式都是一定一定的句式，一定要买N套房子，一定要进名校……这样才算人生赢家。其实，很多改变世界的人并非名校出身。

林乐瞳：我们陷入了单向思维模式中。比如，很多人说，只有实现了财务自由才能做自己。我想问，赚多少才算实现了财务自由，身家千万还是上亿？当某个富豪上了福布斯排行榜时，他说，看了这则新闻并不开心，反而自问，以后我的人生会怎样？谁也没有想到，他的后半生竟会在病榻上度过。但在观看者的记忆中，只记住他有钱就任性的前半生。

谭潇：观看者再对比自己的人生，难免相形见绌，于是，焦虑、沮丧、渴望弯道超车。但是，高速运行之时，车祸也往往即将降临！

林乐瞳：人生有四个维度，除了功成名就，还有智慧、爱与自由。为什么不换一个角度，跳出固有的条条框框，敢于无视群嘲，听从内心的召唤，做回自己。我认识一个中年女性，她曾是公务员，后辞职，她先后在不丹、马来西亚、雅加达做植物种子的研究。她不苛求他人眼中的成功，而是放任灵魂自由飞翔。

谭潇：真的很向往那种生活。生命的形态是多样的，每一滴雨有不同的坠落姿势，每一片树叶也有不同的模样。

林乐瞳：说得非常好。现在有句话很流行，要做最好的自己。但我更想说，在你想成为最好的自己之前，要清楚成为哪一个可能的自己。只有认清了世界,认清了你自己,才知道怎样的人生,算是美好的人生——这就是我们下一期的主题。欢迎诸位参与!

(掌声响起)

14

碧绿的湖面上有三只鸭子,远远望去,两只小鸭子像两只小蝌蚪,亦步亦趋,跟在母鸭后面。母鸭若凌波仙子,轻盈点过浮萍,划开一波波涟漪。

"昨天你讲得不错,该给大家一副矫正镜了。否则,众人看到的世界,像水波里的倒影,美得朦胧,却不真实。"齐峰由衷夸赞。

林乐瞳开心地笑起来。齐峰发现她的目光在不知不觉中变得柔和,嘴角不再倔强地抿着。他凝视着她,琥珀色光影中的面容如此美好、纯净。

齐峰对林乐瞳的情感越来越强烈,他该怎么办,继续前行还是原地不动?他何时变得如此犹豫不决?曾经的他是多么地勇往直前,为了所爱的人,义无反顾地向前。

二十一岁的齐峰高大、帅气。他是大学篮球队队长、校学生会主席。他总能轻易赢得女生对他的信任，她们仰头看着他，他洁白的牙齿在阳光下闪亮，他的眼神睿智又温暖。她们的目光追随着他跳跃的身影，为他每一次的投篮疯狂呐喊。然而，他听不到她们的声音。他的目光越过她们的头顶，定格在了人群中最耀眼的她身上！

她，栗娅，比齐峰高一届，肤若白雪，五官欧化，冷艳中略带几分狂野。她的身边总有各色追求者，齐峰各个击退，终于成了她的密友。他陪着她出入图书馆、食堂，有时也在校园的林荫小径散步。他闻着她蓬松卷发飘散出的奇特香味，沉浸其间，不能自拔。

毕业典礼的舞会上，栗娅甩掉他潮湿的手，热烈地投入另一个男生的怀抱。齐峰愣在那儿，他不明白，剧情的反转怎会这么快？没有预警，没有提示，只是断崖式地反转。他们在欢快地舞蹈，而他感到大地在沉陷，他和她美好的往事都在沉陷。

三年后，齐峰在同学聚会上意外遇到栗娅。她依然美得耀眼，只是光芒更加冷冽。栗娅频频抽烟，齐峰皱起眉，走过去，掐灭她的烟。她眉毛高扬，似乎想发作，旋即叹了口气。齐峰陪栗娅回家。他知道她过得并不幸福，母亲病逝，她听到了生活重重的叹息："很多事情，都要自己应付。你知道吗？当我在ICU外等候时，感觉如此无力，这种无力感真令人讨厌！"他很想问舞会上那个男孩有没有陪伴她，但看着她眼角新生的浅浅细纹，不由心生怜惜，他轻轻揽住她的肩膀。

两个月后，栗娅主动提出结婚。齐峰略感意外，但还是快乐地张罗婚礼的各项事宜。若干年后，齐峰无数次想，或许，因为母亲的去世，栗娅才迫切地想结婚，她不过是渴求一个温暖的避难所。这样的想法冒出来，真令齐峰沮丧。他尝试着回想结婚初期的快乐时光，然而，那些片段如此零碎，闪着微弱的光芒，更多的却是强烈的冲撞。她的作息昼夜颠倒，个性随心所欲，情绪周期性地不稳定，她还常常把他当作透明人，做一些令他难堪的事情。

这就是婚姻吗？婚姻应该是融合，而不是破坏自我的完整性，破坏生活原本的和谐。齐峰失望地看着栗娅，那张曾令他如此迷醉的脸庞已黯然失色，青春的勃勃生机消隐于浓妆艳抹的面具中。

她的妆容越来越妖艳，服饰越来越考究。她拎着限量版的包回家，焦躁地在十几平方米的客厅转悠，她转过身，对他喊道："为什么不能突破生活固有的局限？！"

齐峰也渴望突破。他的生活里充斥着她的香水味，房间到处都是她扔的衣服，书房里堆满了时尚杂志，他的所有空间都被占领。她带回一只叫波比的狗，它穿着粉色裙子，对他汪汪直吠。他刚打开电脑写稿子，她裹着浴衣走进书房，大声地打电话，思路顿时被打断。

然而，他依然不愿放手。从小他受的教育是，既然你对一个人做出承诺，就要遵守。他答应过栗娅，要一生一世守护她。他疲倦地站在那儿,期盼她坐下来,他们心平气和地交流,将婚姻的那点儿事揉开了,理顺了。

可是,栗娅总是很忙,不是出国,就是开会。直到有一天——那一天,猝不及防,又似冥冥之中必然到来——生活的平衡彻底被打破!

15

齐峰再次将目光投向林乐瞳,她能接受他短婚的过往吗?记得有一次,他曾刻意轻描淡写地提及,她并未在意,是不在意他的过往,抑或他本人?呵,他如此不确定,以至于随后的交往,都陷入不自在中。他小心观察她的表情,试图探知她的真实想法。什么也没有。没有疾风骤雨,甚至连徐徐微风也没有。她究竟在想什么,难道仅仅视他为普通朋友?如若这样,他要全然放弃吗?多年来,他一直封存自己的情绪,是她点燃他内心即将熄灭的热情,牵着他的手,迎接一个又一个挑战。渐渐地,他恍然又看到那个快乐的男孩,在奔跑、跳跃,汗珠莹莹透亮。他回望,人头攒动中只看得见她,她的双眸璨然如星。

林乐瞳意识到齐峰眼神里的异样,他想表达什么,难道……她的脸微微一红。曾经,她想象中的爱情是轰轰烈烈、动人心魄的。她的内心总回响着激荡的旋律,那些人物生活在变革时代,因为某个契机,他或她成了改变世界的人。而爱情,亦在此刻,熊熊燃烧。

她所接触的男性相形之下都显得猥琐而渺小。他们关心职位晋升、股市行情、楼市价格，他们热衷泡吧、玩车、撩妹。林乐瞳对他们颇为不屑："难道你们不能有更开阔的视野，更广博的胸怀？"他们则以怪异的眼光看着她："你的那些空想根本经不住现实的考验，随时都会被风吹跑。"

而齐峰跟他们截然不同。他发现了另一个"林乐瞳"的存在，那个"她"一直怯生生地待在幻想小屋，生怕走出来，被更多人嘲笑。而他小心翼翼地牵着"她"走出，激发并释放其真正潜能。林乐瞳的人生轨迹也由此改变。或许，离世俗的目标越来越远，但她感到相融的愉悦感。她不必再扭曲本性而活着，内心的阴翳也渐渐消散。

林乐瞳望向他，她对他了解多少呢？真奇怪，自始至终她都没有试图了解他的过往、困惑，还有他的渴望。或许，她理所当然地认为，她的意愿、梦想也是他的意愿和梦想，某种神奇的力量将他们天然地吸引在一起。他们生活在同一片精神天空下，还有什么比这更重要呢？

林乐瞳停下脚步，细竹筛下的光晕在她脸上跳跃，这是下午五点温暖的光晕。她回望他："你觉得两性之间的最佳状态是什么？"她留意到齐峰愕然的表情，怕他误会，忙解释道："前几天我们正好聊到这个话题。乔樱恐惧成为剩女，马不停蹄地相亲。谭潇则是不婚族。"她深吸一口清新空气，"其实，做不婚族挺好的，没有期待也没有失望，没有羁绊更没有束缚。你呢，对婚姻有期待吗？"林乐瞳直视着齐峰。

"我嘛……"齐峰的脸色有些黯淡。林乐瞳的问题让他措手不及，他该如何回答？若此刻坦白，或许她将远离他；但若再不说，不就是欺骗她吗？他轻咳一声，下定决心道："一直想说，一直觉得，或许没这个必要。但是，今天，我必须要说出来……我，曾有过，一段婚姻。"

林乐瞳愣住了，怎么会是这样？她清晰地听见瓷器碎裂的声音，如此刺耳，将刚刚奏响的美妙之音彻底掩盖。他结过婚，当然，按照他的年龄，应该结过婚。可为何总以为他的情感生活亦如自己一样空白，或许，他还有更多不为她所知的秘密？林乐瞳有点恼怒，他为何不早讲呢，但她从没问过对方，他又何必讲呢！

她步调加快，一个人往前方的竹林走去。她想进入竹林的幽暗之处，让思绪静静流淌。齐峰疾步追上："刚才你问我男女之间什么状态才是最佳？我想说，只有彻底认清彼此，才能真正和谐，而不是回避、遮掩。"

她停下脚步。

"那时，我们都太年轻。我经常出差，她在银行信贷部工作，也经常加班。我们都一个猛子地往前冲，从来都没有好好了解对方，直到，"齐峰停住了，空气凝结了，"直到她因为非法发放贷款被捕的那一天，我才知道，她一直有个情人，她也是为他铤而走险的！"

背叛，怎么又是背叛？她的母亲背叛了自己的丈夫，跟一个教授私奔，而他的妻子为了情人锒铛入狱。呵，多么熟悉的伤痛，依然在隐隐作痛。她的世界从母亲离开的那一刻，即绽开了裂口。她仰望着父亲，可怜巴巴地拽着父亲的衣袂，恳求他不要出差，父亲将她的手轻轻挪开。那一刻，她觉得自己就是个弃儿。父亲不在的时日，满屋子都是继母和妹妹的欢笑声。她没法静心写作业，只好跑出去。她坐在高高的铁塔上，环抱着自己。冷冽的风吹过，她的面颊刺刺地疼。灯，一盏，一盏，灭了，她还是不想回家，世上所有的小屋都坍塌了。还有什么能燃起内心炽热的火苗？还有她喜欢的诗歌，那些诗句在此刻如天使吟唱般响起——

没有认清痛苦，

爱也没有学成，

死的驱使，还不曾揭开帷幕，

唯有大地上的歌声如风，在颂扬，在欢呼。[1]

没有认清痛苦，爱也没有学成。难道每个人都必须经历这些伤痛吗？她望着齐峰，他一直激励自己前行，她以为他是坚强的，没想到，他也有这样的隐痛。而她只是滔滔不绝地倾诉自己的心事，何时静听过他的心声？

---

[1] 〔奥地利〕里尔克：《致奥尔弗斯的十四行诗》。

"我一直没有察觉。只是她被刑拘后,我在整理她的物件时,发现了她的日记。在日记里,我能清晰对应起她所说的同学聚会、加班、出差,其实,都是和那个男人在一起。她的谎言编织得天衣无缝,甚至同学聚会谁穿什么衣服,也能编造出来。她知道细节的完美才能让谎言显得更真实。"齐峰的语调透出几分嘲讽。

"你没有发现蛛丝马迹?"

"她是天生的演员,很懂得在什么情境下扮演什么角色,我分不清哪个是真实的她,哪个是虚假的她。我在探监时问过,这样扮演累吗?"

"她怎么回答?"

"她说,我们每个人不都是角色扮演吗?明明我恨不得扇行长一耳光,但还得毕恭毕敬地逢迎他。我问她,你每天都是在演戏吗?她说,不知道,演久了觉得本来就是这样。我又问她,你爱他吗?她说,我并不确定爱一个人是什么感觉,当初你对我好,觉得那就是爱了。至于他,我也不确定是否真的爱他,只知道他让我很快活,不受任何约束的快活。你活得太规矩,太刻板,什么时候该做什么事,什么东西该放在哪里,知道吗,我讨厌规矩!至今我还记得她的表情,她的身体试图向上,有一股不服输的劲儿。然后,她捶打着桌子,喊道,我讨厌这里,四四方方不透气不透风!我无法呼吸,无法思考,我喜欢像风一样自由地活着!"

"她喜欢像风一样自由地活着,但是,她伤害了你!就像我的母亲一样,她渴望成为合格的自己,却伤害了我一样!"

"你的母亲?"

林乐瞳顿住了,她不确定此时说这些是否合适,然而,话语还是涌流出来:"我七岁的时候,她离开我,只留下一封信,信的末尾写道,我不是合格的妻子,也不是合格的母亲,但我希望成为合格的自己!你知道她是怎么做的,跟一个教授私奔!多么荒唐,多么滑稽!"林乐瞳愤然喊道,她依然无法原谅母亲,她一直生活在母亲背叛的阴影下,她的人生总是不够敞亮。

"我恨背叛!"

"我也恨过,但更多时候是无力感。不管你怎么努力,很多事都无力改变。她在狱中,提出了离婚,我不是不想离,只是不想在最困难的时候离开她。我对她说,我可以等。她平静地望着我,等有意义吗?有的等待有意义,有的只是消磨时间。"

是吗?林乐瞳喃喃自语。儿时的她不是一直在等待某一天母亲突如其来地回来?某个相像的背影,一两声相似的笑声,都让她恍惚以为那就是母亲。在无数的梦境中,母亲像少女一样笑着,荡着秋千,咯吱咯吱在风中摇。她走上前,拽母亲的手,母亲突然消失了,秋千上只有几片枯叶悠悠打转。

风吹过,一两片竹叶飘在石凳上。她凝视着,一阵恍惚:有多少人能与相爱的人终身相守,欢愉地度过一生?有多少人挥霍了青春,追寻一生的不过是海市蜃楼?又有多少人走错了路,一辈子也回不去?岁月就像磨盘,慢慢碾碎了悲哀和欢乐……

空中好像有声音,时缓时急。林乐瞳知道,这是她心灵的声音,每当一种情绪泛漾,就会发出海浪拍打的声音,林乐瞳不再说话,她只想静静聆听。

16

他们赶到空气小剧场时,已座无虚席。林乐瞳没想到即兴写的短剧,竟被月风剧社排练并公演。当看到纸面上的文字变成舞台上一幕幕剧情时,感觉自己再造了另一时空。刚一坐定,音乐响起,大幕拉开。

[第一幕·青春]

舞台幽深,唯有一束追光,照彻巨大沙漏,流光莹莹。两名白衣舞者锁闭于沙漏,蓝色细沙訇然流泻,舞者腾悬双臂,十指倔强上扬,敲击沙漏。

画外音(低缓):是什么样的战栗传遍周身的血脉?时间的细沙正一寸寸吞没年轻的肉体。哦,摆脱,摆脱,对生命和青春的渴望,对死亡和衰老的恐惧——生命只持续一瞬间,在这里的每一瞬间,紧攥住转瞬即逝的青春肉体。

[第二幕·记忆]

一群蒙着面纱的舞者从舞台两侧涌来,他们似乎在寻找什么,又茫然不知所求,当地面投射旋涡图案时,众人渐渐散去,唯留一对男女舞者。一束追光忽隐忽现。

女舞者:你在哪里?

男舞者:我在这里。

女舞者:这是哪里?

男舞者:我不知道……

(画外音):时光在激流的漩涡里倒转,我们已不再认得自己本来的模样;一定要凭借往昔温暖的光晕,照亮正变得日渐斑驳的容颜……

(男女舞者):我们已不再认得自己本来的模样,只有到往昔中寻找消失的自己。

[第三幕·死亡]

素白的背景,十几个人躲在白色幕布后,幕布变成各种造型。有的露出眼睛,有的露出鼻子,有的露出嘴巴,有的露出手或脚;各种声音在幕布后叽叽喳喳:

活着有多好——有血有肉地活着——

可以看、听、摸,

可以入水、看天、赏月;

可以笑和哭,爱和恨——

众声齐唱:活着有多好。生命的咔嗒声,正在减弱,减弱。嘘,让声音再持续一会儿,就一会儿——

(黑场)

白色幕布后已无人,只有自远方传来的声音:

我在哪里?

你在水里,在山上,在花丛中,在泉水中,在回声中,在空气中,在风中——

我是什么?

你是无数跃动的元素,是晨曦、月光、舞影、暮霭,你是海浪、秋雨、花瓣——

哦,我愿如秋木静美,宁静、安详地凝眸天空,风一吹,树叶哗哗响动,那是生命的和声。

众声齐唱:那是世间万物生命的和声,那是世间万物生命的和声……

大幕徐徐拉上。

第十场

完美的罪行

1

梅若伶的人生,冷眼看去,繁弦嘈嘈,急急切切。偶一回拨,一声清亮回弹,惊得听者兀自沁汗。她自己倒浑然不觉,似已进入哑了声、褪了色、白光光的天地,就她一人如孙猴子般腾云驾雾七十二变,这是她的魔界。

2011年对梅若伶而言,无疑是多灾多难的一年。金丝项目已被药监局全面叫停。连锁加盟一事也彻底搁浅,该退赔的退赔,该打官司的打官司。一番折腾下来,美尔康声名受损,元气大伤。本来热闹的大厅如今冷冷清清,前台咨询懒洋洋地趴在桌上,看见梅若伶进来,勉强站直,脸上的表情分明写着清淡二字。梅若伶飞快扫了眼诊疗室，寥寥几个客人，一个女技师正在照镜子，时钟已指向上午11点。她嘴一撇："现在生意越来越难做了。"梅若伶走过一个个房间，快捷地关灯，"电费很贵啊，要节约。开支像关不了闸的水龙头，哗啦啦直淌啊。"她来到前台，"晓嫣，不，妙妙，今天有几个咨询客人？"

一想到路晓嫣，梅若伶就感觉胃液往上翻涌。她那么信任路晓嫣，没想到路晓嫣竟瞒天过海，背地里耍她个滴溜溜转，这个挨千刀的小兔崽子！那天，她跟李博海发生争执后，火速告诉路晓嫣，"李博海是专靠跟富婆睡觉上位的牛郎"。她绘声绘色描述各种情景，其实都是她跟李博海经历的种种，只是女主角换成了某某女老板。第二天，路晓嫣没露面，托人递给她一封辞职信，连半个月的工资都没要，转眼消失得无影无踪。难道那个李博海有这么大魅力，值得她放弃一切吗？路晓嫣啊，你根本不知李博海是怎样的物种，典型的笑面虎，他怎会忠于一份情感？到时，你就眼睁睁地看着他再上哪个富婆的床，你哭天抢地暗自垂泪也是自己作的孽。梅若伶仿佛看到这样的画面，嘴角漾起讥讽的笑，不管谁得罪她，都没有好果子吃！

当然，她更不可能轻饶李博海。她一通电话打给汇美通总经理，将李博海的种种劣迹一一道来："前几天，我在KTV看到李博海搂着一个富婆，虽说情感的事属于隐私，但是，他公然问我要回扣，这多少影响贵公司的形象吧？前段时间，他说想自己开公司，网络、渠道，什么都有了，就缺资金，估计现在资金也差不离了，要不怎么还把我一个得力前台给挖走了？身在曹营心在汉，这样的人适合待在汇美通吗？"梅若伶语调平缓，尽量不表现出个人情绪。对方态度诚恳："您说的我会认真考虑。"果然，两个月后，梅若伶得知李博海离开了汇美通，她愉悦地舒口气，该报的仇终于报了。可转身看到大厅冷冷清清，气还是硬憋在心里，真是一步错步步错。假如当初不是鬼迷心窍搞什么金丝，现在还不是熙来攘往，好生一番热闹？

唉，梅若伶叹口气。每天忙忙碌碌，是烦嚣的声音、芜杂的事务，是细细密密织就的欢喜和烦恼。她热火朝天地向前奔，比谁都精打细算未来的时日，比谁都伸长脖颈盯着繁花似锦的前程。现如今整个儿一腾空，反而令人发慌，慌得脚底绵软、双目滞然，慌得乱七八糟的情绪没头没脑蹿出来，不敢睁眼看未来。她恐惧这片刻的清闲，十年后的市场还是她的吗？十年后，她梅若伶只怕也退隐到角落，冷冷地看别人的热闹。喜欢热闹的梅若伶，怎能忍受被遗忘的冷寂？

每当生命出现喑哑的音调，梅若伶不由得回望过去。那种混杂着钱币和洗手间的气味，已变成了牛奶和列巴的味道。在阴冷潮湿的季节，这气息异常甜美和令人愉悦。一天就是一百二十万啊！人们羡慕的唏嘘，让她的眼神绽放异彩。她的双臂无意间又环抱起来，似乎想拢住那一天的神话，包裹、收藏起来。这浓烈的纸币印刷的香气，在揉皱的记忆中，弥久不散。

是啊，二十年前闭着眼赚钱的时代，早已一去不复返了。如今，动足脑筋、睁大眼睛、磨破嘴皮，赚的钱也不过是以前的九牛一毛。但梅若伶坚信黑暗是短暂的，她必须义无反顾地向前。她宁肯在竞争中死去，也不愿在冷落中偷生！

2

她必须回到"牌局"中，回到欢乐中。

梅若伶决定重振旗鼓，筹划开家整形机构。金手指整形医院如期开业，初期生意冷清，梅若伶只好亲身示范，吸引老顾客前来整形。她决意做腰腹吸脂。最近，她常有这样的幻觉，在商场、在电梯间，面对镜中略显发胖的身影，她都错以为是别人。也许，岁月改变了她的形体，但记忆深处，年轻时的窈窕已被深深镌印。梅若伶叹口气，到了一定年龄，新陈代谢减缓，唯有仪器吸脂才能一劳永逸。

整整两周，梅若伶的腰腹裹着绷带，稍一活动，湿汗黏肤，奇痒无比。她躺在办公室的沙发上，挂着吊水。每见一个客人，她都不失时机地推销："吸脂远没你们想的那么痛苦。看看我，昨儿吸了，今天就能上班。关键吸完后不再长脂肪，不像节食或运动减肥，稍不注意，容易反弹。别看我现在躺着，再过几天，我穿紧身衫给你们看，到那时，你们不要羡慕死我的小蛮腰哦。"她笑得无比灿烂，但吸脂仪在皮下脂肪层捣来捣去的难受劲儿，只能自己嚼碎了吞进肚里。

梅若伶认为，整形就像吸毒，越整越会上瘾。只要动了第一刀，就没法停下来。关键，要让她们尝到瞬间变美的甜头。她派专人给夜总会公主、陪酒女孩送微整大礼包，定期跟婚纱影楼、写真馆、服饰精品店做营销捆绑，消费满额均赠送水光针代金券。

当然，医生宣传更是重头戏。楚云帆是金手指的首席。他曾在长沙某整形医院就职，后被梅若伶以年薪百万挖来。谈合约时，梅若伶一直犯嘀咕，一百万，乖乖，能赚回来吗？为了让他的才能得到最大限度的发挥，梅若伶极尽渲染之能事，力捧楚云帆为神级大师，"中国第一神刀"。

"好多影视明星都点名让他做整形，他是精雕细琢地'画'美女，而不是'整'美女。知道二者的区别吗？'画'具有艺术性，'整'仅仅是机械地复制。所以，有些'人工美女'，尽管鼻子垫高了，眼睛变大了，却没有生动的美。而楚医生练就了'化柔媚于骨掌'的绝技，凡经他'神刀'雕琢的五官，那真是鬼斧神工，美轮美奂。"梅若伶凑近，声音压得低低，"有个女演员，我不方便说她的名字，五官很漂亮，可惜一张国字脸严重影响她的演艺事业。自从楚医生为她再造了柔和的鹅蛋脸后，立马跃身为一线明星。有句话说得好，'慧心有匠意，巧手出精品'，而楚医生兼具慧心和巧手，自然创造出巧夺天工的佳作。"

"我们规模不大，但胜在出精品。什么是流水线工艺，什么是定制工艺，区别在于一个是千人千面，另一个是独一无二的美。你是追求相似性还是追求独特性，关键看你的取舍。再说，我们可不像别家只顾赚钱不赚口碑,楚医生说,'做好一例,可以吸引十个客人;做坏一例,就会失去一百个客人'。"冷不丁地,梅若伶诡异一笑,"知道吗?某某医院把人家的脸做坏了,一边大一边小。某某家的医生做丰胸,把人做死了,客人家属气得差点把店都砸了!"说这话时,梅若伶的音量提高几度,眉眼也跟着簇拥上去。稍顷,她放缓语调,笑眯眯地道:"没关系,你比较比较,我保证你最终还是选择我们家。"

但楚云帆并不喜欢这样的夸大,他眉峰紧锁:"这些宣传用力过猛,看来看去都不像我自己。"

梅若伶笑道:"楚医生明明这么厉害,为什么要把这种本领藏起来?这不就好比一个美女非要用纱巾遮住漂亮的容貌?"

3

楚云帆伸出修长五指,对着湛蓝天空,做个取景的手势。

光线、构图、色彩、主题,一帧美的照片缺一不可。常常,美的意蕴是徐徐流淌的,隐在云雾缭绕间,幽幽吟唱,有点说不清道不明,总让人无法忘怀。

美是一种情绪,一种灵韵,而不是一种标准,比如下巴多长,鼻梁多高,双乳间距多大,腿有多长,等等。当美变成一种标准时,灵韵自然消失。

为什么一定要掀开纱巾,让美在敞亮的曝光中无所遁逃?楚

第十场 ——— 完美的罪行

云帆摇摇头。他有点后悔加盟金手指,一旦跟经营者的理念有所冲突,他将很难施展真正的整形技艺。

楚云帆是浙南人。出生时,他父亲做了个梦。浩浩江面,了无际涯,一老翁乘一叶扁舟,狂风乍起,老翁扬起船帆,驶向远方。云帆之名由此得来。楚云帆自幼喜欢绘画,却被逼读医学专业,做外科医生。但他仅做半年外科医生,便转做整形医生。好在年薪远超外科医生,老父方才噤声。

四十出头的楚云帆,有着欧美男人高挺的鼻梁,美人沟的下巴,眼睛总是似笑非笑。他的情人枝繁叶茂地盛开着,她们的声音似云雀,在暖洋洋的春天欢唱着。鹅黄色的柳条飘飘曳曳,他躺在女人编织的柔软秋千里,从春荡到秋,从秋荡到春。

他纤长的手指,在女人们的肌肤上弹琴,或流畅或生涩,却是一顺溜儿地弹奏下来,好比一个钢琴师面对百余台钢琴,从容、流畅地弹完每一首曲子。他做爱的时候,习惯头微侧,有时,女人觉得他在俯瞰她,肌肉和骨架抽离了,没有声音没有气息地飘飞,一双沉默的眼睛嵌进肌肤里,让做爱变成了一个思考的过程。

楚云帆见的美女太多,印象深的倒没几个。一次某空姐要做整形,楚云帆见她美得无可挑剔,面部轮廓犹若希腊女神,遂问她:"你这么完美,还想做整形?"空姐说,她嫌颧骨略凹陷,看过面相会折寿。后来听说她因飞机失事死了,楚云帆扼腕很久,早知就帮她填了颧,或许还能换回美人一条命。

然而,这不过是生活中小小的凹陷,就像松软的面包被揿下个小窝窝,绝不会影响味蕾的感受。对楚云帆而言,生命是无穷尽的卸重运动,为何要在烦恼的天平上加码?他不喜欢固有的节奏被打乱,但眼下高负荷工作正打破他的平衡。楚云帆眉头一皱:"你不要把我炒成了神,期望值太高,反而不好。"梅若伶白牙一咬:"我说的是大实话呀。啧啧,同样做欧式双眼皮,别人是割眼皮,楚大师可是妙手绘美目。那个眼形的妩媚,眼尾的俏皮,真是明眸善睐,勾魂摄魄,连女人自己看了都心动。"一个人被吹成神,久而久之,他真的以为自己就是神。楚云帆也有点飘飘然,他漂亮的双手无力地蜷起,再忍忍吧,等任期结束,拿到一百万,而后,不为人知地消失。

梅若伶浑然不觉,她依然沉浸于亢奋的情绪中,她对楚云帆说:"我们马上跟电视台合作真人秀节目《我型我塑》,这绝对是个大动作。从选秀到各种花絮再到决赛,不仅时间跨度长,中间还穿插爆点话题,短期内可以迅速拉升企业知名度。节目做完后,我保证你成为中国整形界的No.1!"梅若伶高高竖起大拇指,遮挡住楚云帆不耐烦的眼神。

4

你完美吗?也许,就差那么一点点……你是否暗暗企盼自己的面孔再标致点？自己的身段再玲珑点？

美与不美有时仅差一厘米，你为什么没有勇气修补这一厘米的差距？

倪诗诗从星星酒吧走出，已是凌晨两点。她疲惫地坐上出租车，瞅了眼后挡板上金手指的广告，若有所思。美与不美有时仅差一厘米吗？她掏出镜子仔细端详自己，那张脸写着倦怠、淡漠，但擦去镜面上的灰尘，谁也无法否认，这张脸是如此精致、迷人。

但是，最近，总有不愉悦的声音响起：我完美吗？

倪诗诗对美的认识源自他人的夸赞。儿时的她被妈妈牵着手走在街上，总有大人夸她好看。她听着赞美声，喜滋滋地高扬着可爱的苹果脸，两颊的红晕像桃花点点。她渐渐长大，圆润的脸庞，杏眼，樱桃小口，微微一笑，露出浅浅的梨涡。她是美的，难道不是吗？她飘甩着长发，昂扬走在大街上。有人在看她，她骄傲地扭过脸，小小的虚荣心泛起了涟漪。

当圆润的脸庞成了七八十年代美的标志时，她开始惶恐，我还美吗？或者，更准确地说，我的容貌是不是过时了？酒吧里一个叫雨菲儿的女孩有着尖翘的下巴，高挺的鼻梁，大得夸张的眼睛。她半袒丰满的双乳，快活地穿梭在各色客人间，每个月的业绩明显超过倪诗诗。

她和雨菲儿同时出现在卫生间的镜前。倪诗诗发现自己长得是多么含蓄，脸庞线条不够明晰，眉眼也不够凸显，而雨菲儿夸张的五官反而格外抢眼。在这种映照下，她突然觉得自己的容貌不再新潮、吸睛。

一旦这个意识萌芽，她发现自己的肢体动作渐渐不协调，她的笑容也不再自然。倪诗诗经常出差错，有一次给客人送啤酒时，竟然不小心打翻了盘子。她慌忙捡拾，被玻璃扎破了手，她吮吸着血，一个小小的声音坚定地冒出：改变它，改变它！

倪诗诗戴上了蓝色美瞳，有时也会换上灰色美瞳，虽然易得结膜炎，但眼睛忽闪着异域的光彩，感觉别人注视她的时间长了一点点。她还做了睫毛增长术，真睫毛生长的时候和假睫毛打架，眼泪情不自禁地簌簌落下。那又怎样？当别人凝视她时，她垂下眼眉，长长的睫毛碰触到下眼睑，发出娑娑却喜悦的声响。她又做了唇珠，肉嘟嘟的双唇，涂上水亮唇彩，微微绽开，欲语还休，那种萝莉式的小性感不正是男人们所喜欢的吗？

倪诗诗的业绩一点点攀升。每次给客人推销酒的时候，她双唇微噘，眼神迷离。客人盯着她看，她轻扭着腰，绷着短裙的臀部似在娇嗔——你在乎我，我压根儿不在乎你，这才飒呢！

当她跟雨菲儿再次站在镜前时，她暗暗比较，还有什么部位存在差距？鼻梁！雨菲儿的鼻梁像老外那样又高又挺，而她的鼻梁太过小巧，正宗的中国味道。雨菲儿做的是肋骨鼻，要从后背抽取肋骨垫高鼻梁。倪诗诗倒吸一口凉气，她没有这样的勇气。那么，只能打玻尿酸，但玻尿酸会扩散，山根变宽也影响美观。

她又一次困惑,像个迷途的孩子,不知该往哪儿前行。

初始的喜悦一点点消失。她每天捏着鼻子,瘦点、挺点,鼻孔再小点,小到无法呼吸!

雨菲儿总是以胜利者的姿态出现在她面前。有一天,雨菲儿得意地宣布,她已经通过《偶像新干线》海选,马上进入半决赛,她扬起尖尖的下巴,不无得意地道:"瘦、尖、窄是上镜脸的三大标准。"说着不屑地瞟了眼倪诗诗,"你这种脸型上镜会很吃亏。"

细密的针戳击倪诗诗脆弱的神经,她再次陷入自我怀疑中。这一刻,她的所有缺点都被无限放大,她的正面脸圆且扁,侧面两腮竟然有棱角。而雨菲儿的侧脸线条却如此利落、流畅。倪诗诗竖起中指和食指,做了个剪刀状,剪裁掉多余的两腮,剪裁掉!

如何剪裁?倪诗诗开始关注各大整形医院的广告,V脸溶脂术?10分钟由U到V!她兴冲冲地跑过去,医生摸了摸她的下颌,建议她还是做削骨。削骨?医生肯定地点点头:"溶脂术需要反复做,但面部轮廓整形是一劳永逸的。"难道还要大动干戈?倪诗诗沮丧地走出整形医院,她终究还欠缺那么一点勇气。

雨菲儿竟然进了决赛。她在电视里又跳又唱,她的舞姿并不美,歌声也不动听,但有着三百六十度无死角的脸庞。她无惧镜头的推进、放大,尽情闪飞电眼、撩拨观众。雨菲儿人气暴涨,每天打开电视,都能看到她代言草莓果汁的广告。她穿着红色波点的超短裙,扭摆着臀部,小口吮吸果汁。她轻舔唇角,鲜红水灵的草莓跳跃满屏。

某天,倪诗诗看到雨菲儿的新闻。她整容前的照片无比清晰:肥圆的脸,塌鼻梁,略厚的嘴唇,单眼皮。原来她长这样!倪诗诗终于有种复仇的快感。她比自己差多了,如果,我的脸型稍微调整下,那还不美翻全场?我的命运不也随之彻底改变?

命运?那个留着贝克汉姆发型的男孩傲慢地站在她面前。"你,跟我?"他戏谑一笑,"你,是不是想多了?这分明是Different Class!"他扬长而去,法拉利跑车发动的声响刺破耳膜。

Different Class?倪诗诗转身回到酒吧。人影渐渐退去,酒吧渐变成一个虚幻场景,只有雨菲儿站在舞台上,轻绽红唇:"我美了,你不嫉妒吗?我有名气了,你不想拥有吗?改变自我,你将拥有崭新人生!"

广场中心电子大屏幕的广告不断闪现:"只要你走进《我型我塑》,命运将为你开启另一扇门!"

5

四周黑压压的,一束强光打在选手脸上,斑点、眼袋、黑眼圈在大屏幕上展露无遗。其他选手忐忑不安,不确定自己的素颜是否惨不忍睹。

倪诗诗是六号选手。节目组要求所有选手素颜上镜。她穿件大V领的黑色紧身衣，扎个高高的丸子头，露出光洁的额头，看上去像个舞蹈演员。

　　她看不见评委，但是她知道他们都坐在下面。天花板投射下的光亮太炫目，她情不自禁地微眯双眼。台下窃窃私语，他们在说什么，在挑她的毛病吗？她下意识地用手摸摸面颊。

　　"你觉得自己美吗？"一个中年男人的声音。他不像在发问，而是在嘲讽，潜台词是，你觉得你美而我并不这么认为。

　　倪诗诗咽口唾沫："我认为我是美的。"

　　"那你干吗还要整形？"嘲讽的口吻更加强烈，"你试图改变不就是对自己不满意？！"

　　怎么办？不能被动挨打，要反客为主。她略带挑衅："别人都在改变，我为什么不能改变？否则，我跟她们不是在同一水平线上竞争，这不公平！"

　　"竞争？"是一个女人的声音，语调明显和缓。

　　"是的，"倪诗诗用力咬下嘴唇，"如果，一个人先天的资质不如我，但因为她敢于改变，拥有一张，怎么说呢，至少是大众或是镜头喜欢的面容，由此，她拥有了比我更宽广、耀眼的前程，你说，我能不积极行动？"

　　"你是不是受过某人的刺激？也就是说，你认识的某个女孩是一个刺激点。她或许不如你美，但是，整过容的她比你拥有了更灿烂的人生。"还是那个女人的声音。

"我想每个人都渴望拥有更灿烂的人生，难道不是吗？"倪诗诗看过一本提升口才的书，当你遇到无法回答的问题时，干脆将球踢给对方。

"你是想拥有一张上镜的面容，而不是你自己喜欢的面容？"是楚云帆的声音。

"自己喜欢有什么用？活在镜头里才有更多人关注你！"

"你认为什么样的面容更有镜头感？"还是楚云帆的声音。

倪诗诗的眼前浮现出雨菲儿的面孔："下巴足够尖长，内眼角足够锐利，眼睛足够欧化，鼻梁足够高挺。"

"那样的面容好看吗？"

"嗯，更时尚吧，更有镜头感。"倪诗诗又一次强调了镜头感这个词。

"你是舞蹈演员？"女人的声音。

"难道只有演员才渴望镜头感？"倪诗诗面颊微红。职业永远是她的软肋，一个卖酒女孩渴望被人瞩目是否有点自不量力？

"嗯，还有，"楚云帆犹豫片刻，"或许，我是说或许，改变后的面容不如原来的面容好看？五官和脸型是成比例的，如果，你去掉了下颌角，也许，你的鼻翼会显得有点宽。还有，三十五岁以后，皮肤容易松垂，显老……"

倪诗诗双眉皱起："你们的广告语不是塑造超越自己的专属面孔？再说，人不都是活在当下？我无法想象未来会发生什么，活着本身就是有风险的事儿！"

灯光瞬间亮起,她看见下面坐的六个评委都高举"IN"的牌子,她进入了半决赛。

倪诗诗走出电视台,上了出租车。一小段钢琴曲结束,是一个富有磁性的女主播的声音:"Hello,欢迎收听《绿薄荷之夜》节目,今夜我们聊聊美、时尚,也聊聊我们为何要整容。首先,我先跟大家分享嘉宾林乐瞳的'一分钟我见'——干吗要活得那么精致?总觉得不远处有摄像机在拍摄,全世界的人都在看你吃饭、说话、走路。你戴着美瞳,雾蒙蒙地看世界,有意无意地摇晃着纤细小腿,漫不经心地将限量版名包推向镜头——你一定要这么装模作样地生活?干吗非要成为画中人?小腿有肌肉会怎样?没有蝴蝶锁骨,不是A4腰,没有尖得戳死人的下巴,又会怎样?生活不是P过的画面,光滑得没有纹理,生活是有着真实的粗糙颗粒!"

倪诗诗若有所思地听着,是呀,干吗非要成为画中人?不是A4腰,没有尖的戳死人的下巴,又会怎样?

出租车停靠在小区门口,倪诗诗关上车门,一阵凉风吹过,瞬间又吹走了刚刚飘过脑海的星点内容。

6

林乐瞳正坐在直播间,她是《绿薄荷之夜》今晚请来的嘉宾。《绿薄荷之夜》的女DJ艺名绿薄荷,瘦高个,身穿印有水墨画的米白长裙,直长头发垂腰。她对林乐瞳说:"虽然现在听电台的人很少了,但我还是很享受每晚跟听众交流的美好时光。记得读书时,一定要听《爱兰之音》才能入睡,她的声音仿若海浪声伴你入梦,希望我的声音也能抚慰人心。"

林乐瞳点点头:"如今噪音太多,清泉般浸润心田的声音越来越少了。"

绿薄荷笑笑:"Ok,就让我们给今夜的听众沁入一股清流吧。"

绿薄荷:乐瞳,你有没有觉得,现代女性其实很分裂,一面叫嚣着要做自己,另一面却要整成同一种模样,追求一个虚假的自己?

林乐瞳:女性终究是活在镜子的世界中,具象的镜子照见真实的自己,电视、电脑、手机里的另一面"镜子"照见的是另一个想象的自己。这个想象的自己并不是个性化的,而是集体特征的折射,比如蜡笔小新似的粗眉,锥子脸,欧式双眼皮,饱饱的苹果肌。"你必须成为这样,才是美丽的!"这种指令被互联网无限放大,女性不得不按照社会流行范本重塑自己!

绿薄荷:对,我们的审美已被绑架。美或不美不是你自己所能决定的。跟上世纪六七十年代的集体美学相比,我们何尝不是陷入另一种意义上的集体美学?我想起有个女明星,明明容颜不错,但粉丝认为她的脸过于圆润,于是她削成V字脸。可粉丝又认为缺乏特质，流于平常。她的容貌在他人的议论中彻底变形了。

绿薄荷：你刚提及认同价值，也就是说这种趋同暗含某种功利性？

林乐瞳：嗯，可以理解为功用性美丽。明星渴望永远霸占C位，她要整成粉丝喜欢的模样。而普通人呢？倘若到处充斥着"你若美了，全世界都会对你温柔以待"这种暗示性的语言，你能不为之心动？当某种长相是富二代的喜好，只要整成这样，即可成为亿万新娘，拥有名包、豪车，你愿不愿意为之改变？这就是所谓的榜样力量。景观社会体现的其实是一种生产关系，从女性对明星的迷恋到模仿，再到自我创造，自我消费，自我赋值，完成一次又一次的价值循环。

绿薄荷：整容是求美，但为何不少女性整残了呢？

林乐瞳：我只能说，欲望一旦开个口子，就是血盆大口。比如，垫鼻梁，可以用玻尿酸，但为了更立体、自然，最好抽掉你的一根肋骨。鼻子整完了，要割内眼角，做眼部综合提拉术、蛋白埋线等等，你动第一刀就有十几刀等着你。你也许会说，我可以适度，可以控制——那不是你所能控制的，只要调整一个部位，各种不和谐都会出现，为了标准的美，你只有不断地修补，结果呢？越想追求完美反而越丧失了美感。

绿薄荷：你这么一说，我想起最近自杀的一个日本女星，年仅二十七岁，经历了近二十次手术，整成了真人版的"芭比娃娃"。临死前，她在推特上留言，我不是塑胶娃娃，我也会疼。

林乐瞳：你不觉得她是一种自虐式的取悦？这种取悦不仅仅追求形似，也追求神似。一旦追求神似，她将彻底失去自我。扮演他人远没有想象得那么简单，她藏着、掖着，有一天，被压抑的自我是要出来反抗，打碎一切的！

绿薄荷：现在很流行说少女感爆棚，你对此有何看法？

林乐瞳：女性盲目追求少女感，一方面是自身对青春的渴望，另一方面是迎合男性喜好小萝莉的欲求。恐惧衰老比衰老真正来临还令人胆战心惊，而这种恐惧感也是媒体密集发声所致：法令纹让你老十岁，木偶纹让你秒变大妈等，这种放大镜式的挑剔，造成观者强烈的恐慌感。为了追求少女感爆棚，不惜在脸上打针、动刀，物极必反，"速美"不成反变"速朽"！

绿薄荷：时间永远走在你前面，难道你还一味追求少女感？打过多的玻尿酸和肉毒素，丧失自然、生动的美感，变成一个奇怪的妖婆？其实，僵了比老了更可怕！

我发现，某些女性不仅外形追求少女感，在心理上也像个没长大的女孩。一个女歌手曾在自传中写道，结婚多年，老公负责打拼，她只负责卖萌。突然，有一天她老公锒铛入狱，她瞬间坠入谷底。她连一日三餐都无法解决，又如何面对残酷的社会？她感叹，我爱他，也恨他，他折断了我飞翔的翅膀！

林乐瞳：每个人终将要独立面对这个世界。很多女孩找大叔，希望被成功男人牵引着向前，大叔若老了衰了，你又如何前行？青春终会消失，美貌也会褪色，但智慧可以生长，心灵之树被时间之水浇灌，将永远蓊蓊郁郁，华盖如云！

7

一周后，绿薄荷邀请林乐瞳参加某环保组织举办的"简·减"活动。参观完家居和节能用品的展示间，林乐瞳走进咖啡吧，一个熟悉的身影跃入眼帘。林乐瞳心跳加快，疾步上前，果然是她——岚晴！几年未见，她更黑更瘦了，但双眸还是那么清透明亮。

"你还记得我吗？"

岚晴犹豫片刻，"当然，林——乐瞳，齐峰的朋友，对吧？"她歪着头，打量一番，"你有点变化，嗯，不是容貌，而是气质上的。上次你好像比较困顿，这次——整个人都在发光！"岚晴做个夸张的手势，林乐瞳不好意思地笑了。

她们坐在靠窗位置，岚晴看着两只黑天鹅在碧湖上优雅地游来游去，不由感叹："这一切美好得像幻影。"

"幻影？"

"轻飘、精致的，更易转瞬即逝，而粗粝、厚重的，更有生命的质感。"

她还是那样，卓然不群。可是，有多少人愿意真切感受生活的粗糙,大多数人不都渴望生活像PS过的画面虚假而光鲜?林乐瞳摩挲着沙砾感的桌面问:"你还在惠村?"

"惠村?不,那只是一个片段。后来,还有无数个片段。对了,我的纪录片《消逝的,正在消逝的》马上要公映,可以从中了解我的人生轨迹。你呢,在忙什么?"

林乐瞳沉吟片刻:"还记得你曾提及西蒙娜·薇依吗?她说过,像人们不停变更物理居所一样,灵魂的居所也是变动不居的,可以从一个高度到达另一个高度,引导灵魂向上。我,一直在寻求灵魂的另一个高度!"

岚晴放下咖啡杯,定睛看了她一眼:"怪不得我觉得你整个人在发光啊,原来是你的灵魂在发光!"两人大笑。

林乐瞳望着岚晴,这个在生命里倏忽一闪的人物,却时时激励着她前行。她不由聊到苏怡及悦心堂,聊到其身上无法撼动的力量。她也提到谭潇,一个灵魂益友。林乐瞳忽而有点感慨,生活的舞台场景不断更迭,人物不断涌现又消失,能真正走到最后的人又有几个?

"未来,你有什么计划?"岚晴声调拔高,"我想办个心灵学院!"

心灵学院?仿佛梦中有人曾对林乐瞳说过这话,她蒙了一下。岚晴误解了她的表情:"觉得不现实?"

"不,不……其实,这个想法一直就在那儿,只是,每次冒出,我又捺下,毕竟……"

岚晴双手撑住桌沿:"永远不要限制自己的想象力,尽管这事有难度,但是,有个美好而高远的目标,不觉得自己像早春的嫩芽噌噌往上快乐地生长吗?"

林乐瞳想,多么生动的比喻。一个美好高远的目标,不正让人从现实泥沼中挣脱出来,呼吸一口甘醇清新的空气?

"长期以来,我们缺少情感教育,心智启迪。我们走出大学,上各种培训班,都是技能型的,很少有时间阅读、思考,更无暇反观自己。我们匆匆前行,汲汲于追求财富、名誉,内心焦灼而惶恐。"

林乐瞳想到悦心堂的女性,或许她们表面光鲜,但内心并无安全感。她心生感触:"尤其是女性,现实生活里充斥着漠视、挤压,当她们面对情感背叛、养育问题、职场危机或性侵时,她们的苦恼能向谁倾诉?找心理医生?短短一小时能否解决问题?那找闺蜜倾诉?仅仅是垃圾情绪的释放,宣泄之后呢?是否真正获得了心灵自由?"

"所以,我们都说女性要自救。究竟如何自救,让自我更加强大?又如何在生存和自身价值之间寻求平衡点?这都需要科学、系统地学习——如何尽快从负面情绪中走出,从家暴或离婚的阴影走出,当青春远去,又如何保持心态平衡。心灵学院并不是要培养心理咨询师,而是让普通女性学会自我诊断、调节、修复,自己才是自己最好的心灵诊疗师!"

林乐瞳的脑海中再次浮现苏怡的身影,她建立了悦心堂,筑造了一个安全小屋。而今，女子心灵学院将筑造更多的安全小屋，每个安全小屋紧紧相连，即能抵御洪水猛浪。林乐瞳无比兴奋："我们无法规避未来的各种风险，唯有强化自我修复的能力，才能不惧无常。女性的力量不就源自女性所汲取的能量吗？！"

8

第二天，岚晴邀请林乐瞳参观她的实验工坊。实验工坊租用的是一栋半旧民宿，地处莲山脚下，背依青山，面朝碧水。林乐瞳呼吸着清冽空气，顿觉神清气爽。

民宿极其简朴，木质结构，楼梯踩上去发出咯吱声响。林乐瞳随岚晴上了三楼，整层楼被分割成一个个狭小隔间，内置一床一桌一椅。

岚晴说："在工坊，学员们上的第一堂课是节制过度的欲望。能量是守恒的，当过于外化时，内在能量一定会衰减。所以，我们希望学员生活极简化，当我们的欲求不再向外时，内心的世界才会越来越宽广。"

林乐瞳点点头："我们越关注外在，越容易迷失自我。"

她们来到二楼，二楼有画室、琴房、书屋。画室里一女子正专注画画：陡峭的岩壁，女子行走在断桥上，一只恶狼正虎视眈眈地盯着她。林乐瞳低声问："她为何画这个？"岚晴说："她在画梦境，梦境更能反映她内心的惶恐和焦虑。这里藏龙卧虎，你根本看不出她是上市公司的CEO,一个人到一定阶段,更渴求心灵的宁静。"

时至中午,岚晴请林乐瞳吃饭。工坊的餐厅位于露台,林乐瞳坐在圆木桩上吃饭,一小碟豌豆和胡萝卜丁,一份土豆泥,一个白煮鸡蛋,二两糙米饭。林乐瞳环视周围,学员们均素面朝天,穿棉麻服装,全身不着一件饰品。她们轻言细语,面容平和。林乐瞳不由想,在悦心堂,女学员们或许会有片刻的感悟,但是,一旦回归日常生活,那点零星思想很快飘散,她们依然故我,热烈地投入现实的博弈中。

饭后,林乐瞳随岚晴来到一楼,步入半圆形房间。海浪声缓缓潜入,穹顶闪着幽幽蓝光。十几个女学员围着一女老师席地而坐,她穿玄色棉麻长裙,声音如清风徐徐吹过:

"昨天,茹在《静思录》中写道,我的心灵像一面旗幡,稍一被风吹就毕剥作响。我对她说,因为你自己的声音衰微了,别人否定的声音足以摧毁内心脆弱的屏障。今天我们做的练习,就是摒弃外界杂音,潜回自己的心灵,让冬眠的情绪像水库刚开闸的水,欢畅而喧腾地奔涌——Ok,我们随着乐声进入冥想——闭眼,呼气,吸气——此时,四壁消失了,我看到了翠碧万顷的田野,黄灿灿的向日葵,飞速疾走的白云,还有那一湾清澈见底的溪流……蕊,你看到了什么?"

蕊想了一会儿:"风吹树,树抖开了伞。"

学员们依次接龙：

树叶随风摇摆，发出欢快的声音，有鸟鸣，有蜜蜂嗡嗡作响，还有鲜花啵啵开放的声音……

一蓬绿莹莹的叶子，顶着露珠，翡翠般透绿。雨，淅沥沥地下着——

雨，淅沥沥地下着，时光和意识在流动，被侵蚀掉的自信，像气泡汩汩往外冒，气泡里有一个小小的太阳，我看到了快乐的自己。

快乐是什么？不就是生活中一个个小小的亮晶晶吗？

快乐是一种微妙的感觉，每时每刻你都可以感觉到它的存在，它就在你的心灵、皮肤和头发中。

两人悄悄掩门而出，林乐瞳不由感慨："多么美妙的感觉，她们每个人不都是诗人吗？"

岚晴笑笑："当我们解放了自己的感官，诗性自然会被唤醒。为何很多人在年少时诗性盎然，随着年岁增长，反而枯竭？因为，越成熟，越无暇反观内心的幽微变幻。心灵荒芜一片，又何来盎然诗意？"

林乐瞳略显无奈道："或许，对大多数人而言，诗与远方仅是美好愿景，最终还是被琐碎现实裹挟着前行。"

岚晴语带讥讽："这才是他们的悲哀之处。心灵的灯灭了，还能看得清前行的路？"

一抹余晖透过窗棂映射进来，岚晴的面容被镀上金色的光芒。林乐瞳心生感叹，有多少人会像岚晴那样，彻底挣脱世俗的镣铐，自由而欢愉地感受生命？她不由牵住岚晴的手，她要从中获得勇气和力量。

"知道人为何会抑郁吗？"岚晴转身问她。

"抑郁？因为，虽然努力了，却总达不到预期的目标，或者，世人对自己漠不关心，陷入了孤独绝望中。"林乐瞳试图搜索出最精准的词汇，她想到，当她离开美尔康时，强烈的受挫感令她迷失了方向，幸好，齐峰的出现，让她从低谷中走出，幸好……她心头一暖。

"抑郁是一种长期的低迷状态。你所说的，只是情绪陷入低谷，但不代表会抑郁。抑郁其实是一种自我弃绝，我对自己不满，对他人不满，对脚踏的土地呼吸的空气不满，认为自己被搓扁了揉细了，无法自由舒展，畅快呼吸。直到，某一天，一个貌似很小的事件，让这种自我弃绝达到顶峰——我扔下了我，那或许不是我，只是一块肮脏的抹布或是生锈的废铁。我要丢弃、砸碎，唯有此，才能从痛苦中彻底解脱。"林乐瞳第一次意识到，岚晴的内心也有她所没有窥见的一面，她经历了什么，是不是也有创伤烙印？

岚晴声音越来越低沉。"我接触过最小的抑郁患者只有十二岁。她对我说，我觉得自己是垃圾，垃圾会有快乐吗？"岚晴停顿片刻道，"一旦你曾经走向黑暗的边缘，你就会特别珍惜那么一点点光亮,哪怕仅仅是一抹惨淡的余晖。"林乐瞳的心紧攥着,刚刚还沉浸于美妙的诗歌中,转瞬,又触摸到嶙峋的岩壁。但是,生命的本质就是这样,我们疯狂地向前奔跑,前方又有什么?衰老,死亡,最终,只有巨大的空无,悄无声息却无边无际地笼罩着此在。

"所以,我们要强调生的价值。生的价值是占有吗?占有的喜悦往往倏忽即逝。生的价值其实是创造,只有创造才能将有限变成无限。当你的心灵超越了时空,就不再揪着过往不放。时间在流动,像水一样,有谁攥得住水呢?苦痛和欢乐,亦如流水,流走了就走了。"

一转弯,林乐瞳看到门楣上刻着"空·净"二字。

"很多抑郁的人,总是揪着过往不放,过往的种种像毒液一点点腐蚀他们的身心,但他们宁肯浸泡其中,也不愿跳出来。他们从不敢正视,只是在跟痛苦这种情绪较量,却不敢挖出病灶,他们没有勇气面对自己,更无力从隐秘的伤痛中解脱出来。所以,需要专业人士让他们沉静下来,看清自己的恐惧、担忧,找到躲在阴影处那个羞怯的自己!"

她们悄悄走进"空.净"室。屋内黑黢黢的,什么也看不清,只隐约显出一个女子的背影。没有人说话,海浪声从黑暗深处涌来,时徐时疾。她抽泣道:"我抛弃了儿子,是的,是我!"

"他放学的时候,我远远地看着他的背影,他低头走路,从不跟同学搭话。好几次，我都忍不住想冲上去问，你为何如此忧郁？我想听到你清脆的笑声，看到你无瑕的笑容。但你总是绷着一张超越你年龄的脸，踽踽独行。你像角落里的小老鼠，一点声响，就噌地溜回洞里，待在不见天光的小世界里。

"是我害你变成这样的，是我！我想挣脱你爸爸的禁锢，去广阔天地呼吸清新空气，让自己的人生更加充沛完整，却伤害了你！

"有一次，我看到你父亲还有继母他们走在一起，你默默跟在身后。他们在大声说笑，那个女孩快乐地牵着你父亲的手，她在随心所欲地撒娇，她仰起面孔，看到的是他无比慈爱的笑容。而你看到的只是他们的后脑勺，没有任何情绪的后脑勺。你的步调越来越慢，你停下脚步，一只流浪狗正盯着你看，你久久地望着它，好像你们是故交，是友人……"

林乐瞳的眼泪流了下来，她不就是那个小男孩吗？他所遭受的苦楚她都能切实感受到。今天，她听到的是一个抛弃儿子的母亲的心声，她似乎也听到了自己母亲的忏悔。母亲现在怎么样？几年前，林乐瞳曾听舅舅说起母亲的近况，一个人租房住，那个教授并未娶她。或许，他多次承诺，但直到青丝熬成白发，母亲还是孤单一人。舅舅说，母亲很想见见她，她断然回绝，她不想再碰触那个伤疤——

审视自我或许是凝视深渊，

我们都缺乏直面的勇气。

9

几天后，林乐瞳梦见了母亲。她站在空荡荡的房间里，四周是玻璃镜墙，镜面结了厚厚的冰凌，泠泠地闪着光。林乐瞳拼命地擦掉冰凌，镜面浮现出母亲模糊的面容：弓起的背，头发灰白，两颧尖削突出。她想，那个高大漂亮的女人，怎么就缩小了？母亲似乎在说什么，声音在闷罐里，她听不清。她大喊："你出来，你出来，难道你缩进去，就可以逃避一切？！"母亲惊恐地叫起来，夸张的尖叫，如惊慌的大鸟，四处撞击，玻璃碎了一地……

梦境凉飕飕地钻进心里，不祥的预感袭来。林乐瞳忙给舅舅打电话，他沉默了一会儿。"你母亲已经走了，"舅舅停顿片刻，"她让我不要告诉你们。"林乐瞳愣在那儿，一阵茫然，走了？那个躲在记忆深处时不时晃一下的影子，如今无声无息地倒下了。哪怕母亲的一声叹息，她都没有听到。多少次，她希望在城市的一角看到母亲，痛快淋漓地宣泄，可如今，她踩了个空，一个踉跄，看到了深渊。她和母亲之间永远存在无法逾越的深渊。

林乐瞳不寒而栗。她望向齐峰："今天，我知道，她不在了。她走的时候，身边没有一个人，你不觉得很可悲吗？"林乐瞳仰起脸，泪珠滑落下来。齐峰用手指轻轻揩去，凉的泪珠儿又溅到他的手指上。"我恨她，但我宁愿看着她华衣锦服，挽着教授,得意地对我说,看看我,离开你们,我活得很开心!我宁愿见到她是这副模样,而不是孤苦无依,死在出租屋里!"林乐瞳浑身发抖,各种纷杂的情绪涌流而出,她不确定要表达什么,遗憾、懊恼还是那么一丝不舍?

"她怎么这么蠢呢!付出了一生,付出了一切,就为那一句虚妄的承诺?!那个该死的教授一定对她说,等到有一天我会娶你。那时的她,根本看不见哭哑的孩子,丈夫哀求的目光,毅然决然地走出家门。等到孩子长大,发妻变老,教授还在说,等到有一天我会娶你。她一生都活在他编织的谎言里,直到青丝逐渐枯白,一根根飘落……"林乐瞳感到每说一句话,都耗尽了全身气血。

"她的等待如此愚蠢,而我,对她的怨恨不也很愚蠢吗?母亲执着于那个教授的情感,我不也执着于对母亲的恨?"林乐瞳像倾诉,又像是自言自语,"我揪着痛苦不放,痛苦如藤蔓紧紧缠绕着我,其实,它本不是藤蔓,是我的臆想把它变成了藤蔓!"

齐峰想到栗娅,那么长时间,他为什么没有走出来,不是一直纠结着栗娅为何背叛自己?他轻声道:"人们说,放手吧,其实,不是放开别人,而是放开自己,从不自由的状态中彻底解脱!"

"放开自己?但我们总是自我折磨,自己给自己打死结。我总是停留在不愉快的记忆里,这更加深了我对母亲的怨恨,其实,很多记忆都被我刻意忘却了。我母亲爱美,也很浪漫。她喜欢看书,喜欢养花。父亲不在家的时候,我常看到她哭泣。因为,我恨她,我只记住她对我的伤害,但她的痛苦又有谁知?"

她的痛苦又有谁知?某一瞬间,齐峰仿佛又看到栗娅,她捶打着桌子,喊着,我无法呼吸,无法思考,我喜欢像风一样自由地活着!长久以来,他记住了她因愤怒而变形的五官,如今,他竟感受到她扭曲五官下深深的绝望。他的手不自觉地抖了一下:"是啊,记忆是有取舍的,因着我们的好恶,放大或缩小。我们只截取跟情绪契合的那部分,刻意忽略了不想复现的记忆。所以,我们的爱恨都是单向的,仇恨的、伤痛的、懊恼的,我们被这些负面情绪紧拽着,疯狂奔向那个不透光、不透气的黑屋子,走进去,不再出来!"

林乐瞳若有所思:"不愉快的记忆和负面情绪,不就像两条蟒蛇紧紧缠裹着我们?但是,人们往往意识不到,或意识到,也无力摆脱。"她似已触摸到那个闪光点,光亮时隐时现,但有光在闪跃,"因为,每个人都太执着于我的感受——我的得失、欲求、焦虑,每个人都以自我为中心在画圈,圈画得越多,枷锁也越多,其实,越易陷入不自由之地。"林乐瞳顿住了,她突然记得苏怡老师曾说过,不要太关注自我,那一刻,她好像听懂了。不,她并未真正听懂。如果,真的听懂,她不会一直纠结过往的种种。岚晴说,痛苦亦如流水,流走了就走了。可她呢?她一直紧攥着"我"的伤痛、"我"的缺失、"我"的怨怼,走进情感的牢笼。

林乐瞳仰起脸,阴云消散了,她的面容散射着莹澈之光。齐峰走上前,牵住她的手。她迟疑着,伸出一根手指,渐次地,两根、三根、五根,微蜷着的手指,缓缓地,舒展,贴合在他的掌心,紧紧地。

"我愿在你心里盖个阳光屋,无风无雨,永远晒着暖暖的太阳,闻着花草的芳香。"这声音很轻很轻……

10

在林乐瞳的梦里,她正在一望无际、雪白如银的沙滩上画画。

她不确定要画什么,画笔在沙滩上随意勾描,一个少女的模样渐成雏形:浑圆、挺拔的身姿,看不清表情,忧伤、喜悦,抑或期盼?

一阵风过,远方有歌声传来。少女茫然四顾,歌声源自云朵、水鸟,抑或欢舞的海豚?少女循声飞奔,发丝飘扬如旗帜。可每当她以为寻到歌声的所在时,歌声又戛然而止,她再次陷入困惑。

月亮升起来,打碎了的月光,如磷火在海水里闪耀。少女弯腰掬月,歌声再次响起,如此清亮明彻。这一次,少女知道,歌声源自她的心底。

她奔向大海,长发无限蔓延,溅起波波涟漪。鱼儿吻触她的肌肤，海豚与之嬉戏，少女的眼睛闪着银色光芒。忽而，一阵海浪袭来，巨大的海浪越掀越高，少女被裹挟，升腾下沉，循环往复……天已微曦，空阔大海不现波澜，唯有一只水鸟低低掠过，忽一振翅腾飞，清亮的歌声响彻辽远的海面。

11

倪诗诗突然意识到自己成了笼中鸟！随时随地都有个摄像镜头对准她，她蓬头垢面地刷牙，衣衫不整地如厕，横七竖八地躺在床上，她的每一个小动作都被摄录，在各大视频网站上供人浏览和点评。

她无比烦躁地扯着变得毛糙的长发，对着摄像抱怨："我不知道上厕所有啥可拍的，上次我冲马桶的声音NG了两次。成片还弹出'是什么让她如惊弓之鸟'！"

晚上，编导江子瑶走进房间。她沉着脸，窝进沙发，右手敲击笔记本，左手夹根烟，双眼冷冷地盯着倪诗诗："知道什么是真人秀节目吗？真实的情境，真实的感受，只有真实才能走心。吃喝拉撒是日常琐事，但越是琐碎无聊的事，经过剪辑越容易出彩！这方面你要跟艾薇学习，只有Get到观众的痛点、笑点、泪点，你才有可能成为爆款。"

临走时，江子瑶又叮嘱道："还有，上次你吃泡面，忘了说'吃泡面前喝喜多宝，有滋有味更养胃'。"倪诗诗勉强点点头,她昨天喝了好几瓶喜多宝,刚从冰箱拿出来,冷得扎心,喝了肚子咕咕直叫。

艾薇,又是艾薇,自节目开播至今,好像只有她一个主角,其他女孩都是陪衬。倪诗诗第一次参加真人秀节目,感觉如芒在背。她捏着嗓子假惺惺地说话,像走猫步一样走路,眼睛不知该往哪儿看。睡觉时,她将被子掖实,生怕走光。而艾薇却很享受镜头下的生活。她穿着性感蕾丝睡裙,懒洋洋地躺在沙发上,撩撩头发,扯扯裙摆,貌似不经意却又暗藏各种小心机。编导安排四个女孩吃火锅,三个女孩饿了大半天,埋头猛吃。唯有艾薇拿起酸奶,抿一小口:"喝喜多宝酸奶,消食又养颜。"

随着节目收视率攀升,软植入的广告也越来越多,矿泉水、牛奶、果汁,一长溜地摆放在茶几上。有一天,导演跟艾薇低语几句,她心领神会,立马换件粉色居家服,揉揉肚子:"哎呀,来得太突然了。诗诗,你有没有带零感卫生棉?"倪诗诗一头雾水。助理导演迅速塞给艾薇一包卫生棉,然后对摄像说:"镜头推进,给零感卫生棉来个大特写!"艾薇深得导演赏识,镜头自然给得也多,各种特写,花絮采访,满屏都是艾薇的一颦一笑。其他几个女孩基本是零存在。

倪诗诗决意反击。她在微博上写道:"当她试图让你感觉压抑时,你会怎样?缩在角落里,还是一拳将她打出自己的世界?"

她开始渐渐明白真人秀的真谛,即在真实自我和表演的自我间寻求平衡点。也就是,不能太假,但又不能全然真实,要按照观众的趣味和喜好,有技巧地表演。说白了,"真人秀"其实就是"真人骚"。

艾薇虽说人气旺,但评论区亦有人认为她矫情、虚假。而倪诗诗的画风则迥然不同,她对着镜头说:"你喜欢随时随地有个摄像机跟着你吗?我不喜欢,但为了我的小小目标,为了进军演艺界,我必须学会妥协。"个人采访时,她面露怯色道:"每次录影时我都特别紧张,大脑一片空白,但我知道一定要坚持,因为有无数希望的萤火虫吸引我向前。"倪诗诗的真实反而赢得了更高人气,微博圈粉达数十万,她被誉为"励志姐"。

第二周,倪诗诗和艾薇来到市中心。她们的任务是随机采访陌生人:"如果男友不支持你整形,你该怎么办?"编导要求她们死磕,将被访者逼向绝境,只有这样,才有戏剧性,节目才能吸睛。倪诗诗走在街上,看着穿梭来去的女孩,心想,她们会不会整容?是否敢于承担整容的风险?她们的男友能否接受她们整容的事实?

倪诗诗想到最初她的回答——活着本身就是有风险的事儿!但此刻的她,好像被装进玻璃瓶的小昆虫,被人观看戏耍,随便一个人敲敲玻璃瓶,即惊得四处逃窜。可逃来逃去,还是待在巴掌大的瓶子里,无法顶破瓶塞,呼吸一口自由的空气。

她坐在公园长椅上,跟在身后的摄像小声提醒她:"马上都黄昏了,你怎么还没开始采访?"她突然转身,大喊:"我累了、倦了、烦了，我他妈的不想干了！"倪诗诗压根没想到，这段视频点击量竟然过万，各种弹幕跳出：刺激，反抗有理，真实才有力量！她的票数极速飙升，竟然超过艾薇，位列第一。

世界太诡异，受众已不再喜欢均衡、协调的。他们渴望非常规、非秩序的，在平衡被打破的瞬间，宣泄出极致的快感，获得补偿性的愉悦与充盈。

艾薇岂能坐以待毙？很快，她爆出倪诗诗是坐台女的猛料，随之而来，倪诗诗下意识的动作、口头禅还有过往，都被扒拉出来。一切混杂着观者的个人口味，被搅拌成一味刺激肾上腺素分泌的烈酒。一天，倪诗诗发现她的头像与某赤裸女合体。评论区的好事者欢快地叫着，剥掉吧，所有遮掩的衣物，看看你的裸体有多不堪！

倪诗诗愤怒地对江子瑶说："我要打官司！"江子瑶不以为然："成名也要交成名税的，有人关注是好事，没人关注才叫悲哀。你一定要记住，你娱乐了大众，大众才能记住你！"

她更没想到下期花絮竟是——猜一猜，是谁"黑"了倪诗诗？江子瑶扬扬眉道："在一个让人紧张的舞台上，要让猜疑的指针随意摆动。每个人之间都要有强烈的戏剧冲突，观众喜欢看极致状态下的应急反应。"

倪诗诗面对镜头，她想，这镜头太可怕，要吃人吗？她惨白着脸："当然是艾薇！""为什么？""明摆着，我抢了她的风头！"倪诗诗看到采访艾薇的视频,她一脸无辜状:"我想,或许,是她的前男友吧!"倪诗诗恨不得砸了电视,她冲到艾薇房间,猛地将艾薇推倒在地!镜头推进——恐慌、焦虑、逼向极致的愤怒与无助。

倪诗诗由"励志姐"转瞬变成"绿茶婊",但票数依然居高不下。评论区有人留言:"最肮脏的也是最纯洁的。"既然一切已然失控,倪诗诗下决心扯掉羞耻的外衣,她要变成透明人,在无数双眼睛的窥视下,她的五脏六腑将成为标本,任人切割、剖析。

倪诗诗在微博留言:"当你主动说出他们想窥视的一切时,他们也就丧失了窥视的乐趣。"她贴出在酒吧工作的照片,"我在酒吧工作,卖各种酒,仅此而已。虽然职业不算高大上,但谁也无法阻挡我对美好生活的向往!"

晚上,倪诗诗正坐在马桶上,接到母亲的电话。母亲强烈建议她退赛,并下了最后通牒:"如果你不退赛,永远不要回家,你不要脸,我要脸!"晚上,倪诗诗梦见整个身子缩进马桶里,水声无比喧哗地响着。一只巨大的手揿下按钮,哗的一声,她彻底被冲刷掉!

12

她不能退赛。如果退赛,按照协议,她将付赔偿金。她也不想退赛,如若此时退赛,她所遭受的暗算、辱骂和折磨不都白白忍受了？正如美和不美有时仅差一厘米，她离成功也仅咫尺之遥，她要奋斗到最后一刻。她不仅要击溃艾薇，还要彻底改变命运的轨迹。她不想在酒吧卖一辈子的酒，她要让那个开法拉利的男孩追悔莫及，什么Different Class，见鬼去吧！

大赛进入关键期——《直播手术间》。广告宣传片中，倪诗诗和艾薇又跳又蹦，她们欢唱着：你在看我吗？你在看我吗？受虐是快感，我要听到肌肤的尖叫，骨骼的嘶喊，涅槃，这就是涅槃的美！

八个女孩分成四组，倪诗诗和艾薇一组，整形医生是楚云帆。镜头依然不依不饶地对准她们："马上进入手术室了，紧张吗？万一没有达到预期效果，你后悔参赛吗？"倪诗诗笑问："楚医生不是第一神刀？会有万一发生吗？"

倪诗诗躺在手术床上。当麻醉药尚未起效之时，她滑进柔软的蓝色丝绒般的梦境：那冰冷的器械，不过是划桨，划动着清幽的水。呵，快点，再快点。她充满感激地看了一眼楚云帆，他就是她的划桨手。对岸正有很多人在等待着她，她是城堡里的公主，王子点燃了焰火，宫殿里华灯璀璨，全城的人都在等待美丽的公主回归。

倪诗诗闭上眼。手术灯亮起，灼目的光芒，那是宫殿的水晶灯，欢乐的舞会即将开始——她露出甜蜜的笑。

"咔嗒！"尖锐的器械，在黑暗的布满血管的内壁探索，不确定地探索。那么一瞬的犹疑，竟偏离了方向——

这是个冷透的寒夜。风雨交加，小船翻了，船桨在水面上漂来荡去，船夫却失去了踪影。浸泡在冰冷河水里的公主，拼命抓住船身，顺势漂游到荒芜的小岛。黑黢黢的小岛，没有人烟，只有蛇窸窣游动的声响，星星躲得不见踪影。绝望中，公主紧紧抓住了什么，哦，那是漂在水上的绿藻。

倪诗诗紧攥住白色床单，不再松开。

河水涨潮了。公主在荒芜小岛上绝望地奔跑。时间越拉越长，宫殿里的人打着哈欠，懒洋洋地躺在椅子上。而王子呢，在无数次失望的等待后，躲进帘幕后，与一个漂亮女仆悄悄偷情⋯⋯

蓝色丝绒垂落了。城堡漆黑一片，只有焰火的尾巴，无精打采地坠落大海，再无声息。

13

"一定要展现血淋淋的场景？会不会让求美者望而却步？"梅若伶紧盯着监视器，不确定地道。江子瑶面露不悦："人们对习以为常的情节已经麻木。几个美女甜腻腻地唱着，我变美了，我变美了，有人看吗？瑞士有一种行为艺术，两名年轻女性赤裸上身，面对面地用外科针线，穿刺对方的双乳。"梅若伶惊讶道："这么恐怖啊！"

江子瑶耸耸肩："但是，这个节目很受欢迎，两个女孩一下子成了热点人物。因为，它符合做节目的四个要素，有意思，让人震惊，耸人听闻，奇迹感。我们不能用常规思维做节目，受众已经麻木了。他们需要刺激点，需要超大剂量的视觉冲击，越新奇、越刁钻古怪的东西，越能激活观者的神经。再说，人们对于未知的事物才会心生恐惧，这种血腥的场景就是以痛制痛！"

以痛制痛？也许江子瑶讲得有道理。起初，梅若伶也曾质疑节目过度炒作几个女孩，金手指的形象反而相形见绌。江子瑶说，这是电视剧化的真人秀节目。人设、故事、戏剧冲突一个都不能少，几个女孩的人设迎合不同的受众。她们的故事、观点要激发各种争论，争论越强烈才越吸睛。果然，节目的收视率进入综艺类节目前三。

梅若伶信服地点点头，江子瑶语气略略和缓："之前的各种小桥段是激发受众好奇心，她们为什么这么做？现在则要抛给受众一个个惊叹号，让他们的小心脏扑通通地跳！"

需要问号，需要感叹号，梅若伶边走边思忖着，即将走出电视台大门时，一个熟悉的背影倏忽闪现，她的眼里画了个大大的问号，待那男子转过身，惊叹号如重锤砸在心上。

怎么会是他，李博海？！他不是离开本市，离开汇美通了吗？难道……她犹豫着，不确定是前行还是后退。李博海显然也看到了她，挥挥手径直走来。

梅若伶警惕地直视李博海，口气凛然："你，怎么到这儿来了？"

李博海依然那么可恶地笑着："梅总，这么巧，我们竟在这儿相遇。"他走向大厅的沙发，"好久不见了，我们坐下聊。"他的口气全然不像两年前的口气。那时他像一只求欢的狗，而今，他却像一个发号施令的主子，竟然半命令式地让她坐下聊。

梅若伶按捺住怒气走过去，她要看看他的葫芦里究竟卖的什么药。

"梅总的《我型我塑》势头很猛，据说收视率进入综艺类节目前三。"

"你，怎么知道？"眼里的问号越画越大。

"我嘛……"李博海微侧身。他看着梅若伶，岁月的暮气穿透薄粉，闪着乌青的色泽。但她的眼神没变，还是像磁铁，随时能吸走你的一切想法，甚至是潜意识。

"梅总是业界翘楚，谁不关注你的一举一动？再说，"李博海刻意地停顿片刻，"我们将会成为同盟。不过，你在前线，我在后方。"

"你在后方？你，究竟代表谁？"匕首已经亮出，寒凌凌的闪得人心乱。

"梅总请往这边看。"李博海指向落地玻璃窗外的一块户外展牌，竖立的蓝色展牌上写着"精雅整形　寻找100例整形失败者"。

梅若伶最近也在关注这家新开的整形医院,据说还高薪聘请了韩国整形师。她狐疑地盯着他:"难道,你到了那家整形医院?"

"哎哟,失礼失礼,一时激动,忘了赠您名片。"李博海掏出名片,故作恭敬地递给梅若伶。

她一怔,精致的窄长名片上赫然写着"精雅整形总经理 李博海"。她又仔细瞅了瞅,没错。"哼,哼,真是乌鸦变凤凰,你也当了总——经——理,这世界越来越疯狂,小鬼也能唱大戏!"梅若伶轻蔑地笑着,她将名片夹在中指和食指间,随意翻转,她在暗示他——你以为我很在乎吗?不,我压根不在乎,你不过是我掌间的玩物。

李博海冷笑道:"说实话,我一直谨记您的教诲,我不过是条蚯蚓。但是,您忘了一点,蚯蚓被切断了,又自行生长,而且更有生命力、韧性更好!"

"蚯蚓?我有这么说过吗?我早忘了,那是很久以前的事了,亏你还记得这么清晰。"

"当然,您贵人多忘事,但我,却清晰记得您说的每句话,您刺激了我,但也激励我,我有今天的成就也多亏您的点拨!"

梅若伶站起身,不屑道:"我还是好心奉劝你一句话,社会的秩序是恒定的,鸡鸭各有各的窝。你不要得意忘形,忘了自己本来的位置!"

李博海耸耸肩,两手一摊:"是吗?我怎么觉得,世界的风景该换换了,不能总是一幅画面,一个场景,一个故事,该换一波新画面、新故事、新人了。"

　　他公然向她挑衅？梅若伶大吼道："蚯蚓就是蚯蚓，想成龙成凤？简直是小虫吞大象，痴心妄想！"

　　李博海笑出声来，这笑声如此响亮，引得旁人回头观望。"还记得那天我说的话吗？谁也不知道明天谁在谷底，谁在巅峰，谁也无法预测未来谁走得更远更久，当你无法预测的时候，就不要轻易地摧毁，也许你摧毁不了，却竖立了一个新的敌人！"他不需要再伪装了，他早已撕下了笑眯眯的面具！

14

　　李博海目送着梅若伶远去，她的背影较之前略显臃肿，但她的个性还是那样，看不清自己更看不清敌人，她不断激怒她的敌人，发起最猛烈的进攻！

　　那一天，当路晓嫣面容憔悴地站在他面前时，他清晰地听见玻璃碎裂的声音："太肮脏，太丑陋！什么美好的清洁生活，见鬼去吧！"

　　他不清楚梅若伶对路晓嫣具体说了什么，但是，他能想象到梅若伶会以怎样恶毒的语言诋毁他。而路晓嫣，一个玻璃心的女孩，对他的爱也会瞬间碎裂。

　　他绝望地看着路晓嫣，这个可爱的女孩将要离开他了。刚刚，她还依偎在他怀里，她的发丝摩挲着他的面颊，她的指尖在他掌心轻轻画着，她的俏皮话还萦绕在耳边。如今，一切已杳然而逝。

"你不辩解吗？你什么也不说？"路晓嫣抱着残存的希望，略带哀求道。

他低下头："我没有资格挽留你。"

"当然！当然！可为什么一定要有这么肮脏的结尾？哪怕留点念想，哪怕你突然消失，至少记忆中的你还是那么美好！"路晓嫣抽泣着。他走上前，轻抚她的肩膀。

"你走开！"路晓嫣猛地甩开他的手，"你做生意都是这么做的吗？你的手不知……"她嫌恶地看他一眼，"原来你的成功都是靠陪富婆睡觉换来的！"她揩干眼泪，甩门而出。

他流下了眼泪，风一吹，瞬间又干了。

为什么他不对她说，这一切都是造谣，我是爱你的，跟其他女人只是交易！或者，他可以将梅若伶的诋毁全部推翻，随便编个复杂点儿的故事，或许能骗过路晓嫣。但他没有，不想欺骗她，这是他唯一能做的事。否则，他将继续生活在沼气冒泡的粪坑里。

李博海叹口气，转过身，电视台大屏幕上正播放《我型我塑》的花絮，倪诗诗和艾薇欢唱着：受虐是快感，我要听到肌肤的尖叫，骨骼的嘶喊，涅槃，这就是涅槃的美！

15

镜子,镜子,到处都是镜子。

圆的,扁的,方的,三角形的,但没有一个对称的镜子。

这是一次失败的手术。削骨后,倪诗诗的脸变得一边大一边小,面部神经总会不自禁地抽搐,嘴角被牵扯,不自然地向右歪斜。她将高高扎起的头发披散下来,对发型师说,多遮点儿,一定不能露出两腮。那么漂亮的面容,如月亮般,要满月才会光润玉洁。如今,乌云的阴影遮蔽了月亮,何时才能满月?她开始怀念以前的那张脸,怀念那脸上绽现的笑靥、活泼的小酒窝。这怀念,让她肝肠寸断,滴水难进。

各选手整形后的照片被公布在网上,倪诗诗看到有关她的评论:怎么整得还没以前好看?脸型不对称,好怪异;僵了?整残了?没有辨识度。她一恼,关掉手机。她曾以为练就了铜头铁臂,无惧人言。没想到,汹涌声浪不断袭来,让她噩梦连连。她总梦见自己在爬梯子,软软、脆脆的梯子,一踩,发出剧烈的咔嗒声。梯子掉落,两脚悬空,她慌忙紧攥着缆绳,身下是万丈悬崖。她惊恐地闭上眼。

整整一个月,倪诗诗闭门不出。她买了一大堆零食,乱七八糟摊放在桌上、床上。她毫无节制地吃薯片、辣条,不无悲哀地想,她干吗要那么努力地管理身材,有谁关注?她不是没努力过,只是运气不佳,运气糟糕到极致,甚至毁了她曾引以为傲的——漂亮的脸!

她的梦想自然戛然而止。艾薇名列第一,她仅位列第四。除了免费整形外,奖金和签约都跟她无关。活动颁奖晚会那天,倪诗诗听见艾薇大声说:"这个剧本我很感兴趣,融入自己的励志故事,有真情实感,一定有市场。"艾薇即将进军影视界了,而她不过是个过客。过往的一切如烟消散,只是在她的人生幕布上,随意泼洒几许墨影而已。

倪诗诗在微博写道:"我有勇气修补一厘米的差距,却再也没有勇气面对这一厘米的失误!"

16

倪诗诗?这几个月,李博海一直关注《我型我塑》的新闻,倪诗诗是话题人物之一。李博海一直认为她会进前三,没料想,仅名列第四。他看见她前几天在微博写道,"我没有勇气面对这一厘米的失误",莫非……他拨通了倪诗诗的手机。

他们坐在绿调咖啡馆。满眼是苍翠欲滴的芭蕉树,服务生身穿薄荷绿灯笼裙,脚踩滑轮,鸟儿般轻盈地滑来滑去。

李博海探询的目光投到倪诗诗脸上,直长中分发遮住了两颊,一双漂亮的水杏眼略显浮肿。她警惕地看着李博海,右手紧攥住咖啡杯柄,她对他并不信任。

李博海开门见山："我一直在关注你的微博，这是你早期的照片，很漂亮呀。"李博海拿出一张打印照片。倪诗诗有些黯然，那时的她多么自然生动。她下意识拉拉两侧卷发，掩住不对称的两腮。

"我不明白你为何要整容？嗯，换一种说法，你认为达到当初想整容的目的了吗？"李博海仔细观察着倪诗诗的表情。

倪诗诗苦笑道："想出名的目的？有那么一瞬间，我以为进入了梦想的世界。可是，快乐就像泡沫一样短暂。而我，却陷入持久的痛苦回忆中。"倪诗诗留意到他疑惑的眼神，犹疑片刻，将两边的发丝撩起。李博海看到她的左右脸不对称，尤其，右脸明显有点歪斜。他关切地道："你没有找过金手指的相关人员？"

"嗯，找过。医生说，过段时间，将恢复自然状况。我也找了节目组负责人，她说，我签了协议，协议条例中说明，节目参与者愿意承担由此可能带来的一切后果。当时，我并没仔细看合同，我想，这么大的电视台和这么专业的机构不会出差错……"她侧过脸，眼睛望向远方。李博海看到她眼里泛起星点泪光，贴心地递过纸巾。倪诗诗轻轻揩了下，不好意思地道："其实，不是伤心，只是恨自己太草率。"

李博海点点头："下颌角磨骨手术对医生的技术要求非常高。而且，节目组很大胆，直播手术间的一举一动，这对整形师的压力非同一般。稍有分神，就会失手。"他面露诚恳之色，"不过，你可以尝试改变！"

尝试改变？倪诗诗泪眼蒙胧地看着李博海，这句话什么意思，她还有可能改变吗？

"我记得，你自己在微博里写过，谁也无法阻挡我对美好生活的热爱！"

"你还记得？"倪诗诗有点不好意思。

"是的。精雅整形有个活动——寻找100位整形失败者，我们聘请了韩国知名整形专家，修复失败的整形，你也可以参加这个活动。还有，我打算请你做此活动的形象代言人！"

"我？"倪诗诗疑惑地看着他。这段时间，生活起伏不定，谁也不知未来的某个时刻会有怎样的变数，她要好好揣摩分析，再做决断："你为什么请我做形象代言人？"

"你应该看到自己的优势，在之前的PK中你一直很有人气，说实话，这是我们想借用的资源。修复手术难度很高，但恰恰也是体现我们技艺的绝佳机会。"倪诗诗看着李博海，他的目光那么真诚，他的声音那么亲切，她本能地放松了警惕。

李博海望定她："我还有个想法，也是临时起意，你可以做视频直播，分享你的真情实感。刚才你说，你陷入持久的痛苦回忆中，难道只是你一个人的痛苦？有多少整容失败者也有着同样悲催的遭遇，她们渴望倾诉、纾解，当然，她们更渴望找到解决办法！"

倪诗诗低下头，她的手指在茶几上划来划去，她不对称的面颊如何修复，还有略显僵硬的嘴角？但是，她倒很乐意接受直播的想法。与其活在痛苦中，不如畅快淋漓地宣泄出来！

"或许，你还有机会成为KOL。"

"KOL？"

"意见领袖啊。每个行业、领域都有意见领袖。你分享你的经历、感悟，你的独特之处，只要引起更多人共鸣，就有可能成为KOL。"

或许，生活会有一点小小的转机？生活的启示不都往往是从挫败中得来的？倪诗诗笑起来，尽管有些僵硬。

李博海望着倪诗诗走远，舒展一下胳膊。到那时，不知梅若伶将如何收场？他得意地笑笑，还有一件事必须马上处理。他拨通了手机，对方犹疑片刻，谨慎地问："你是谁？"

17

楚云帆无时无刻不在关注镜前的这张脸。他修长漂亮的手，充满怜爱地轻撩额前的一缕卷发，几根银丝掺杂其间，如此触目惊心。他微微叹口气。最近，霉运连连。昨晚，他跟几个福建老板打牌，输了四万。都说赌场失意情场得意，但交往仅三个月的小女友竟玩失踪。她在电话的另一端声嘶力竭地喊道："既然成不了你的唯一，就让我成为唯一甩了你的女人！"唯一甩了我的女人？楚云帆不由苦笑。那女孩如今在哪儿？少年的他在溜冰场上滑行，她戴顶红帽子坐在观众席上。他在滑行，在少女黑亮的瞳仁里滑行。不知她现在怎样，屈指一算，她也有四十岁了，时光总是疯魔般将人拽入黑色泥潭。

手机来电音乐欢快响起，漫长的遐思被打断，是谁呢？倪诗诗吗？这段时间，她总打来电话，指责他："你不是天下第一神刀？我相信了你，结果呢？！"结果呢？楚云帆摊开手掌，修长十指竟微微有些颤抖，他是否早早得了帕金森综合征？

楚云帆站在CC酒吧门口，一个高大的年轻男子疾步向他走来。两人相视一笑。李博海推开C形橡木门，冷气逼人。他们坐在靠窗的座位，李博海要了杯朗姆酒，楚云帆则是龙舌兰，他将柠檬汁液挤进酒里，浅尝一口，略带苦味："每次都喝不惯，但又总点它，就喜欢这个名字，龙——舌——兰！"

隔壁桌坐了俩女孩，一个金发，一个紫发。楚云帆瞅了瞅："你瞧，她们多么追求一致性！"李博海定睛看了看，两个女孩的确很相像，长发、小脸、突兀的大眼睛。

楚云帆耸耸肩："其实，做整形医生很无趣。比如对面的女孩，我能一眼看出她们整了哪个部位，用的什么材质。一个女人好比机器，身体任一部分，都可随意拆卸、组装。你想，我对她们还会有兴趣吗？说实话，我内心希望她们保持独特，其实，独特也是一种美。"

李博海想到倪诗诗，为了追求相似性丧失自己鲜活的特色。他点点头："是的，但大多数整形医生还是追求标准化。"

楚云帆转转酒杯:"我曾希望自己是艺术家,但艺术在这个时代是贬值的,我只好成了赝品制造者。"

李博海心想,这是个摇摆不定的人,他永远不确定自己想要什么。或许,每种选择对他都不是最佳的,因为,他对自己的设定过于理想化。这样的人适合挖过来吗?更何况,他的技术水准也飘忽不定,时而出精品,时而又有败笔,比如倪诗诗。不过,从商业战略角度,他要游说楚云帆,毕竟数得上的整形专家就那么几个,梅若伶若失去楚云帆,估计也孤掌难鸣。

李博海转过身:"你了解梅总最近的想法吗?"

楚云帆抿口龙舌兰:"她的想法,我哪里知道?"

李博海提高嗓门:"梅总正打算聘请朴俊荣为首席整形医生。"朴俊荣?楚云帆在脑海里搜寻,好像圈内没有这个人。

"韩国整形医生。"李博海转着空杯,灯反射过来,竟变成了梅若伶的面孔。她最近一直派人打探精雅整形的动态,李博海丢个诱饵,放风要跟朴俊荣签约,梅若伶会怎样,她一定想捷足先登……李博海忍俊不禁,笑出声来,梅若伶这个人,太贪了,别人没有的她想要,别人有的她更要抢过来,也不看看抢过来的是香馍馍还是烂菜帮子。

"你笑什么?"最近,楚云帆连连失误,梅若伶虽然嘴上没说什么,但再也不像以前左一口右一句唤他大师。人就是这么奇怪,当初,梅若伶把他捧成神,他百般别扭;可如今,没人吹捧,他又无比失落。此刻,李博海轻微的笑声,竟如此刺耳。

他猛喝一口龙舌兰,喉尖火辣辣的:"你想说什么,尽快说,我明天还有个手术。"

李博海收住笑:"我郑重邀请楚医生加盟我们的团队!"

隔壁桌的金发女孩正和男人调情,男人娴熟地摸着她的臀部,女孩娇嗔着,侧转身,冲楚云帆抛个媚眼。

心烦意乱,心烦意乱,这个陌生男人靠谱吗?换家新医院,一切要重新开始,薪酬又是否如愿?那么,继续待在金手指,高强度的工作节奏实在令人吃不消。还有,万一,那个姓朴的韩国人成为首席,自己颜面何在?如果梅若伶让我离开,自己在业界的口碑将直线下滑——楚云帆闷头喝酒,李博海在旁观望,并不阻拦。待楚云帆喝完,李博海递给他一根迷你雪茄。楚云帆猛吸一口,感觉舒爽许多。

瘦高的驻场男歌手走上舞台,轻拨吉他,哑着声音唱:我在这边,心在那边,心飞走了,我还是左顾右盼。

李博海笑问:"楚医生,您还在左顾右盼?"

18

下一秒是惊喜还是绝望,谁也无法预知。在寂寂黑夜狂奔的李博海,并不知晓未来会发生什么,他只知道,唯有加速奔跑才能逃离绝望的低谷,摆脱失败和屈辱。

倪诗诗也在奔跑。她渴望跳出生活的窠臼,拥有新的容颜、新的机会,而一个刺耳的切分音,让她停滞不前。她夹在新旧自我的空隙间,痛苦地扭转着身体。

楚云帆没有奔跑,他在左顾右盼。歌声似空气充盈他的心肺,所有的对话都在飘飞。他没有捕捉到一个声音,他的思想提前进入了麻醉状态。

梅若伶梦见她在遥控玩具火车。李博海在A火车上,倪诗诗和楚云帆在B火车上。她手指飞快地揿动按钮,控制两列火车的运行,对撞,她听见他们惊恐的尖叫声。梦中的梅若伶得意地哈哈大笑。

然而,现实并不遂人意。精雅整形的知名度与日俱增,梅若伶终于忍不住派魏东去做调查,几天后,魏东递给她一份调研报告,他说:"精雅整形的特色是细化市场,精准定位,个性思维。目前推出两大主题:一是个性化容貌,打造专属你的独特面容;二是寻找100例整形失败者。精雅整形主要在社交平台上做广告,这样既节省运营成本,也能跟消费者形成互动。比如,在喔喔视频,消费者可以在线测试匹配自己的新面孔。整形专家根据潜在顾客的年龄、职业、性格、身型等,提供个性化定制方案。"

梅若伶摇摇头:"都是小儿科,凭这些就能提高营业额?"她嘴上虽说雕虫小技,但更密切地关注精雅整形的一举一动,当得知李博海打算聘请韩国整形师朴俊荣时,不由动了心思。最近楚云帆屡屡出状况,她早有替换他的想法,只是若主动解聘,她还要付赔偿金。如若他能主动请辞,岂不顺遂心意?至于那个朴俊荣,既然李博海打算高薪聘请,应该是业界高手。那么,梅若伶灵机一动:"我何不捷足先登,瓦解李博海的专家团队?更何况,金手指也该更新换代了,韩国整形师的号召力不是更强?"

梅若伶火速赶到上海,她没有见到朴俊荣本人,只见到他的女助理。她是丹东人,后到韩国读书、工作。女助理面露难色:"我们已跟精雅整形达成口头协议,现在反悔不太好吧?"梅若伶心想,果然不是假情报,李博海的确在跟朴俊荣接洽。她握住女助理的手:"无论精雅整形开多少年薪,我都比他们高10%。"女助理挂着职业性的微笑:"我一定如实转达。"

一个月后,梅若伶接到女助理的电话,朴俊荣同意面谈。一番讨价还价后,朴俊荣爽快签约。她从希尔顿酒店走出,若有所思,是不是太顺利了,好像在高速公路上开车,一路上无人无车无路障,飞速向前开,快得让人心慌意乱。她又仔细看了遍合同,没有问题,或许,只是自己多疑?恍惚间,突然听到有人轻轻唤她:"小梅子!"

她一愣,几乎有二十年没人喊她小梅子了。她犹疑着,没有应声。对方又小心谨慎地问:"你是梅若伶吗?"她快速转身,一个熟悉又陌生的中年男人站在她身后:"我——何光楠!"

其实,转身的那一瞬,她已知道他是何光楠。经商多年,她早已练就识人的好眼力。一个陌生人,哪怕只见过一分钟,时隔多年,她也能准确记起何时何地见过他。更何况是何光楠,即便他的头发已微秃,岁月已将他揉皱,她也能一眼辨识出。就是这个男人,站在惠州的档口,对她说:"你不该过这样的生活!"那一刻,她有点迷茫,什么才是属于她的生活?他没有回答她,他的脸隐没于月色中,他的手,轻柔地,滑过她的面颊。她缠住了他,不是缠住这个人,而是缠住他千丝万缕的关系。那纷乱的关系裹了银线,在昏暗的光下,一点点,梦幻般闪烁……

他们坐在咖啡吧。梅若伶点了鲜榨橙汁,何光楠则是金汤力。她有点恼怒,他除了鬓角添些许银丝,身形比以前略胖外,几乎没什么变化,岁月总是这么厚待男人。那么,她在他眼里变化大吗?

阳光透过落地玻璃窗,直射进来。二十年的时光,都被白花花的阳光蚀掉,他的金汤力,变了味,苦涩地滑进胃里。她没有望他,他已经不在乎,她曾如葵花般明灿灿的笑,藏进她的褶皱里,如今,许多秘密都被藏进褶皱里,无限沉坠、下滑。

梅若伶读出了他的失望,她老了吗,她刚刚做过电波拉皮,她的肌肤饱满、莹润,难道不是吗?她急切地在他脸上寻找答案,渴望他说,你依然那样美丽、年轻,让我心旌摇曳……

哦,他为什么没说?他避开她的目光,停留在花瓶里的一株粉色玫瑰上,他摸了摸花瓣:"原来是假的,像真的,假花终究持久。"他在暗示什么?梅若伶面露不悦,想说我老了就直说,何必拐弯抹角。她下意识地抿嘴，又觉得不自然，身子干脆扭过去，给他一个生硬的侧面。

手机铃声响起，又是工商检查。"什么事你们自己不会解决？非要我亲自出面解决！"她挂了电话，意识到口气过于凌厉，毕竟她对面还坐着何光楠。

何光楠笑笑："二十几年了，你一点儿也没变，还是那样，斗志昂扬！"

"斗志昂扬？难道我是女战士？"梅若伶哼一声，"当然，不像女战士又如何打拼？无所依靠，只能靠自己！我可不像某人喜欢当逃兵！"他们陷入一阵尴尬的沉默。

那个夜晚，二十几年前的黑色夜晚，充斥着紧张、混乱、迷茫。他们得知坤哥被十几个光头党追打，最后在地铁口，被钢链活活勒死。何光楠心神恍惚地回到寓所，灯摇来晃去，他脸上的恐惧随着光影，一圈圈放大……

"莫斯科是个赌场，每天都充满变数，你以为这钱好赚吗？你睁开眼，这钱是你的，闭上眼，这钱就不是你的，随时都会蒸发。你每天还要小心翼翼地提防着一切风吹草动，周围有无数天敌虎视眈眈，警察、光头党、黑毛子、阿蒙、中国帮会，冷不丁，就被枪顶住，冷不丁，你的胳膊被炸飞到屋檐上！随便哪个，都能啪地要你的命，就像咔地杀一只狗，还是一只野狗！"

梅若伶挑衅地看着他："你那天说的话，我还记得一清二楚。"何光楠很茫然，那个夜晚他说了什么，说他害怕、恐惧，感觉被一个无头怪兽没日没夜地追赶？还是说他好比爬上如山的高浪，然后，身不由己地跌落下来，坠入黑暗的海底？当他恐惧时，梅若伶又说了什么？她在嘲笑他的胆怯："地狱一般的黑暗？但为什么在我眼里却是金光闪闪的未来？二十分钟赚的比在国内忙乎一年的还多！一个集装箱一次能挣个百八十万，乖乖，吓死人的利润，不出五年，我们就能成为百万甚至千万富翁！这个机遇或许这一生只能碰到一两次，或许，过几年，这个机遇将像神话般被人传诵，到那时，你一定后悔不迭！"

时隔二十多年，今天的他是否后悔了？她瞅了眼他的衣着，普通T恤，松垮的牛仔裤。她的嘴角露出不屑的笑容："你现在做什么？"

"开饭馆。"

梅若伶不禁笑出声："果然，还是回归原点。你喜欢吃，也懂得吃。在莫斯科，你做梦都想在文昌路吃豉油皇牛肉肠粉和虾饺，梦醒了还津津有味地说那虾饺白如雪，薄如纸，个个透明玲珑，舍不得下口。"

何光楠说："生活难道不是平安快乐吗？如果不快乐，再多的钱又有什么用？饭馆有个常客，每次吃饭，都要打十几通电话。有一次，我问他，'你能喝出今天的汤跟平日的有什么区别？'他尝了一口说'没有区别'。我说，'你平日喝的是胡萝卜排骨汤，今天则是猪舌西洋菜汤'。他告诉我，他已丧失了味觉，早已辨不出酸甜苦辣。不仅味觉丧失，还感觉背上长了瘤子，无论吃饭、睡觉、玩乐，都时刻压迫着他，令他寝食难安。他现在只想，慢慢吃饭，稳稳走路，舒舒服服地睡觉。"

何光楠目光透着关切："其实，你完全可以放缓脚步。人生折腾来折腾去，能像孙猴子一样翻无数个筋斗？翻两圈，已是骨质疏松、牙齿脱落、头发花白。你看我，至少可以悠闲地看窗外来来往往的人群。"

"你根本不懂！"梅若伶面露不悦。他对她了解多少，二十几年不见，他凭什么指点她的人生？更何况，一个懦夫有什么资格教育她？她终究是强者。"这是条不归路，不是你想停下就能停下的。你根本连放弃的机会都没有，就那么一个退缩的闪念，都会让你溃不成军。如果想停下来，那会更惨，所付出的很快灰飞烟灭，全盘皆输！"梅若伶目光灼灼，"永远不要指望休息片刻，只有前进，再前进！"

何光楠还想说什么，但双唇动了动，没有出声。

梅若伶露出鄙夷的笑："你是闲惯了，我，闲不下来，一闲下就发慌！也许，等我退休吧……"一说到退休，她忽而有点哀伤，那时的她，是否已苍老不堪，激情不再？她的心情一点点沉下去，为什么要回忆，要跟过往的人交流？伤感，怀旧，缱绻，多么酸涩别扭的情感。她做个手势："买单！"她不想再和他继续谈人生了。他们所求不同，二十年前不同，二十年后更不同，道不同不相为谋！

19

梅若伶瞪大眼睛，二十年前的画面，倒映在空白房顶上，她看到何光楠因恐惧而血丝充盈的眼睛，一如二十后年她的眼睛。

还有什么被筛滤了吗？那不轻易泄露的人影和急促的呼唤，于岁月移动的光斑里，鬼影般浮现。她用手扣住移动的光斑，身子匍匐上去，严严实实地盖住，不能透光，绝对不能！

那天，她干吗那么晚回家？错过了末班巴士，梅若伶只好匆匆前往下一个站点，那儿有个通宵巴士。马路坑坑洼洼，路灯时明时灭，刺啦啦让人心慌。她好像走岔了，折返时，包裹里的衣服散落了，她弯腰捡拾。不远处，咚咚的靴子声响起，梅若伶一抬头，几个男人逼近，她试图奔跑，却被绊倒。他们拖着她，在坚硬的砾石路上前行，衣服被磨破，肌肤渗出丝丝鲜血。几个男人轮流抵住她，似要将她活活嵌进石缝里，疼痛像木桩砸入下体。梅若伶撕心裂肺地喊着，脖子被钳住，她伸出舌头，眼泪骤雨般涌流出来。

第二天，衣衫不整的梅若伶被行人发现，送到了医院。她躺在病床上，静的，冷的，白的，没有声音，血凝固了。每晚，她都会梦见自己匍匐在黑暗甬道里，看不清四壁、出口，只有巨大的响声来回撞击着，震得洞穴的灰尘簌簌落下。她浑身嵌满了恐惧的碎片。

梅若伶以为自己爬不出去，但生存的本能教她学会遗忘，遗忘被强暴的耻辱及痛苦！她回到住所，迫不及待地拧开一瓶伏特加，大口地喝起来，她急需烈性酒激活斗志，让僵死的肢体渐渐活泛。但她眼里的光一点点暗下去，心也一点点硬起来。当心灵不断受到撞击时，自会生成保护黏膜，最终变成厚厚的盔甲。

在黑暗里独行的人，往往比处在光明中的人要坚韧得多。她不再恐惧、担忧，不再患得患失，而是挺直腰，朝着太阳升起的方向，咧嘴大笑。她要让别人看见每一颗白牙都反射着灿烂的光芒，清清楚楚地看见！

20

日子快得脚一蹓就滑过了，又到了广州秋季美博会的时间。

打眼望去，美博会依然是四处流漫的如痴如醉。第一次参加美博会，梅若伶犹如步入桃花阵，不知如何选择。如今，她涉足美容行业已五年，新鲜感早已荡然无存。梅若伶走马观花看一圈，嘟囔一句："没什么革命性的项目。"

她正想离开，一个磁性的男中音吸引了她。一回头，竟是外国男子，他的普通话说得比中国人还字正腔圆："Come on，所有人跟我做一分钟的冥想——先将奥薇娜轻轻拍在肌肤上，然后扬起手臂，闭上眼睛，深呼吸，感受肌肤沾了晨露，吸收万卉之精华，如蓓蕾般美妙绽放……"

梅若伶涂了点试用装，果然，水水润润，膏体里有粉色珍珠状小颗粒。她甚觉有趣,正打算跟厂家沟通,肩膀被拍了下,一个熟悉的声音响起:"梅总啊,这么巧呀!"梅若伶一惊,回转身,竟然真的是佘怡曼——脸瘦到脱相,尖长如梭子,下巴似已脱臼,随时有掉下来的风险。头上戴着羽毛装饰的黑色发饰,随着身体神经质地抖动。

她们站立着。对方是一面魔镜,照得见岁月瞬息的变迁。树叶在哗啦啦掉落,小鸟惊惧飞过,镜子,碎了。两人都不禁打个寒战。她们都老了,毋庸置疑——在岁月的粗粝揉搓下,在撕心裂肺的钩心斗角中,在殚精竭虑的算计中,容颜于日渐枯萎的花萼里,蜷缩着叹息。

不远处,一只彩色气球砰地炸了。

梅若伶猛一激灵。真奇怪,之前在同一城市,从未打过照面,没想到在异地,一个转身却撞到了。这个贱女人,难道还在美业混?当年,她派人四处找佘怡曼,她像个鬼影飘忽不定。她干脆将佘怡曼的劣迹在网上散播,看哪个公司还敢用这样的人。可如今,她竟又出现在美博会上,难道她有九条命,怎么也打不死?她厉声道:"你怎么会在这儿?!"

佘怡曼并不退缩,而是倔强地迎上前!她恨梅若伶,恨梅若伶让她声名狼藉。随便一搜,"商业间谍佘怡曼"即刻跳出来,谁还敢用她?她几经辗转,只好到养发馆做技师。摸清门道后,她在贺州开了个小型养发馆,租间一二十平方米的店铺,买了何首乌、川芎、当归等原液,找加工厂贴牌加工,再买两台导入仪，号称可以防脱生发、白转黑，一疗程少说也挣个七八千。她用镊子一根根拔客人的白发，时间久了，眼睛花了，再抬头看看镜中的自己，歪斜得不成比例。恍惚间，她又看见自己叉着腰，在教训不长进的美容师："不要对每个顾客都那么热情，热情洒得遍地都是。我们只浇可以成活的树，死树你浇纯粹是白折腾！"那声音如此清晰，仿佛从隔壁屋传出来的，只要她迈一步，就能跨进去。

此刻，她对梅若伶的恨再次燃起。若不是她围追堵截让她声名扫地，自己何至于如此落魄。如今，这个女人就在眼前，愤懑、怨怼还有一腔的心不甘气不顺，她都要统统发泄出来："我至少能在梅总半径之外的世界生存！"

梅若伶愣了下，这个手下败将还有脸怼她？多少日子里，她恨不得揪住佘怡曼，让她跪地求饶。而今，时过境迁，强烈的恨竟被各种纷扰磨平，她已没心力再与这种小人物纠缠了。梅若伶狠狠地推搡了一下佘怡曼，高昂着头，走过去！奇怪，她的嘴角怎么漾起了一丝诡异的笑容？

"梅总，生意要做大，也要注意保养呀！别光为了事业，老了几岁就划不来哦。也难怪，算一算您也快更了！"佘怡曼腰一扭，消失在人群中。

那个狐狸精在暗示什么，说我老了吗？她的声音淹没在鼎沸人声中，前几句飘忽不清，但最后一句，听得明明白白。没承想，末了，还被她摆一刀，真恨不得撕烂她的嘴！梅若伶追上去，但人呢，闪到哪儿去了？心思有点散乱，再也收不回。

她，更了吗？梅若伶自己都有点疑惑。近来，她的月经开始滴滴答答，如无法关紧的水龙头。间或，还有暗红的块状，像郁结的心事。中医说，这是内分泌失调，多么抽象、笼统的话。一旦内分泌紊乱，即刻侵袭女人的每个部位——肌肤、乳房、子宫，让女人无所适从。它看不见的身影在体内如流质般滑动，处处留下捣蛋的印记。它窃窃狞笑，千万别跟我作对，否则，我会让你瞬间变成老太婆！

她老了吗？她恐惧衰老，但又坚信自己不会老，因为，有神奇的仪器可以让她青春永驻。自始至终，梅若伶对这些仪器笃信不疑。她比那些客人做得更频，光波打得更深，玻尿酸更是每三月注射一次。她反复摩挲着法令纹，一再要求技师加大剂量。技师讷讷道："这样会太僵硬。"她对着镜子看，饱饱的苹果肌确实有点硬。额头注射了太多玻尿酸，水水的，一按一个小凹坑。法令纹淡了不少，不过，咧嘴笑的时候，总觉得被什么牵拉住，不能自由地舒展。

但是，她还是不无悲哀地发现，她老了。在这张过分饱满的半透明面容上，她的五官不可遏止地下垂，眼角、嘴角，还有……乳房，那松弛的巨大乳房在晃动，岁月挤走了水分，却承载了记忆，它开始倦怠，不再娇嫩地欢叫。

再过十年、二十年呢？她忽然觉得人生无味，是一眼望得到的凄凉、无奈，是可预见的悲剧，却又不得不演完。当斗志、激情、憧憬都烟消云散了,还有必要为这空寂的结局那么热闹地打拼?

21

青春的生命在欢腾,在奔跃。她们义无反顾地奔向未来,奔向更美丽的自己!

《我型我塑》第二季开播,美少女们笑着、跳着、唱着:我想要电眼飞飞,纤腰扭扭,美臀翘翘……我想要万众瞩目,成为Superstar!

艾薇最后一个出场。她一袭火焰红薄纱半透明晚礼服,长长的孔雀状裙摆铺展在红毯上。粉丝疯狂欢叫,闪光灯炫成一片,摄影师高喊:"艾薇,艾薇,看这边!"艾薇侧转、扭胯,频抛飞吻,眼神热烈而妖媚。定格。她长发一撩,轻绽红唇:"我是艾薇,永远的C位女王!你想成为第二个艾薇吗?Come on,加入《我型我塑》,你将拥有无限可能!"

梅若伶看完宣传样片,对江子瑶说:"高才就是高才。"江子瑶耸耸肩:"第二季还要加猛料,到时梅总不要又大惊小怪!"梅若伶忙说:"不会不会。"话音刚落,微信里跳出一个视频文件,是魏东发来的。

梅若伶点开视频,一个女声传来:"我为什么要整容?轻蔑的、漠视的表情,让我心底惶惶。我被抛弃了,不再是视线的焦点了吗？我总在比较，跟电视剧的女主、网红比较，跟周围的女人比较。我看不清自己，却能看清她们，甚至她们的毛孔，都在放大镜中无比清晰。而我自己的五官却渐渐模糊……"

梅若伶瞪大双眼，这不就是《我型我塑》第一季的选手倪诗诗？当初，楚云帆给她做了整容，她又哭又闹，各种不满意。后来给她几张赠券以为消停了，怎么，现在又跳出来做视频直播？她葫芦里究竟卖的什么药？

"我不想输给别的女人，我要活在众人注视的目光中！我要下巴足够尖长，内眼角足够锐利，鼻梁足够高挺，眼睛大到装下整个世界，鼻孔小到无法呼吸……

"然而，我突然发现，当所有人都渴望受到关注时，真正的自我就消失在相同的追求中！"

画面转为黑白，倪诗诗昔日的照片，倪诗诗撩起长发，露出了两腮。

"曾经的我，现在的我，你觉得哪个更美？

"曾经的我，一直以为，我是那个1%的幸运儿，我勇往直前，无惧无畏，敢于尝试、挑战一切！然而，现在的我却成了那个10%的不幸者，是世界对我不公，抑或是我向世界要得太多？无论怎样，我必须直面自己，既然已经不对称那就继续不对称吧。我在成长，努力变得更坚强，将内心的柔弱和怯懦统统打磨掉！

"我不想再活在他人凝视的目光中，也不想被他人的意见和评价左右,更不想再给自己的人生戴上镣铐!我,只想,自由自在,真实地活着!

"我是倪诗诗,《我型我塑》第一季的6号选手,一个整形失败者。"

梅若伶勃然大怒,这不是明摆着砸场子?不就是脸型整得有点不对称?那些被整得眼睛不能闭合、咬肌有点变形、两腿粗细不一的多了去,哪个像她这样又直播又上电视,恨不得全天下人都知道这些缺陷?这些女人有胆量整容,就该有勇气承担手术失败的风险。想美都要付出代价,谁能保证百分之百成功?即使没有达到预期效果,难道将缺陷放大,她就能成为名人吗?!

必须扭转事态,让倪诗诗停止直播。否则,她用真金白银打造的美誉度将被倪诗诗摧毁,谁还会相信金手指?她所冠名的真人秀活动也将毫无意义!

梅若伶火速赶回公司,让魏东联系倪诗诗,晓以利害,她这样做会得罪电视台,圈子就这么大,以后谁还敢跟她合作。梅若伶在旁听着,觉得魏东的口气过于温和,她抢过电话:"你能改变什么,最终还不是自讨苦吃!我白道黑道都有人,得罪了我,有你好果子吃!"对方轻咳一声,挂了机。再打,手机一直处于占线中。

梅若伶对魏东恨恨道:"真是揪着老虎胡须打秋千,吃了豹子胆!你赶快找平台沟通,封她的账号,看她一个小蝌蚪能掀起多大的风浪!"

22

心神不宁，心神不宁。

楚云帆的手微微一抖。倪诗诗，下次直播估计要爆出他的名字。评论区已有人留言：是哪个主刀医生，他应该站出来，承担责任！怎么办？难道就这样坐以待毙？任由她将自己交给公众审判，任由他人指责、谩骂？！不能再待在金手指了，要在声名狼藉之前，逃离这个危险地带。

逃到哪儿去？李博海虽说抛了橄榄枝，开出的价码还不及现有的一半。他怎肯如此贱卖自己？那么，去成都那家整形机构？前段时间，楚云帆趁休假去了趟成都，在飞机上认识了一个女孩，身形丰满，眉眼如画。一路上两人相谈甚欢。下了飞机，他们频频在微信互动，话题也越来越放得开，及至兴致高涨，干脆开房卧谈。待他离开成都，女孩腻在他身上，纤纤小手在他的胸口轻轻画着：快点儿回来哟，我等你。

对，做完这个手术，马上离开金手指。至于薪酬结算，多少有点损失，但顾不得这么多了。生活不就是一次次地卸重？在他人背叛你之前先背叛他人，在他人嘲弄你之前先嘲弄他人，在他人羞辱你之前先羞辱他人。所以，永远不要深情歌咏，只要轻轻一滑，从生活的表面蹭过！

还有什么遗漏了吗？要不要给倪诗诗打个电话，向她郑重道歉，恳请她不要再继续爆料？那张漂亮的脸是有点歪斜，但当初，他不是提醒过她？第一次面试时，他说过，你若整形将会失去特色。可她却不以为然，认为人生就是一次次冒险。既然冒险，她就该承担风险！有人轻轻敲门，"谁？"他警觉地问道。护士悄悄闪进来："楚医生，下午有个丰胸手术。"还有手术？他竟然忘了。

手又抖动起来，剧烈地，抖动。

23

楚云帆主动请辞，离开了金手指，朴俊荣无缝对接，成了金手指的首席医生。梅若伶不由喘口气，一切尚在掌控中。可是，她没想到，倪诗诗的直播视频竟引发了蝴蝶效应，视频评论区留言过万。一个名为"真我"的女性组织在中心公园表演行为艺术：她们套着网红脸的面具，双脚戴着镣铐，僵硬地舞动。而后，又一个个扔掉面具，解开镣铐，像鸟儿般欢舞。某微博大V发文："如果我成了10%的不幸者，谁为我的不幸负责？不能让不幸制造者逃之夭夭！"

金手指、梅若伶成了众矢之的，曾被掩盖的负面新闻都被挖了出来，包括美尔康的金丝事件。一篇名为《你的脸变锈了吗》的公众号文章备受关注，阅读量已有10万+。文中写道：

> 这种镀金的莫名异物进入肌肤，会让皮肤凹凸不

平，出现小颗粒。时间长了，肌肤将呈现出红、绿、黄等色彩。当你无意间看到人群中出现一个有着彩色皮肤的人时，你是否也会下意识地摸摸自己的脸，担心也有变锈的异物在肌肤下僵硬滑动……这是场完美的罪行，被杀虐的人噙着甜美的微笑，伸长脖颈，幸福地等待青春女神的亲吻，因为，她们以为即将进入时光倒流的隧道！

梅若伶意识到，曾经对付周洁的一套不管用了。只要跟女性话题有关的搜索，即刻关联金手指整形失败或倪诗诗。她气急败坏地喊着："找律师打官司，告他们诽谤！"魏东迟疑道："太多了，告不过来呀。"声音来自四面八方，她堵不住，刚堵住一个，不知从哪儿又蹿出来新的。她不认识他们，但他们不仅认识她，还仇恨她，他们认为她是欺骗者，是破坏者。

她惊惧地发觉自己正站在冰面上，一望无际，冰面不断发出咔嚓的破裂声，一块一块消融，令人恐慌地消融。海水，大片大片的海水蔓延，最后一小块立足之地也即将融化……梅若伶惊恐地叫起来……

手机铃声响起，是魏东略显慌乱的声音："梅总，出事了！朴医生的患者不行了！"

梅若伶蒙了一下，血液直冲头顶："还有呼吸吗？"

"有……现在在ICU，但医生说，即使抢救过来，极有可能也是植物人……"

植物人？那不更麻烦？虽说没有摆不平的事情，但若真成了植物人，那就是无底洞！假如，她死了呢？事情不闹得更大了？死或不死，都是黑涯涯的深渊。

"梅总，下一步……"

"堵住家属的嘴、媒体的嘴，事态不能再扩大！"她缓过神来，徐徐喘口气。一切还没到最坏的结局，也许，那个女人还有救，只是虚惊一场。

"让医生尽全力抢——救！"她精疲力竭地道。

24

一秒钟的空白！

林乐瞳深吸一口气。这是她第一次站在这么大的舞台上，面对如此多的听众，她不由得紧张。她听到怦怦的心跳声，急促而强烈。嘘，平静，平静，忘掉观众，忘掉舞台，仿佛置身于空静的林中，只有自己在跟自己对话：你想说什么，积蕴多时的想法是什么？你的想法正在空中飘浮，它们欢跳着，正热情地邀你共舞——幕布拉开，别开生面的演讲开始了！

什么是成功？在我看来，年薪百万、位居高官并不意味着成功；拥有豪宅、名车、花哨的头衔同样不意味着成功；真正的成功应该是你为社会创造了什么，是否释放正能量，影响、感召并惠及他人。或许，有人认为这种成功观已过时、守旧，在"目标世界"里，目标超越一切，速度超越一切，人人都自动或被迫地进入竞赛轨道，谁能最快最直接到达终点，谁就是真正的王者！

在这种成功观的引导下，人们疯狂地攫获、占有，希求以最低廉的成本获得最丰裕的财富。于是，我们住上了"楼脆脆"，吃到了掺瘦肉精的猪肉，喝到了含三聚氰胺的牛奶，读到了诲淫诲盗的文字垃圾，人情冷漠，诚信缺失，资源匮乏，环境污染……这些都是"目标世界"造成的后遗症，也是褊狭扭曲的成功观所致。

我们无法将个人成功从社会责任中割离。如果一个人的"成功"以他人的牺牲为代价，那就是一种掠夺；如果一个企业的"成功"以伤害消费者为代价，那无疑是一次谋杀；如果一本书或一部影视作品的"成功"以污染未成年人心智为代价，那又与贩毒有何区别？同样，成功若与关爱相悖离，那意味着每个人都关闭了心灵的窗户，不敢开门，不敢跟陌生人说话，不敢帮助他人，社会必将在僵冷中，失血而亡。

人人都在抱怨社会的残酷、冷漠，社会是由无数个体汇合而成的。每个人都说阿房宫不是我烧的，干我何事？只有等到火烧到自己的屋子，才会有所行动，但那时，为时已晚。你无法界定什么是他者的世界，什么是自我的世界，你锁闭、排斥、视而不见，但你不能让问题消匿。问题就像病菌，肆意生长，昨天在他者的世界蔓延，今天就在自我的世界蔓延！

……

抱怨嘲讽的大有人在，但是愿意付诸行动去改变的人太少。我们怀疑、否定、摧毁一切，却不再建设，一切都被怀疑的流沙吞噬。我们的航行是需要灯塔的，倘若打碎一切，终将在黑暗中迷失方向。

走出去，投入到火热的现实的改造中去吧！你我之力量或绵薄，或渺小，然而，千万个你我汇流、合聚，必将是千里浩然之气，撼山动地之势！

25

坏消息如连珠炮，噼里啪啦，响个不停。

女患者死了。

朴俊荣消失了。

花圈、棺材、人声，哭喊声此起彼伏，女患者的家属堵在金手指门口，他们扛着花圈，吹着唢呐。一个中年妇女裹着白色头巾，手执铜钹，叮当敲击："死人啦，死人啦，金手指整死人了！"

围观的人越来越多，梅若伶对魏东喊道："你没通知大堂保安吗？赶紧撵走，让等电梯的客人看到，简直丢活丑！保安不给力，赶紧叫110啊，这样闹下去，没法儿营业了！"

魏东低垂着头："闹过一出，喊110了。今天，又来一拨人……"

"没有钱搞不定的事，他们要多少？"

魏东迟疑了一会："他们要五百万！"

梅若伶勃然大怒："五百万，他们想钱想疯啦！他们干脆抢银行得了，那个女人的命就这么值钱吗？！"

"他们还说……"

"还说什么？"

"如果不给，他们将在各大网站和平台上播放视频……"

"强盗，他们就是强盗！随他们怎么闹，你告诉他们，最多赔一百万！"她停了一下，"朴医生呢？还没联系到？手机关机，他的住处呢？什么？人去楼空！他人在哪儿？"

"估计回韩国了！"

梅若伶的心痉挛般紧缩着："朴俊荣，不是韩国整形医生吗，怎么会把人整死？对方有高血压，他竟然犯这种低级错误？"她将疑惑的目光投向魏东。

他迟疑片刻，将一份传真资料递过去："我让韩国的朋友了解过，朴俊荣在韩国也出过医疗事故。所以，才到中国……"

"你现在才放屁！早不给我调查，现在知道，有屁用！"梅若伶歇斯底里地骂着，她骂的不是魏东，而是骂她自己，怎会轻

第十场 —— 完美的罪行

易上了那兔崽子的当？当她从希尔顿酒店走出的一瞬，已隐隐感觉哪里不对劲，但她为何没有细究？是的，她要战胜李博海，摧毁李博海，打他个措手不及！她兴冲冲地往前走，眼睛朝天，没想到翻了盖的窨井到处都有。哪怕只有一次，她看看脚下的路，也不至于输得这么惨！

战争早已爆发，战火早已蔓延。只是她太轻敌，没想到李博海一直躲在暗处放冷枪！她早该知道是他，怎么就轻视了他？她执着明灯咣当当地行走，而他始终躲在帘后。光忽明忽暗，他的窃笑，还有沙沙的移动声，都被掩盖掉了。那声音她本可以听见，却被内心高大的自我屏蔽掉了。当细微声响如雷轰鸣时，一切，为时已晚。

梅若伶瘫坐在沙发上，前所未有的疲惫感袭击了她。她一直自认是操控者、胜利者，但现在，她是个彻头彻尾的失败者。她输掉了金钱、颜面，重重地跌一跤，跌得髋骨碎裂，几乎没有了站立的能力。不！她还没有彻底完蛋，她的双眸仍在转动，哪怕有点迟滞、散落，可是，它在寻找一个支撑点，这个支撑点足以架起她一百多斤的骨架，也能让被铁灌注的双腿迈开新的一步，五米，五十米，甚或只是一米的移动！

梅若伶站了起来，她毕竟是顽强的。从贺南小镇走出的她，沐浴过惠州的春光，滑过黑河的冰雪，数过一夜都数不完的钱，被人拍过砖头，还独自一人在莫斯科的医院做过人流，她什么事情没有经历过？远兜远转，几十年的人生就在瞳仁里回放、重叠,瞳仁里是血、是光、是泪,还有一点点跳跃的希翼……

是的,她不能让倾力建造的王国垮掉,那是她的世界,是用血肉筑造的世界。她决不能放弃,否则将一无所有。她要坚强地站起来,不管多么伤痛,她也要拔掉心里的一根根刺,舔干净鲜血,缝合好伤口,义无反顾地站起来!

梅若伶要正式向李博海宣战,让他付出惨重的代价!

26

然而……

各种杂音如电锯般撕扯神经!

各大公交车站台、广场中心的LED大屏幕上都是倪诗诗的画面,她头发高束,身穿白色T恤,她说:

曾经的我 现在的我 你觉得哪个更美?

不要盲从 不要跟随 只做独一无二的自己!

投资需慎重 整容更需谨慎

精雅整形 寻找100例整容失败者 你敢接受挑战吗?

电视台正播放《赢家》节目。李博海面对财经记者,激昂慷慨:"有些经营者自我膨胀,他们看不清对手,更看不清自己。他们只知道一股劲儿地往前冲,永远做领潮者。但时代在变化,他们根本没有领悟到时代的精髓!"他面向镜头,"疯狂忽悠的时代即将结束,一个理性秩序的时代已悄然而至!"

然而,一切依然有着不确定性。不可能的事成了可能,今天可信的明天又变成了不可信的。纷杂的臆测中,充斥着谎言、骗局、陷阱,有谁能猜到"诚恳"的麦道夫制造了庞氏骗局?又有谁相信揭破谎言的不是谎言?这个世界是聪明人在玩游戏,当人们纷纷转动起魔盘时,聪明人早早在魔盘上做了手脚,幸运的球何时能落到普通人的身上?

新的整形大鳄即将到来,传言这家公司具有极强的融资能力,正积极筹划上市。博弈、厮杀、暗算,没完没了……只是B换成了A,C替换了B。股东撤股,员工跳槽,走吧,都走吧,铁打的营盘流水的兵,谁走了都不怕,只要我顶天立地站着,我的美容王国就永远垮不了!梅若伶瞟了眼户外广告,掠过的一瞬,她觉得是在看另一个女人的笑,那笑容衬着灰白的底,被阳光灿灿一照,竟飘了起来。

大雨如注,空荡荡的广场上,梅若伶脚蹬金属靴咚咚走着。一个个会变魔法的小丑,吹着彩色小喇叭向她走来。吱啦,吱啦,彩色纸条越抽越长,裹住了梅若伶的身子。她试图挣脱,越挣脱裹得越紧。小丑们拍手欢叫:"你终究是徒劳,你终究是徒劳!"那一刻,梅若伶突然意识到,自己不过是玩了一场虚拟的赌博游戏,赢了又输,输了又赌。有一天,电脑突然黑屏,所有对手都不再现身,而她被施了魔咒,微缩成瓶里的小人儿。一只无形的手操控着一切,她被旋转、投掷,啪,从高空坠落,瞬间粉碎!

可是,所有的醒悟都来得太迟。六年前,梅若伶总以为每天都会有奇迹发生,奇迹在枝头绽放,奇迹在河里流淌,奇迹在风中穿行,奇迹,栖身在星光照耀的金枝上!

(2020.12.26完稿)